# 序 言

　　作文或翻譯時，你有沒有經驗過，搜尋了好半天的英文字彙，腦中仍然一片空白？或一大堆模模糊糊的字彙湧現腦海，却不知道該用那一個？這是由於你的字彙太零亂，以及概念不清楚的緣故。

　　本資料系由電腦統計，精選必考字彙，加以整理分類，歸納出完整的概念，以簡化學習的過程。全書共分為11大項106篇，每一篇包括類似單字的用法說明和比較、同義反義字、字源分析、常用片語等。例如I4(I項第4篇) ⇨ p.184，是有關「輕視」「荒謬」和「粗俗」的單字，在這一頁上有名詞 contempt，動詞 despise，scorn, disdain及其意義上的比較，像 despise 是指強烈厭惡的輕視，scorn 指帶有憤怒、厭惡的輕視，disdain 則是輕視比自己地位低的。而其餘各單字由不名譽、令人厭惡、可笑的到粗俗的…等不同層次，深入淺出，是最理想的聯想學習方式。經過這一篇的整理和比較，很容易就了解什麼時候該用 despise，什麼時候該用 scorn…。再加上 p.185 的練習，更能掌握每個單字的涵義，在寫作和翻譯時，運用自如，毫無阻礙。

　　每項之後另列有 Word Review，供讀者測驗自己的吸收能力和了解程度；書後並附有索引，以便利查閱。每背完一項，根據 Word Review 複習，不熟的單字請在該字後面的方框打 " √ "，第二次複習時，對打 " √ " 的字就要特別注意了。

　　本書在編輯製作過程中，力求完美；雖然經過多次審稿、校對，仍恐有疏漏之處，尚祈各界先進批評指教。

編者　謹識

## Editorial Staff

- **修編** / 劉　毅
- **校訂** / 劉文欽・史濟蘭・謝靜芳・蔡琇瑩・吳濱伶
- **校閱** / David Lightle ・ Thomas Deneau
  Tom Ball
- **封面設計** / 張鳳儀
- **美編** / 張鳳儀・吳正順
- **版面構成** / 吳正順
- **打字** / 黃淑貞・蘇淑玲・倪秀梅・吳秋香

# 目　　　錄

## A　承認／爭議

# 本書使用符號説明

| 動 图 …等 | 動＝動詞　图＝名詞　形＝形容詞　副＝副詞 |
| | 介＝介詞　同.＝同義字　反＝反義字 |
| ↔ | 表示中文解釋的 **反義字** |
| ①②③↔ | 表示中文解釋①②③的 **反義字** |
| (　　　　) | ⑴表示 **同義字** |
| | ⑵句子或片語中的 **省略字** |
| (①②　　) | 表示中文解釋①②的 **同義字** |
| → | 表示 **片語** |
| ⇨ p.2 | 表示 **參照**第 2 頁 |
| ［比較］ | 表示 **比較**單字的發音、拼法或意義 |
| 【　】 | 表示用法、**複數** |
| 【集】 | 表示 **集合名詞** |
| 【敘述用法】 | 表示作此解釋時，用於 **敘述用法** |
| 〔　　　〕 | 表示 **字源** |

本書採用米色宏康護眼印書紙，版面清晰自然，
不傷眼睛。

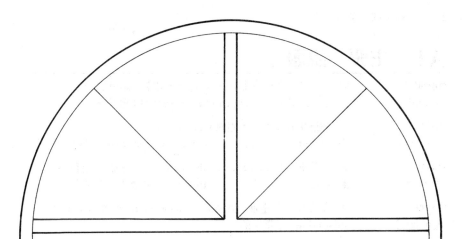

# GROUP

# A

## 承認／爭議

# A1　主張・說服

**appeal**
〔əˈpil〕
動 ①訴諸　②**懇求**【to＋人, for＋事】　③吸引
图 上訴；魅力　　appealing 圈 上訴的；動人的

**insist**
〔ɪnˈsɪst〕
動 **強烈主張**；堅持；固執【on/upon】
insistent 圈 固執的　　insistence (-ency) 图 主張；固執

**claim**
〔klem〕
動 ①**要求**；請求（require, demand）　②**主張**；自稱
图 ①要求　②主張　　claimant 图 申請者；要求者

**assert**
〔əˈsɝt〕
動 ①斷言　②**主張**（權利）　　assertion 图 斷言；主張
assertive 圈 斷定的

**affirm**
〔əˈfɝm〕
動 ①**斷言**　②肯定　　affirmative 圈 確定的；肯定的
（↔ *negative*）　图 確言；肯定
affirmation 图 斷言；肯定（↔ *negation*）

**assure**
〔əˈʃʊr〕
動 ①**使確信**；保證【～＋人＋of】　②確定（ensure）
assurance 图 確信；保證；自信

**convince**
〔kənˈvɪns〕
動 **使確信**；使承認【～＋人＋of】　　conviction 图 確信；
有罪判決（convict〔-ˈvɪ-〕動 宣告～有罪　〔ˈkɑn-〕图 罪犯）
convincing 圈 使人信服的

**persuade**
〔pɚˈswed〕
動 **說服**；使信服【～＋人＋ to＋V】（↔ *dissuade* 勸阻）
persuasion〔-ʒən〕图 說服；確信
persuasive 圈 有說服力的

**declare**
〔dɪˈklɛr〕
動 ①**宣稱**（proclaim）　②斷言（affirm）
declaration 图 宣言；發表；申報

**pronounce**
〔prəˈnaʊns〕
動 ①**發音**　②斷言；宣告　　pronounced 圈 明白的；
顯著的　　pronunciation 图 發音
比較 announce 動 通知；發表

**exaggerate**
〔ɪgˈzædʒəˌret〕
動 ①**誇張**；使過分擴大　②評價過高
exaggeration 图 誇張；評價過高

**eloquent**
〔ˈɛləkwənt〕
圈 **雄辯的**；動人心絃的　　eloquence 图 雄辯
比較 fluent 圈 流利的

**emphasis**
〔ˈɛmfəsɪs〕
图 **強調**　【複】emphases〔ˌsiz〕　　emphasize 動 強調
emphatic 圈 強調了的；語調強的

───── ≪EXERCISE≫ ─────

I. 請參考英文字彙，完成中文翻譯。

1. Full religious freedom is **assured** to all people.
   _____ 全體人民有完全的宗教自由。

2. She **claimed** to be the owner of the land.
   她 _____ 是這土地的擁有人。

3. She **declared** him to be dishonest. 她 _____ 他是不誠實的。

4. He **asserts** that she is innocent. 他 _____ 她是無辜的。

5. My sister **insisted** on going with me. 我妹妹 _____ 要跟我去。

6. He **convinced** me of his innocence. 他使我 _____ 他的無辜。

7. Jane **affirmed** that Joe was telling the truth.
   珍 _____ 喬說的是實話。

8. His speech is very **eloquent**. 他的演說很 _____ 。

II. 請根據中文，使用本篇的字彙完成英文句子。

1. You can't trust him. He always _____ .
   你不要相信他，他總是言過其實。

2. The music doesn't _____ to us any longer. 這種音樂不再吸引我們了。

3. The newscaster puts too much _____ on the food crisis.
   這個新聞播報員太強調食物危機。

4. The doctor _____ him to give up smoking. 醫生勸他戒煙。

III. 依下列指示作答。

1. insist 形 _____        2. pronounce 名 _____
3. affirmative 反 _____    4. persuade 名 _____
5. 改錯：exagerate, assurence, declair

┌─────┐
│ 解答 │
└─────┘────────────────────────────────

I. 1. 保證  2. 自稱  3. 斷言  4. 主張  5. 堅持  6. 相信  7. 斷言  8. 動人心絃
II. 1. exaggerates  2. appeal  3. emphasis  4. persuaded  III. 1. insistent
2. pronunciation  3. negative  4. persuasion  5. exaggerate, assurance
declare

# A2　說明・證明

| | |
|---|---|
| **mention**<br>〔ˈmɛnʃən〕 | 動 談到；**提起**　名 陳述；說到 |
| **remark**<br>〔rɪˈmɑrk〕 | 動 ①注意到（notice）　②發言　名①注目　②發言；**評論**（comment，observation）<br>remarkable 形 了不起的；引人注目的（noticeable） |
| **refer**<br>〔rɪˈfɜ〕 | 動 ①提到【to】　②**參閱**【to】　③委託【to】<br>④參照【to】　　referee〔ˌrɛfəˈri〕名 裁判員<br>reference 名 論及；參照；照會 |
| **quote**<br>〔kwot〕 | 動 **引用**；引證（cite）　　quotation 名 引用 |
| **describe**<br>〔dɪˈskraɪb〕 | 動 敍述；**描寫**　　description 名 敍述；描寫<br>→ beyond description 難以描寫；無法形容 |
| **indicate**<br>〔ˈɪndəˌket〕 | 動 ①指示（show）　②顯示<br>indication 名 指示；指標；徵候 |
| **suggest**<br>〔səˈdʒɛst，<br>səgˈdʒɛst〕 | 動 ①**暗示**；提示（hint，imply）　②建議（propose）<br>③使聯想　　suggestion 名 暗示；建議<br>suggestive 形 暗示的 |
| **imply**<br>〔ɪmˈplaɪ〕 | 動 **暗示**；包含　　implicit〔-ˈplɪ-〕形 暗中的；絕對的<br>implicate 名 暗示；連累　　implication 名 含意；牽連 |
| **illustrate**<br>〔ˈɪləstret，<br>ɪˈlʌstret〕 | 動 ①**例證**；說明　②圖解<br>illustration 名 實例；例證；圖解 |
| **demonstrate**<br>〔ˈdɛmənˌstret〕 | 動 ①**證明**　②示範　　demonstration 名 實證；示範 |
| **prove**<br>〔pruv〕 | 動 **證明**；試驗　　proof 名 證明；證據【of】；試驗 |
| **witness**<br>〔ˈwɪtnɪs〕 | 名 ①**目擊者**　②證人　③證據　動 ①目擊　②作證<br>③提出證據 |
| **evidence**<br>〔ˈɛvədəns〕 | 名 ①**證據**（proof）；證言　②痕跡<br>evident 形 明顯的　　evidently 副 顯著地 |

Ⅰ. 請參考英文字彙，完成中文翻譯。

1. He made a few *remarks* on the book. 他對這本書做了一些_____。

2. The salesman *demonstrated* how to use it.
   那個推銷員_____ 如何使用它。

3. I *suggested* going for a walk. 我_____ 去散步。

4. He often *quotes* from Shakespeare. 他經常_____莎士比亞（的詞句）。

5. I often *refer* to the dictionary. 我經常_____字典。

6. The teacher will *illustrate* how to do it.
   老師將會_____怎麼做。

7. He wouldn't *mention* the plan. 他不願_____那個計劃。

8. She *implied* that she would like to come with us.
   她_____她想和我們一起去。

9. He was the only *witness* of the accident.
   他是那個意外事件唯一的_____。

Ⅱ. 請根據中文，使用本篇的字彙完成英文句子。

1. The fact_____his honesty. 這個事實證明他的誠實。

2. Words cannot_____ the beauty. 這個美人無法用言語描寫。

3. Snow_____ the coming of winter. 雪顯示冬天將要來了。

4. Can you show me any_____for your statement?
   對於你的敘述，你可以提出什麼證據嗎？

Ⅲ. 將下列單字依所指示的詞類改寫。

1. prove 图_____    2. quote 图_____
3. describe 图_____    4. evidence 副_____

┌─ 解答 ─────────────────────
Ⅰ.1. 評論　2. 示範　3. 建議　4. 引用　5. 參照　6. 說明　7. 提起　8. 暗示
9. 目擊者　Ⅱ.1. proves　2. describe　3. indicates　4. evidence
Ⅲ.1. proof　2. quotation　3. description　4. evidently

# A3 表示・顯現

**reveal**
〔rɪ'vil〕
囫 洩漏；**顯現**（ disclose ）；透露
revelation 图 暴露；意外的事實；啟示

**expose**
〔ɪk'spoz〕
囫 ①**暴露～於**（風雨、危險中） ②揭露
exposure 囫 曝露；發表〔 ex-（向外）＋pose（放置）〕

**exhibit**
〔ɪg'zɪbɪt〕
囫 ①**展示** ②顯示（ show ） 图 陳列品
exhibition 〔ɛksə'bɪʃən〕图 展覽會

**display**
〔dɪ'sple〕
囫 ①**陳列**（ exhibit ） ② 誇大表示（感情）；賣弄
图 ①陳列 ②（感情的）表露；誇示

**represent**
〔ˌrɛprɪ'zɛnt〕
囫 ①**表示**；表現 ②象徵；意指 ③**代表**
representation 图 表現；描寫 representative 圈 描寫的；
代表的 图 代表人

**designate**
〔'dɛzɪgˌnet〕
囫 ①**指示**；**指定** ②任命 designation 图 指定；指名；
任命 design 〔dɪ'zaɪn〕囫 計畫；設計
图 構想；計畫；設計；圖案

**appearance**
〔ə'pɪrəns〕
图 ①**出現** ②外表；風采 appear 囫 出現；顯得；發表
apparition 图 幽靈 apparent 〔ə'pɛrənt, ə'pæ-〕圈 明顯的
apparently 圃 顯然地（ obviously ）；表面地

**manifest**
〔'mænəˌfɛst〕
圈 顯然的；明白的（ clear ） 囫 **顯示**；表示
manifestation 图 明示；表明；顯露

**obvious**
〔'ɑbvɪəs〕
圈 明白的；**明顯的** （同 apparent , evident ）
obviously 圃 明顯地；明瞭地

**visible**
〔'vɪzəbḷ〕
圈 ①**可見的**（ ↔ invisible ） ②**明顯的**
vision 〔'vɪʒən〕图 視力；視覺；想像力 visual 圈 視覺的
〔 vis, vid（看）＋- ible（ adj. ）〕

**striking**
〔'straɪkɪŋ〕
圈 **引人注意的**（ remarkable ）
strikingly 圃 醒目地；引人注意地
strike 囫 打擊；衝撞 图 罷工

─────────────────────────────────────── 《EXERCISE》───

Ⅰ. 請參考英文字彙，完成中文翻譯。

1. The new products were **displayed** in the window of the store.
　那些新產品_____在這家店的樹窗裏。

2. She is tall and **striking**. 她高且_____。

3. It is **obvious** that he is in the wrong. _____他錯了。

4. The commander **exposed** his men to gunfire.
　這個指揮官讓他的部下_____在炮火之中。

5. He doesn't **manifest** much desire to win the game.
　他沒有_____很想贏得這場比賽。

Ⅱ. 請根據中文，使用本篇的字彙完成英文句子。

1. He_____the labor union on the committee.
　他在委員會中當工會的代表。

2. His sudden_____surprised us all. 他突然地出現，使我們嚇一跳。

3. He hopes to_____his paintings in Japan.
　他希望在日本展覽他的畫。

4. He was_____by the President as the next Secretary of State.
　他被總統任命爲新國務卿。

5. At last the truth was_____to us. 我們終於弄清楚這個事實。

6. Some stars are hardly_____to the naked eye.
　有些星星，肉眼幾乎看不見。

Ⅲ. 依下列指示作答。

1. reveal 图_____　　　2. exhibit 图_____
3. expose 图_____　　　4. manifest 图_____
5. 挑出重音在第一音節的字： apparent , designate , display

┌─────┐
│ 解答 │───────────────────────────────────
└─────┘

Ⅰ.1.陳列　2.引人注意　3.很明顯的　4.暴露　5.表示　Ⅱ.1. represented
2. appearance　3. exhibit / display　4. designated　5. revealed　6.
visible　Ⅲ.1. revelation　2. exhibition　3. exposure　4. manifestation
5. designate

# A4 傳達・散佈

**communicate**
〔kə'mjunə͵ket〕

動① **傳達**（消息）；傳送（熱力）；傳染　②通信
communication 图 傳達；通信；交通

**inform**
〔ɪn'fɔrm〕

動 **通知**【～＋人＋of】　　information 图 情報；資料；
知識（knowledge〔'nɑlɪdʒ〕指成系統的整套知識，
information 指零碎的事實、知識）
informative 圈 提供知識、情報的；有益的

**advise**
〔əd'vaɪz〕

動① **忠告**　②通知　　advice〔-'vaɪs〕图 忠告；勸告；
通知

**recommend**
〔͵rɛkə'mɛnd〕

動 **推薦**；勸告　　recommendation 图 推薦（書）；勸告

**transmit**
〔træns'mɪt,
trænz-〕

動 **傳送**；傳導（carry, convey）　　transmission 图 傳達；
傳送；傳導〔trans-（朝向）＋mit（送）〕 比較 mission
图 使節團；使命；傳道　message 图 口信；傳話

**translate**
〔træns'let,
'trænslet〕

動① **翻譯**　②解釋　③移動；調動
translation 图 翻譯；變換〔trans-（轉移）＋-late（運送）〕

**broadcast**
〔'brɔd͵kæst〕

動 **廣播**；散播　　broadcast－-cast(ed)－-cast(ed)
broadcaster 图 廣播者；廣播裝置
broadcasting 图 廣播

**publish**
〔'pʌblɪʃ〕

動① **出版**　②公開　　public 圈 公眾的；公共的
（↔ *private*）图 民眾　　publication 图 出版（物）
publicity 图 出風頭；宣傳

**advertisement**
〔͵ædvə'taɪzmənt,
əd'vɜtɪzmənt〕

图 **廣告**（＝ ad.）　　advertise 動 廣告

**rumor**
〔'rumə〕

图 **謠言**；流言　動 謠傳；傳聞
比較 gossip 图 閒話（背後論人是非）

≪EXERCISE≫

I. 請參考英文字彙，完成中文翻譯。

1. That's a completely unfounded *rumor*. 那是毫無根據的＿＿＿＿＿＿。

2. In the early days they *communicated* by smoke signals.
早期人類靠信號煙來＿＿＿＿＿＿。

3. Father *translated* the French document into Chinese.
父親把法文文件＿＿＿＿＿成中文。

4. He *recommended* this dictionary to me.
他＿＿＿＿＿這本字典給我。

5. The Vice-President *transmitted* the message by radio.
副總統由無線電＿＿＿＿＿訊息。

II. 請根據中文，使用本篇的字彙完成英文句子。

1. I was tricked by the＿＿＿＿＿into buying a defective product.
我被那個廣告所騙，買了有瑕疵的產品。

2. The Prime Minister＿＿＿＿＿his message over the TV station.
行政院長在電視上廣播一項聲明。

3. A lot of books are＿＿＿＿＿every year.
每年有很多書出版。

4. My father＿＿＿＿＿me not to be lazy. 爸爸勸我不要偷懶。

5. She＿＿＿＿＿him of her arrival. 她通知他，她已到達。

III. 依下列指示作答。

1. advise 图＿＿＿＿＿＿　　　2. translate 图＿＿＿＿＿＿
3. transmit 图＿＿＿＿＿＿　　　4. inform 图＿＿＿＿＿＿
5. 挑出重音在第三音節的字：publish, broadcast, recommend

解答

I. 1. 流言　2. 通信　3. 翻譯　4. 推薦　5. 傳送　II. 1. advertisement　2. broadcasted / communicated　3. published　4. advised　5. informed　III. 1. advice　2. translation　3. transmission　4. information　5. recommend

# A5 爭議・非難

**argue**
〔'ɑrgjʊ〕
働①討論（discuss, debate）；**爭論** ②主張【that 子句】
argument 图 爭論；辯論（discuss 指把問題提出來加以檢討，是及物動詞，不可加 about。）

**dispute**
〔dɪ'spjut〕
働①**爭論**；爭吵 ②反駁 图 爭論；爭吵
disputable 彫 有討論的餘地的

**debate**
〔dɪ'bet〕
働①**討論** ②考慮 图 討論（discussion）；爭論（dispute）

**controversy**
〔'kɑntrə͵vɝsɪ〕
图 **爭論**；辯論 controversial 彫 爭論的；好議論的
〔contro-（反對）＋ versy（轉向）〕

**blame**
〔blem〕
働①非難；**責怪**【for】 ②歸咎〜於【on】 图 非難；過失
blameless 彫 無可責難的；無罪的
blameworthy 彫 應受責備的（blameful）

**reproach**
〔rɪ'protʃ〕
働 譴責；叱責【with / for】；責備 图 非難；叱責；不名譽
reproachful 彫 非難的；責備的
〔re-（再）＋ proach（接近）比較 approach ⇨ p.98〕

**condemn**
〔kən'dɛm〕
働①**責難**（blame）【for】 ②判〜刑（sentence）【to】；
判〜罪【for】 condemnation 图 非難；判罪

**accuse**
〔ə'kjuz〕
働①告發；**控告**【of】 ②譴責；指責【of】
accusation〔-'ze-〕图 告發；非難

**critical**
〔'krɪtɪkḷ〕
彫①**批評的** ②危急的（crisis）
critic 图 評論家；批評家 criticism 图 批評；非難
criticize（-cise）働 非難；批評

**comment**
〔'kɑmɛnt〕
图 **評論**；註解；評語 働 評論
commentary 图 評語（＝collection of comments）
比較 opinion 意見 view 見解

**conference**
〔'kɑnfərəns〕
图①會議；**研討會** ②商議【with】 confer 働 商議
【with】 → a press〔news〕conference 記者招待會

────────────────────────────────────── ≪EXERCISE≫ ──

I. 請參考英文字彙，完成中文翻譯。

1. She *reproached* me for not answering the letter.
   她＿＿＿＿＿＿我沒有回那封信。

2. They will *debate* the question tomorrow. 他們明天要 ＿＿＿＿＿ 那個問題。

3. He *argued* for justice. 他爲正義＿＿＿＿＿＿。

4. I don't *blame* you for putting off our trip.
   我不＿＿＿＿＿你把我們的旅行延期。

5. They *accused* him of stealing the bicycle.
   他們＿＿＿＿＿ 他偷了那輛腳踏車。

6. His bold plan gave rise to much *controversy*.
   他大膽的計劃招致許多＿＿＿＿＿。

II. 請根據中文，使用本篇字彙完成英文句子。

1. They＿＿＿＿＿the ownership of the land for years.
   他們爭論那塊土地的所有權好多年了。

2. She is always very＿＿＿＿＿of reckless drivers.
   她常常對鹵莽的駕駛員有所責難。

3. He made a short＿＿＿＿＿on the results. 他對此結果作了短評。

4. The accused was＿＿＿＿＿to ten years in prison.
   被告被判監禁十年。

5. The prime minister held a press＿＿＿＿＿yesterday.
   首相（行政院長）昨天召開了一個記者招待會。

III. 依下列指示作答。

1. argue 图＿＿＿＿＿＿＿   2. accuse 图＿＿＿＿＿＿＿
3. critical 颤＿＿＿＿＿＿   4. reproach 形＿＿＿＿＿＿＿
5. 挑出重音在第一音節的字：controversy, condemn, debate

┌解答┐
I.1. 責備   2. 討論   3. 辯論   4. 責怪   5. 控告   6. 爭論   II.1. disputed
2. critical   3. comment   4. condemned   5. conference   III.1. argument
2. accusation   3. criticize   4. reproachful   5. controversy

# A6　拒絕・反對

| | |
|---|---|
| **deny**<br>〔dɪˈnaɪ〕 | 動①否定；**否認**（↔*affirm*）　②拒絕<br>denial 图否定（↔*affirmation*）；拒絕 |
| **contradict**<br>〔ˌkɑntrəˈdɪkt〕 | 動①**否認**；反駁　②矛盾　　contradiction 图否認；矛盾<br>〔contra-（反對）＋dict（說）〕 |
| **decline**<br>〔dɪˈklaɪn〕 | 動①**拒絕**；婉辭　②**衰弱**　图衰弱；下跌<br>declination 图傾斜；辭退　　declining 图傾斜的；衰退中的 |
| **refuse**<br>〔rɪˈfjuz〕 | 動不願；不肯；**拒絕**（〔ˈrɛfjus〕图廢物）<br>refusal 图拒絕 |
| **reject**<br>〔rɪˈdʒɛkt〕 | 動拒絕；否認；**不接受**（↔*accept*）　　rejection 图拒絕<br>〔re-（向後）＋ject（揮動）〕 |
| **confront**<br>〔kənˈfrʌnt〕 | 動①**面臨**　②**對抗**　③比較【with】　④對質【with】 |
| **oppose**<br>〔əˈpoz〕 | 動①反對；反抗　②**對立**【to】　　opposite 图對面的；<br>對立的　图相反的事物　　opposition 图反對<br>opponent〔əˈpo-〕图對手〔op-（＝ob-）（相反）＋pose（放置）〕 |
| **resist**<br>〔rɪˈzɪst〕 | 動①**抵抗**；反抗　②防止；抗拒　　resistance 图抵抗<br>resistant 图抵抗的　　比較 defy 動（公開地）反抗<br>图公開反抗 |
| **protest**<br>〔prəˈtɛst〕 | 動①**抗議**　②主張　〔ˈprotɛst〕图抗議（書）<br>protestant〔ˈprɑ-〕图抗議者；【P-】新教徒 |
| **negative**<br>〔ˈnɛgətɪv〕 | 图①**否定的**（↔*affirmative*）　②消極的（↔*positive*）<br>图否定（↔*affirmative* 肯定） |
| **contrary**<br>〔ˈkɑntrɛrɪ〕 | 图反對的；**相反的**（opposite）　图正相反；反面<br>（opposite） |
| **discord**<br>〔ˈdɪskɔrd〕 | 图①**不一致**（disagreement）（↔*concord*）　②意見不合<br>〔-ˈkɔrd〕動不一致〔dis-（分開）＋cord（心）〕<br>比較 accord 動图一致；調和 |
| **friction**<br>〔ˈfrɪkʃən〕 | 图**摩擦**；不和　　比較 fraction 分數；部分；碎片 |

─────────────────────────────《EXERCISE》──────

Ⅰ. 請參考英文字彙，完成中文翻譯。

1. She *rejected* his offer of help. 她_____他的援助。

2. I had to *decline* the invitation because I was ill.
   我必須_____這個邀請，因為我病了。

3. The minister *contradicted* his own statement.
   這個代理人_____他自己的聲明。

4. She *refused* to speak of what had happened.
   她_____說發生了什麼事。

5. He *denies* having said so. 他_____曾經這麼說。

6. I am quite *opposed* to the plan. 我非常_____這個計劃。

Ⅱ. 請根據中文，使用本篇的字彙完成英文句子。

1. Her opinion is in_____with mine. 她的意見和我的不一致。

2. They_____against the new plan. 他們抗議新的計劃。

3. The people_____their cruel ruler.
   人們反抗他們殘酷的統治者。

4. The policeman was_____by〔with〕the angry mob.
   警察面臨憤怒的暴民。

5. She has a_____attitude toward life.
   她對人生的態度是消極的。

Ⅲ. 依下列指示作答。

1. refuse 图_____　　2. oppose 图_____
3. negative ↔_____　　4. deny 图_____
5. 挑出重音在第一音節的字： decline, contradict, discord 图

┌──────┐
│解答│
└──────┘─────────────────────────────────────

Ⅰ.1.拒絕　2.婉辭　3.否認　4.拒絕　5.否認　6.反對　Ⅱ.1. discord /
opposition　2. protested　3. resisted　4. confronted　5. negative
Ⅲ.1. refusal　2. opposite　3. affirmative/positive　4. denial　5. discord

# A7　同意・承認

| | |
|---|---|
| **agree**<br>〔ə'gri〕 | 働①意見一致【with】　②同意【to】；贊成【with】<br>③（工作，水土等）適合於【with】（↔ *disagree*）<br>agreeable 厩 令人喜悅的；宜人的<br>agreement 图 協議；合同；意見一致 |
| **consent**<br>〔kən'sɛnt〕 | 働 允許；**同意**（agree，assent）【to】（↔ *dissent*）<br>图 同意（agreement，assent）<br>consensus 图（意見的）一致 |
| **compromise**<br>〔'kɑmprəˌmaɪz〕 | 働①**妥協**；和解　②連累　图①妥協；和解　②折衷案 |
| **approve**<br>〔ə'pruv〕 | 働 認可；承認；**贊成**（↔ *disapprove*，*reject*）<br>approval 图 承認；贊成 |
| **acknowledge**<br>〔ək'nɑlɪdʒ〕 | 働①**承認**　②答謝　③函覆～已收到（信件）；承領<br>acknowledg(e)ment 图 承認；感謝 |
| **confess**<br>〔kən'fɛs〕 | 働①告白；告解　②**承認**　confession 图 自白；告解；<br>懺悔 |
| **admit**<br>〔əd'mɪt〕 | 働 准許（入學、入場）；採信；承認　admission 图（入學、<br>入場的）許可；入場費；承認　admittance 图（准許）入場 |
| **accept**<br>〔ək'sɛptˌæk-〕 | 働①**接受**；同意　②承認（approve）（↔ *decline*，*refuse*，<br>*reject*）　acceptance 图 接受（reception）；認可<br>（approval） |
| **allow**<br>〔ə'lau〕 | 働①**允許**（↔ *forbid*）；承認　②認爲　③斟酌<br>allowance 图 津貼；認可；斟酌 |
| **permit**<br>〔pɚ'mɪt〕 | 働 准許；許可（↔ *prohibit*）；使～成爲可能的<br>permission 图 許可（↔ *prohibition*） |
| **grant**<br>〔grænt〕 | 働①允許；答應　②授與　③**承認**　图 認可；補助金<br>→ take ～ for granted 視～爲當然<br>granted〔granting〕that 即使 |
| **adopt**<br>〔ə'dɑpt〕 | 働①採用；**採納**　②收養　adoption 图 採用；收養 |

≪EXERCISE≫

Ⅰ. 請參考英文字彙，完成中文翻譯。

1. They finally *acknowledged* it as true. 他們終於_____它是眞的。

2. We *agreed* to the plan. 我們_____這個計劃。

3. The father didn't *approve* of his daughter going to the dance.
   那個父親不_____他的女兒參加舞會。

4. She *accepts* criticism from anyone but her parents.
   除了父母以外，她_____任何人的批評。

5. Father *consented* to my leaving school. 父親_____我退學。

6. He wouldn't *permit* me to swim in the river.
   他不_____我在河裏游泳。

7. Father doesn't *allow* me to drive a car. 父親不_____我開車。

Ⅱ. 請根據中文，使用本篇的字彙完成英文句子。

1. He was_____to the college. 那個學院准許他入學。

2. I don't_____with you on this point. 這一點，我不贊成你。

3. The school_____the new method of teaching English.
   這個學校採用新的英語教學方式。

4. Mother _____ me permission to go to the movies with him.
   母親准許我和他去看電影。

5. In the end we _____. 最後，我們妥協了。

Ⅲ. 依下列指示作答。

1. approve 图_____        2. permit 図_____
3. confess 图_____        4. allow 図_____
5. 挑出重音在第一音節的字：consent, accept, compromise

解答

Ⅰ.1. 承認  2. 同意  3. 贊成  4. 接受  5. 同意  6. 准許  7. 允許  Ⅱ.1. admitted/accepted  2. agree  3. adopted  4. granted  5. compromised
Ⅲ.1. approval  2. prohibit  3. confession  4. forbid  5. compromise

# A8 保證・信任

**negotiate**
〔nɪ'goʃɪˌet〕
動①交涉 ②商訂；談判 　negotiation 图 交涉；談判

**guarantee**
〔ˌgærən'ti〕
動 保證 图 保證（人） 比較 guaranty 图 擔保

**pledge**
〔plɛdʒ〕
動①發誓【to＋V】；宣誓 ②保證 图 誓約；典當；保證

**swear**
〔swɛr〕
動①發誓 ②斷言 ③咒罵【at】 　swear — swore — sworn

**subscribe**
〔səb'skraɪb〕
動①署名（同意） ②訂閱【to/for】 subscription 图 署名；捐款；預約〔sub-（在下面）＋scribe（寫）→署名〕

**contract**
〔'kɑntrækt〕
图 契約（書）〔kən'trækt〕動①訂契約；締結 ②（肌肉等）縮緊

**credit**
〔'krɛdɪt〕
图①信用；信任 ②聲望（＝good reputation） ③名譽 動 信賴 　creditable 形 值得稱讚的（praiseworthy）；聲譽好的 　credible 形 可信賴的（↔ incredible） credulous 形 易信的；易被欺騙的 　creed 图 教義；信條

**incredible**
〔ɪn'krɛdəbḷ〕
形①不可採信的；不可置信的（↔ credible） ②驚人的；非常的〔in-（＝not）＋cred（＝believe）＋-ible(adj.)〕

**belief**
〔bɪ'lif〕
图①信念（faith）（↔ doubt） ②信賴（trust）【in】③信仰(眞理)【in】 ④信仰 　believe 動 信仰；相信（belief 是一般用語，相信某事是眞實的。faith 則是毫無根據，不依理智判斷的信心，常指宗教上的信仰。trust 指憑直覺去信任人。）

**due**
〔dju〕
形①到期的 ②當然要支付的【to】 ③應該給的【to】④預定要做的【to＋V】 ⑤當然的 　due to 片 由於

**credence**
〔'kridn̩s〕
图 相信；信任；證件
→ give〔refuse〕credence to 相信（不相信）

─────────────────────────────────────《EXERCISE》──

Ⅰ. 請參考英文字彙，完成中文翻譯。

1. He *pledged* to marry me when he returned home.
   他＿＿＿＿＿＿回來後要和我結婚。

2. The two countries *negotiated* a peace treaty.
   這兩國＿＿＿＿＿＿一項和平條約。

3. What an *incredible* amount of work he has done！
   他做了＿＿＿＿＿＿工作啊！

4. You should *swear* on the Bible. 你必須手按聖經＿＿＿＿＿＿。

5. They put no *credit* in the manager's ability.
   他們完全不＿＿＿＿＿＿這個經理的能力。

Ⅱ. 請根據中文，使用本篇的字彙完成英文句子。

1. The rent is＿＿＿＿＿＿tomorrow. 房租明天到期了。

2. I＿＿＿＿＿＿to two newspapers. 我訂了兩份報紙。

3. We made a＿＿＿＿＿＿with the company to buy a ton of soybeans.
   我們和那家公司訂契約，購買一噸大豆。

4. It's my＿＿＿＿＿＿that knowledge is power.
   知識就是力量是我的信念。

5. The manufacturer＿＿＿＿＿＿the new machine for 5 years.
   廠商保證這個新機器可用五年。

Ⅲ. 依下列指示作答。

1. credible 反＿＿＿＿＿＿＿＿　　2. swear 動詞變化＿＿＿＿＿＿＿＿

3. negotiate 名＿＿＿＿＿＿＿＿　　4. subscribe 名＿＿＿＿＿＿＿＿

5. 挑出重音在第二音節的字：guarantee, contract, belief

┌─────┐
│解答│────────────────────────────────
└─────┘

Ⅰ. 1. 發誓　2. 商訂　3. 好多的　4. 發誓　5. 信任　　Ⅱ. 1. due　2. subscribe

3. contract　4. belief　5. guaranteed　　Ⅲ. 1. incredible　2. swore-sworn

3. negotiation　4. subscription　5. belief

# A9　語言・編輯

**spell**
〔spɛl〕
動①拼（字）　②導致　　spell - spelt - spelt　或
spell - spelled - spelled　　名①時期；一陣子（指氣候）
②咒語　　spelling 名拼字；拼法
→ a hot spell 一段時期的熱天

**dictate**
〔'dɪktet,
dɪk'tet 〕
動①口授；口述　②命令　　dictation 名聽寫；口述
dictator 名獨裁者；口述者　　dictatorial 形獨裁的；專制的

**linguistic**
〔lɪŋ'gwɪstɪk 〕
形①語言的　②語言學（上）的　　linguistics 名語言學
（當單數用）　　lingual 形舌的；語言的
比較 bilingual 形說兩種語言的

**literal**
〔'lɪtərəl 〕
形①照字面上的　②文字的　　literally 副 照字面地；
逐字地　　比較 letter 名字母；書信；【～s】文學；學問

**vocabulary**
〔və'kæbjə-
ˏlɛrɪ, vo- 〕
名 字彙

**tongue**
〔tʌŋ 〕
名①舌　②口才　③語言（ language , speech ）
→ mother tongue 本國語；母語

**dialect**
〔'daɪəlɛkt 〕
名①方言　②（ 特殊行業或階級所用的）通用語
比較 slang 名俚語 , dialogue 名對話

**symbol**
〔'sɪmbḷ 〕
名①象徵　②符號　　symbolic 形 象徵的；表象徵的【of】
symbolize 動 象徵

**manuscript**
〔'mænjə-
ˏskrɪpt 〕
名①原稿；草稿（＝ MS.）②抄本　　比較 manual 手製的；
手冊　　manufacture （大規模）製造

**draft（draught）**
〔dræft 〕
名①草案；草稿　②設計圖　③徵兵
→ draft dodger 逃避兵役者

**issue**
〔'ɪʃʊ , 'ɪʃjʊ 〕
名①癥結；爭論（點）②流出　③發行（ 物）；刊物的期號
動①流出　②發行　　→ at issue 爭論中
political issues 政治問題

**edition**
〔ɪ'dɪʃən 〕
名 版　　editor 名 編輯　　editorial 名 社論
形 編輯的；社論的

————————————————————————————《EXERCISE》——

Ⅰ. 請參考英文字彙，完成中文翻譯。

1. The book went through twenty-one *editions*.
   這本書已賣完二十一_____。

2. He has a great knowledge of the *linguistic* field.
   他精通_____。

3. He showed me the *manuscript* of his new play.
   他給我看他新劇本的_____。

4. Hot soup burned her *tongue*. 熱湯燙了她的_____。

5. He explained the *literal* meaning of the sentences.
   他解釋那些句子的_____意義。

6. They were speaking in a Southern *dialect*.
   他們用南部的_____說話。

7. We had a long *spell* of fine weather. 我們有一段很長_____的晴天。

Ⅱ. 請根據中文，使用本篇的字彙完成英文句子。

1. This is the rough_____ of the peace treaty. 這是和平條約草案。

2. She has a rich_____of English words. 她有很豐富的英文字彙。

3. He_____several letters to his secretary. 她給秘書口授了幾封信。

4. The lion is often used as a_____ of courage.
   獅子常被用來象徵勇氣。

5. This is one of the most important international_____of today.
   這是現今國際間最重要的爭論點。

6. Spanish is her mother_____. 西班牙語是她的母語。

Ⅲ. 依下列指示作答。

1. editor 圈_____

2. 挑出重音節母音發音不同的字。
   vocabulary, manuscript, dictate

┌─────┐
│解答│
└─────┘
Ⅰ.1. 版　2. 語言學　3. 原稿　4. 舌　5. 字面上的　6. 方言　7. 時期
Ⅱ.1. draft　2. vocabulary　3. dictated　4. symbol　5. issues　6. tongue
Ⅲ.1. editorial　2. dictate

# A10　習慣・遺傳

| | |
|---|---|
| **habitual**<br>〔hə'bɪtʃʊəl〕 | 圈①**習慣於～的**　②經常的（customary）<br>habit 图習性；習慣　　habituate 囫使～習慣於【to】 |
| **accustomed**<br>〔ə'kʌstəmd〕 | 圈①**習慣的**　②照往例的<br>accustom 囫使～習慣【to】 |
| **conventional**<br>〔kən'vɛnʃənl〕 | 圈①會議的　②傳統的；**習俗的**　③非核子武器的<br>（↔ *nuclear*）　　　convene 囫召集；召開會議<br>convention 图習俗；會議；協定<br>conventionally 囮習慣地；平常地 |
| **usage**<br>〔'jusɪdʒ〕 | 图①**使用**；對待（treatment）　②慣用（法）　③習慣 |
| **custom**<br>〔'kʌstəm〕 | 图①**習俗**　②習慣　③客人的光顧<br>④【～s】關稅；海關　　customary 圈習慣性的<br>customer 图顧客 |
| **tradition**<br>〔trə'dɪʃən〕 | 图①**傳統**；慣例　②代代相傳；口傳<br>traditional 圈傳統的；慣例的（traditionary） |
| **legend**<br>〔'lɛdʒənd〕 | 图**傳說**　　legendary 圈傳說的<br>比較 myth〔mɪθ〕图神話　　fable〔'febl〕图寓言<br>anecdote 图軼事　　episode 图插曲；插曲式的事件 |
| **heredity**<br>〔hə'rɛdətɪ〕 | 图**遺傳**　　hereditary 圈遺傳的；世襲的<br>比較 heritage〔'hɛrətɪdʒ〕图遺產 |
| **heir**<br>〔ɛr〕 | 图①**繼承人**【to】（女繼承人 heiress）　②後繼者【of】 |
| **inherit**<br>〔ɪn'hɛrɪt〕 | 囫**繼承**；遺傳　　inheritance 图繼承；遺產 |
| **inherent**<br>〔ɪn'hɪrənt〕 | 圈**天生的**；固有的【in】<br>inhere〔ɪn'hɪr〕囫固有；與生俱來【in】<br>inherence(-ency) 图固有；天賦<br>（比較 adhere ⇨ p.166） |

─────────────────────────────────────── ≪EXERCISE≫───

I. 請參考英文字彙，完成中文翻譯。

1. This car must have had rough *usage*. 這部車一定被粗率地_____過。

2. The *legend* says that she was a mermaid.
   _____她是一個美人魚。

3. That's one of the *conventions* of our daily life.
   那是我們日常生活上的_____。

4. Social *customs* vary greatly from country to country.
   各個國家的社會_____大不相同。

5. The instinct for survival is *inherent* in every living thing.
   生物的生存本能是_____。

6. He is a *habitual* late riser. 他_____很晚起床。

7. Names of cities, countries and languages are *conventionally* capital-
   ized in English.
   英文中，城市、國家、語言的名稱_____第一個字母要大寫。

II. 請根據中文，使用本篇的字彙完成英文句子。

1. They try to keep up the American_____. 他們想要保持美國的傳統。

2. He_____a considerable fortune. 他繼承了一筆可觀的財產。

3. I am_____to staying up late. 我習慣於熬夜。

4. The eldest son is usually the_____. 長子通常是繼承人。

5. Does a child's musical talent depend on_____?
   小孩子的音樂天份是遺傳而來的嗎？

III. 依下列指示作答。

1. custom 形_____　　　　2. tradition 形_____
3. legend 形_____　　　　4. habit 形_____
5. 挑出重音在第一音節的字：heredity, usage, inherit

┌─────┐
│解答│
└─────┘────────────────────────────────────
I. 1. 使用　2. 傳說　3. 習俗　4. 習俗　5. 天生的　6. 經常　7. 習慣上
II. 1. tradition　2. inherited　3. accustomed　4. heir　5. heredity　III. 1.
customary　2. traditional　3. legendary　4. habitual　5. usage

# WORD REVIEW GROUP A

| | | | |
|---|---|---|---|
| accept ☐☐ | debate ☐☐ | manifest ☐☐ |
| accuse ☐☐ | declare ☐☐ | manuscript ☐☐ |
| accustomed ☐☐ | decline ☐☐ | mention ☐☐ |
| acknowledge ☐☐ | demonstrate ☐☐ | negative ☐☐ |
| admit ☐☐ | deny ☐☐ | negotiate ☐☐ |
| adopt ☐☐ | describe ☐☐ | obvious ☐☐ |
| advertisement ☐☐ | designate ☐☐ | oppose ☐☐ |
| advise ☐☐ | dialect ☐☐ | permit ☐☐ |
| affirm ☐☐ | dictate ☐☐ | persuade ☐☐ |
| agree ☐☐ | discord ☐☐ | pledge ☐☐ |
| allow ☐☐ | display ☐☐ | pronounce ☐☐ |
| appeal ☐☐ | dispute ☐☐ | protest ☐☐ |
| appearance ☐☐ | draft(draught) ☐☐ | prove ☐☐ |
| approve ☐☐ | due ☐☐ | publish ☐☐ |
| argue ☐☐ | edition ☐☐ | quote ☐☐ |
| assert ☐☐ | eloquent ☐☐ | recommend ☐☐ |
| assure ☐☐ | emphasis ☐☐ | refer ☐☐ |
| belief ☐☐ | evidence ☐☐ | refuse ☐☐ |
| blame ☐☐ | exaggerate ☐☐ | reject ☐☐ |
| broadcast ☐☐ | exhibit ☐☐ | remark ☐☐ |
| claim ☐☐ | expose ☐☐ | represent ☐☐ |
| comment ☐☐ | friction ☐☐ | reproach ☐☐ |
| communicate ☐☐ | grant ☐☐ | resist ☐☐ |
| compromise ☐☐ | guarantee ☐☐ | reveal ☐☐ |
| condemn ☐☐ | habitual ☐☐ | rumor ☐☐ |
| conference ☐☐ | heir ☐☐ | spell ☐☐ |
| confess ☐☐ | heredity ☐☐ | striking ☐☐ |
| confront ☐☐ | illustrate ☐☐ | subscribe ☐☐ |
| consent ☐☐ | imply ☐☐ | suggest ☐☐ |
| contract ☐☐ | incredible ☐☐ | swear ☐☐ |
| contradict ☐☐ | indicate ☐☐ | symbol ☐☐ |
| contrary ☐☐ | inform ☐☐ | tongue ☐☐ |
| controversy ☐☐ | inherent ☐☐ | tradition ☐☐ |
| conventional ☐☐ | inherit ☐☐ | translate ☐☐ |
| convince ☐☐ | insist ☐☐ | transmit ☐☐ |
| credence ☐☐ | issue ☐☐ | usage ☐☐ |
| credit ☐☐ | legend ☐☐ | visible ☐☐ |
| critical ☐☐ | linguistic ☐☐ | vocabulary ☐☐ |
| custom ☐☐ | literal ☐☐ | witness ☐☐ |

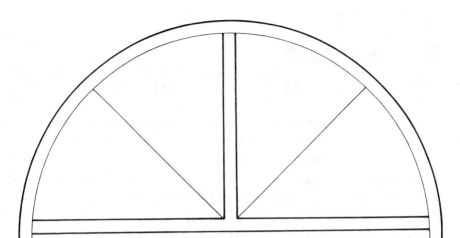

# GROUP

# B

## 學術研究

# B1　查詢・研究

| | |
|---|---|
| **seek**<br>〔sik〕 | 働①**尋求**（look for）　②企圖【to＋V】 |
| **inquire**<br>〔ɪnˈkwaɪr〕 | 働**詢問**；質問　inquiring 胞懷疑的；好追根究底的<br>inquiry 图質問；調查　→ inquire after 問候；問安<br>inquire for 訪問；詢問 |
| **investigate**<br>〔ɪnˈvɛstəˌget〕 | 働**調查**；研究　investigation 图調查；研究<br>（比 examine 還要詳細的、徹底的調查） |
| **survey**<br>〔səˈve〕 | 働①**調查**　②概觀　③測量　④眺望<br>〔ˈsɝve, səˈve〕图①調查　②概觀 |
| **inspect**<br>〔ɪnˈspɛkt〕 | 働①**檢查**；查閱　②視察　inspection 图檢查；調查<br>inspector 图檢查官；視察員 |
| **explore**<br>〔ɪkˈsplor,<br>-ˈsplɔr〕 | 働**探勘**；探測　exploration 图探測；探勘 |
| **research**<br>〔rɪˈsɝtʃ, ˈrisɝtʃ〕 | 图（科學性的）**調查**；研究　働調查；研究<br>〔re-（再）＋search（搜尋）〕 |
| **quest**<br>〔kwɛst〕 | 图**探求**；尋找（search）　→ in quest of 爲了尋求 |
| **analysis**<br>〔əˈnæləsɪs〕 | 图**分析**（↔ *synthesis* 合成）　【複】analyses〔-ˌsiz〕<br>analytic(-tical) 胞分析的（↔ *synthetic*(-*tical*)）<br>analyze(-lyse) 働分析 |
| **experiment**<br>〔ɪkˈspɛrəmənt〕 | 图**實驗**　働做實驗　experimental 胞實驗的；根據實驗的<br>比較 experience 图經驗　働經歷 |
| **laboratory**<br>〔ˈlæbrəˌtorɪ,<br>ˈlæbərə-〕 | 图**研究所**；**實驗室**〔laborat（＝to labor）＋-ory(*n.*)〕<br>比較 collaborate 働合作 |
| **clue**<br>〔klu〕 | 图**線索**；端倪　（比較 同音字 clew 線團） |
| **curious**<br>〔ˈkjʊrɪəs,<br>ˈkɪʊrɪ-〕 | 胞①**好奇的**　②古怪的　curiosity 图好奇心；求知慾；<br>珍品（curio） |

I. 請參考英文字彙，完成中文翻譯。

1. A stranger *inquired* about the train schedule.
   一個陌生人＿＿＿＿＿＿火車時刻。

2. They are engaged in cancer *research*. 他們從事癌症＿＿＿＿＿＿。

3. You should *investigate* the fact from a medical viewpoint.
   你應該從醫學觀點來＿＿＿＿＿＿這個事實。

4. We are *seeking* the solution to the problem.
   我們在＿＿＿＿＿＿解決這個問題的方法。

5. He *inspected* the new car before buying it.
   他在買這輛新車之前，先＿＿＿＿＿＿。

6. He orderd them to *survey* population growth.
   他命令他們去＿＿＿＿＿＿人口成長狀況。

II. 請根據中文，使用本篇字彙完成英文句子。

1. He made a close＿＿＿＿＿＿of the situation.
   他對這個情況做一個精密的分析。

2. Gulliver traveled in＿＿＿＿＿＿of adventure. 格列佛旅遊是爲了冒險。

3. He hopes to＿＿＿＿＿＿the uninhabited island.
   他希望探勘那個無人居住的島嶼。

4. They performed a new＿＿＿＿＿＿in chemistry.
   他們做了一個新的化學實驗。

5. The police found no＿＿＿＿＿＿. 警察沒有找到線索。

III. 依下列指示作答。

1. curious 图＿＿＿＿＿＿      2. inquiry 圗＿＿＿＿＿＿
3. synthesis 図＿＿＿＿＿＿      4. investigate 图＿＿＿＿＿＿
5. 挑出重音在第一音節的字：analytic, laboratory, experiment

┌─────┐
│解答│
└─────┘
I.1. 詢問  2.調查；研究  3.調查  4.尋求  5.檢查  6.調查  II.1. analysis
2. quest  3. explore  4. experiment  5. clue  III.1. curiosity  2. in-
quire  3. analysis  4. investigation  5. laboratory

# B2　觀察・情景

| | |
|---|---|
| **observe**<br>〔əbˈzɝv〕 | 動①觀察　②觀看　③評論　④遵守<br>observer 图 觀察者；評論者　observance 图 遵守；慶祝典禮<br>observant 形 善於觀察的；留心的　observation 图 觀察；評論 |
| **stare**<br>〔stɛr〕 | 動 瞪著眼看；**凝視**　图 凝視　比較 gaze 集中心思看；<br>注視 |
| **regard**<br>〔rɪˈgɑrd〕 | 動①認為（consider）【as】　②尊重（↔disregard）<br>图①考慮　②注視　③尊敬　④點；關係　⑤【～s】致意；<br>**問候**　regardless 形 不介意的；不關心的【of】<br>regarding 介 至於（concerning, respecting）<br>→ as regards 關於　with〔in〕regard to 關於 |
| **overlook**<br>〔͵ovɚˈlʊk〕 | 動①遺漏（fail to see, miss）　②**俯視**；眺望　③監督<br>④寬容 |
| **glimpse**<br>〔glɪmps〕 | 图 **一瞥**（比較 glance 一瞥）　動 瞥見 |
| **aspect**<br>〔ˈæspɛkt〕 | 图①情況；局面　②外觀；容貌　③方位 |
| **spectacle**<br>〔ˈspɛktəkl̩〕 | 图①光景；**情景**　②壯觀　③【～s】眼鏡<br>spectator 图 參觀者；目擊者　spectacular 形 壯觀的 |
| **perspective**<br>〔pɚˈspɛktɪv〕 | 图①觀點；**展望**　②回顧　③ 透視法〔per-（完全）＋spect<br>（看）＋ive〕比較 prospect 眺望　inspect 視察 |
| **scope**<br>〔skop〕 | 图 **範圍**　比較 microscope 顯微鏡　telescope 望遠鏡 |
| **landscape**<br>〔ˈlænskep,<br>ˈlænd-〕 | 图①**風景**；景色　②風景畫　比較 seascape 海景；海景畫 |
| **scenery**<br>〔ˈsinərɪ〕 | 图【集】**風景**；景色　scene 图 現場；場面；場 |
| **transparent**<br>〔trænsˈpɛrənt〕 | 形 透明的（↔ opaque〔oˈpek, əˈpek〕不透明的）<br>transparency(-ence) 图 透明 |

════════════════════════════════════════《EXERCISE》───

Ⅰ. 請參考英文字彙，完成中文翻譯。

1. He *stared* at the picture. 他_____著那張畫。

2. This subject is not within the *scope* of our study.
   這個主題不在我們的研究_____之內。

3. I was deeply impressed by the *scenery*.
   我對那個_____留下深刻的印象。

4. The hill *overlooked* the sea. 從這山丘上可以_____海面。

5. The windowpane was *transparent*. 那個窗子的玻璃是_____。

6. I have never seen such a disgusting *spectacle* in all my life.
   在我一生中，從未看過如此令人厭惡的_____。

Ⅱ. 請根據中文，使用本篇的字彙完成英文句子。

1. He is_____as the best doctor in the village.
   他被認為是這個村莊最好的醫生。

2. We have to get a proper_____of world's trends.
   我們要對世界趨勢有一個正確的觀點。

3. She_____the movements of birds in the woods with great
   interest. 她很有興趣地在森林中觀察鳥類的動態。

4. We must consider the financial_____of this project.
   我們必須考慮這個計劃的財務情況。

5. I caught a_____of him as he turned the corner.
   當他過那轉角時，我瞥見他。

6. John Constable is one of the most celebrated English_____
   painters. 約翰・康斯塔伯是最著名的英國風景畫家之一。

Ⅲ. 請依下列指示作答。

1. observe 彫_____　　　　2. spectacle 彫_____

3. 挑出重音在第二音節的字： landscape, aspect, transparent

┌─────┐
│解答│
└─────┘
Ⅰ.1. 凝視　2. 範圍　3. 景色　4. 俯視　5. 透明的　6. 光景　Ⅱ.1. regarded
2. perspective　3. observed　4. aspects　5. glimpse　6. landscape
Ⅲ.1. observant　2. spectacular　3. transparent

# B3 特徵・顯着

| | |
|---|---|
| **impression**<br>〔ɪmˈprɛʃən〕 | 图 **印象**；概念　　impressive 围 使人印象深刻的<br>impress 働 使有深刻印象；蓋印〔im- = in（在上面）+<br>press（壓）+ -ion（*n.*）〕 |
| **feature**<br>〔ˈfitʃɚ〕 | 图①【～s】容貌　②**特徵**　③要點　働 以～爲特色 |
| **trait**<br>〔 tret 〕 | 图 **特性**；特質（characteristic）<br>→ national traits 國民性 |
| **character**<br>〔ˈkærɪktɚ,<br>-ək-〕 | 图①**特徵；性格**　②品性　③身份　④角色　⑤文字<br>characteristic 围 有特色的　图 特徵<br>characterize 働 賦予特色 |
| **quality**<br>〔ˈkwɑlətɪ〕 | 图①質；**品質**（↔ *quantity*）　②特質　③德性<br>qualitative 围 品質上的；質的（↔ *quantitative*）<br>qualify 働 使勝任；緩和；使合格<br>qualification 图 資格；限制 |
| **excellent**<br>〔ˈɛksḷənt〕 | 围 **優秀的**；卓越的　　excel 働 擅長；勝過（surpass）<br>【at／in】　　excellence 图 優秀；卓越 |
| **prominent**<br>〔ˈprɑmənənt〕 | 围①傑出的；著名的　②**突出的**　　prominence 图 卓越；<br>顯著；突出物〔pro-（向前面）+ min（突出）+<br>-ent（*adj.*）〕 |
| **eminent**<br>〔ˈɛmənənt〕 | 围 **著名的**（renowned, famous）；聞名的<br>eminence 图 著名；聲望（renown, fame）〔e-（向外面）+<br>min（突出）+ -ent（*adj.*）〕 |
| **outstanding**<br>〔aʊtˈstændɪŋ〕 | 围①著名的；**顯著的**　②未解決的；未處理的<br>→ outstanding in scholarship 學識卓越 |
| **plain**<br>〔 plen 〕 | 围①**明白的**；平易的　②淡薄的　图 平原<br>plainly 副 明白地；樸素地；率直地 |
| **vivid**<br>〔ˈvɪvɪd〕 | 围①（印象、記憶）**栩栩如生的**（lively）　②鮮明的 |
| **typical**<br>〔ˈtɪpɪkḷ〕 | 围 有代表性的；**典型的**　　type 图 型；典型 |

───────────────────────────────〈EXERCISE〉──

I. 請參考英文字彙，完成中文翻譯。

1. His white house is the most **prominent** one on the street.
   他的白房子是整條街最＿＿＿＿＿。

2. He is **eminent** both as a teacher and writer.
   他是＿＿＿＿＿教師兼作家。

3. The calm surface reflected her **features** like a mirror.
   平靜的水面像鏡子般反映她的＿＿＿＿＿。

4. What do you think are the racial **traits** of the Chinese?
   你認爲中國的民族＿＿＿＿＿是什麼？

5. Try to write in **plain** English. 試著用＿＿＿＿＿英文寫。

6. That will give you a **vivid impression**. 那將給你一個＿＿＿＿＿。

7. Abraham Lincoln was a **typical** American patriot.
   亞伯拉罕・林肯是一個＿＿＿＿＿的美國愛國者。

II. 請根據中文，使用本篇的字彙完成英文句子。

1. She is an＿＿＿＿＿ student. 她是一個極優秀的學生。

2. He is a man with a lovable＿＿＿＿＿. 他是一個很可愛的人。

3. He＿＿＿＿＿at swiming. 他擅長游泳。

4. ＿＿＿＿＿is more important than quantity. 質重於量。

5. I have a lot of work still＿＿＿＿＿. 我有許多未處理的工作。

III. 依下列指示作答。

1. type 图＿＿＿＿＿＿       2. quality 図＿＿＿＿＿＿
3. character 图＿＿＿＿＿＿    4. excel 图＿＿＿＿＿＿
5. 挑出重音在第二音節的字：feature, prominent, impression

┌─────┐
│解答│────────────────────────────────
└─────┘
I.1. 突出的　2.著名的　3.容貌　4.特性　5.平易的　6.栩栩如生的，印象
7. 典型的　II.1. excellent　2. character　3. excels　4. Quality　5. out-
standing　III.1. typical　2. quantity　3. characteristic　4. excellence
5. impression

# B4　理解・確認

| | |
|---|---|
| **recognize**<br>〔ˈrɛkəgˌnaɪz〕 | 働①認出　②**認知**；承認　　recognition 图認知；承認<br>〔 re-（再）＋cognize（認識）〕 |
| **perceive**<br>〔 pɚˈsiv 〕 | 働①**知覺**；感覺　②察覺；理解（ understand ）<br>perceptible 圈可知覺的　　perception 图知覺<br>〔 per-（完全的）＋ceive（抓住）〕 |
| **conceive**<br>〔 kənˈsiv 〕 | 働①**構想**　②想　③想像（ imagine ）<br>conception 图概念；想像　　concept 图概念<br>conceit 图自負 |
| **comprehend**<br>〔ˌkɑmprɪ-<br>ˈhɛnd 〕 | 働**理解**（強調理解的過程　匝較 understand 強調理解的結果）<br>comprehensible 圈可理解的；易於了解的<br>comprehension 图理解；包含<br>comprehensive 圈有理解力的；包括的<br>〔 com-（完全）＋prehend（抓住）〕 |
| **apprehend**<br>〔ˌæprɪˈhɛnd〕 | 働①逮捕（ arrest ）　②**理解**（ understand ）<br>③憂慮（ fear ）　　apprehensive 圈掛念的<br>apprehension 图理解；懸念 |
| **appreciate**<br>〔əˈpriʃɪˌet 〕 | 働①辨別；判斷　②**欣賞**；鑑賞　③感謝<br>appreciation 图鑑賞；認識；感謝<br>appreciative 圈有鑑賞力的 |
| **interpret**<br>〔 ɪnˈtɝprɪt 〕 | 働①**解釋**　②翻譯（①②↔ *misinterpret* ）<br>interpretation 图解釋；翻譯　　interpreter 图翻譯者 |
| **conclude**<br>〔 kənˈklud 〕 | 働①結束　②**結論**　　conclusion 图終了；結論<br>conclusive 圈決定性的；最終的 |
| **confirm**<br>〔 kənˈfɝm 〕 | 働①**確認**；證實　②使～堅定信念【 in 】<br>confirmation 图確認；證實 |
| **ascertain**<br>〔ˌæsɚˈten 〕 | 働**確定**；探查 |

《EXERCISE》

I. 請參考英文字彙，完成中文翻譯。

1. He soon *comprehended* the significance of her words.
   他很快地_____她話中深長的意味。

2. She had changed so much that I couldn't *recognize* her.
   她改變得那麼多，以致於我無法 _____ 她。

3. How do you *interpret* these sentences？你如何_____這些句子？

4. We should *confirm* his intentions once more.
   我們應再一次的_____他的意圖。

5. The police expect to *apprehend* the robber before nightfall.
   警方希望在天黑以前 _____ 那個強盜。

6. He was *recognized* as a first-class singer.
   他被_____是第一流的歌手。

II. 請根據中文，使用本篇的字彙完成英文句子。

1. I'm going to_____the truth of his statement.
   我要確定一下他的話的眞實性。

2. I_____of the plan while I was smoking. 當我抽煙時，構想這個計劃。

3. He_____his speech with a few words from Shakespeare.
   他用莎士比亞的幾句話，來爲他的演說下結論。

4. I_____ that it is the right thing to do. 我想那是該做的事。

5. He learned to_____literature. 他學著欣賞文學。

III. 依下列指示作答。

1. conclude 图_____     2. recognize 图_____
3. comprehension 動_____     4. conception 動_____
5. 挑出重音在第二音節的字：interpret, ascertain, apprehend
6. 改錯：percieve, conferm, appriciation

┌解答┐

I.1.理解　2.認出　3.解釋　4.確認　5.逮捕　6.認爲　II.1. ascertain
2. conceived　3. concluded　4. perceive / comprehend　5. appreciate
III.1. conclusion　2. recognition　3. comprehend　4. conceive　5. inter-
pret　6. perceive, confirm, appreciation

# B5 假定・推測

**suppose**
〔sə'poz〕
動①**假定** ②想；推定　supposedly〔sə'pozɪdlɪ〕副 也許；想像上　supposition〔ˌsʌpə'zɪʃən〕名 想像；假定

**forecast**
〔for'kæst〕
動①**預測** ②預報（天氣）　forecast - forecast(ed) - forecast(ed)　〔'for͵kæst〕名 預測

**anticipate**
〔æn'tɪsə͵pet〕
動①預期；**期待** ②提前；促進　anticipation 名 預期；期待

**assume**
〔ə'sjum〕
動①假裝 ②**假定**；臆測 ③負起責任；承擔 ④霸佔　assumption 名 假設；臆測；假裝；採取

**presume**
〔prɪ'zum〕
動①推定；**假定** ②**認爲**　presumably 副 也許；大概　presumption 名 推定；猜想

**infer**
〔ɪn'fɝ〕
動 **推論**（ deduce ）；推理；推斷　inference 名 推論（ reasoning , deduction ）

**suspect**
〔sə'spɛkt〕
動①懷疑；**猜疑【 of 】** ②推測；認爲（ suppose ）③察覺　〔'sʌs-〕名 嫌疑犯　形 令人懷疑的　suspicion 名 懷疑；嫌疑　suspicious 形 懷疑的；可疑的

**predict**
〔prɪ'dɪkt〕
動 預言；預報；**預測**　prediction 名 預言

**prospect**
〔'prɑspɛkt〕
名①**展望**；前途 ②有希望的人選　prospective 形 預期的；未來的

**prophecy**
〔'prɑfəsɪ〕
名 **預言**　prophesy〔'prɑfə͵saɪ〕動 預言（ foretell ）　prophet 名 預言家

**likelihood**
〔'laɪklɪ͵hʊd〕
名 **可能性**（ probability ）　likely 形 如所期望的；有可能的（↔ *unlikely* ）　副 或許；很可能

**probable**
〔'prɑbəbḷ〕
形 **可能的**；大概的　probability 名 可能；或然性　probably 副 或許；大概

**inevitable**
〔ɪn'ɛvətəbḷ〕
形 難免的；必然的；**不可避免的**　inevitability 名 必然；無可避免　inevitably 副 必然地

────────────────────────────────────────《EXERCISE》──

Ⅰ. 請參考英文字彙，完成中文翻譯。

　1. I **suspect** he is sick. 我＿＿＿＿＿他病了。

　2. He had the gift of **prophecy**. 他有＿＿＿＿＿的天賦。

　3. The picture is **presumed** to have been painted by Picasso.
　　這幅畫被＿＿＿＿＿是畢卡索所畫的。

　4. I **suppose** he will be back soon. 我＿＿＿＿＿他很快就會回來。

　5. The farmer **predicted** that the grain would be ripe next month.
　　這個農夫＿＿＿＿＿下個月穀子將會成熟。

　6. Is there any **likelihood** of his coming？他有來的＿＿＿＿＿嗎？

　7. It snowed as was **forecast**. 下雪了，如＿＿＿＿＿所言。

　8. She **inferred** from his silence that he was angry.
　　她由他的沉默＿＿＿＿＿他生氣了。

Ⅱ. 請根據中文，使用本篇的字彙完成英文句子。

　1. I am＿＿＿＿＿a good vacation at the seaside.
　　我期待在海邊度一個愉快的假期。

　2. I＿＿＿＿＿that she was there. 我推測她在那裏。

　3. It is＿＿＿＿＿that Jane will come. 珍可能會來。

　4. The Foreign Minister said that war was＿＿＿＿＿.
　　外交部長說戰爭是不可避免的。

　5. She has a job with good＿＿＿＿＿. 她的工作很有前途。

Ⅲ. 依下列指示作答。

　1. suspicion 動＿＿＿＿＿　　　　2. suppose 图＿＿＿＿＿
　3. likely 图＿＿＿＿＿　　　　　　4. prophesy 图＿＿＿＿＿
　5. 挑出重音在第二音節的字：probable, predict, prospect

┌解答┐
─────────────────────────────────

Ⅰ.1.想　2.預言　3.認為　4.想　5.預測　6.可能性　7.預報　8.推斷
Ⅱ.1. anticipating　2. assumed　3. probable / presumed　4. inevitable
5. prospects　Ⅲ.1. suspect　2. supposition　3. likelihood　4. prophecy
5. predict

# B6　計量・比例

| | |
|---|---|
| **calculate**<br>〔'kælkjə‚let〕 | 動①**計算**；估計　②打算　③認爲；覺得<br>calculation 图 計算；估計的結果 |
| **compute**<br>〔kəm'pjut〕 | 動 **計算**　computer 图（電子）計算機<br>computerize 動 用電子計算機處理 |
| **reckon**<br>〔'rɛkən〕 | 動①**計算**（count）　②**想**；以爲（consider） |
| **measure**<br>〔'mɛʒɚ〕 | 動①**測量**　②評價　图①尺寸　②單位　③量度器<br>④【～s】手段；措施　measurement 图 測定；尺寸 |
| **weigh**<br>〔we〕 | 動①**稱～的重量**　②估量～的輕重　③考慮；權衡<br>weight 图 重；重量 |
| **amount**<br>〔ə'maunt〕 | 動 **共計【to】**　图【the～】**總計**；量（quantity） |
| **account**<br>〔ə'kaunt〕 | 图①**計算**；帳單　②說明；報告；記事　③考慮　④理由<br>⑤評價；價值　動①計算　②說明；解釋【for】<br>→ on account of 因爲；由於（＝because of）<br>take account of ～＝take～into account 考慮～；斟酌～<br>on no account ＝ by no means 絕不 |
| **quantity**<br>〔'kwɑntətɪ〕 | 图 **量**（↔ quality）　　quantitative 圈 量的；份量上的<br>（↔ qualitative） |
| **volume**<br>〔'vɑljəm〕 | 图①**卷**；册；書本　②**體積**；量　③音量　④【a～of /<br>～s of】大量的　voluminous 圈 很多的；豐富的；音量大的 |
| **degree**<br>〔dɪ'gri〕 | 图①**程度**（extent）　②度　③學位<br>比較　grade 图 等級；學年；成績　動 分類；分等級 |
| **average**<br>〔'ævərɪdʒ〕 | 图【the / an～】**平均**；一般標準　圈 平均的；普通的<br>→ on an average 平均而言 |
| **rate**<br>〔ret〕 | 图①**比例**；率　②速度（speed）　③費用；價錢<br>動 估價；認爲　ratio 图 比率；比例 |
| **proportion**<br>〔prə'porʃən ‚<br>-'pɔr-〕 | 图①**比例**；比率　②均衡　③部分　→ in proportion to<br>按～的比例　proportional 圈 比例的；相稱的 |

《EXERCISE》

Ⅰ. 請參考英文字彙，完成中文翻譯。

1. **Reckon** the cost before you decide to purchase the car.
你決定買車之前，先_____一下價錢。

2. On the **average**, I receive three letters every day.
_____而言，我每天收到三封信。

3. She can be trusted to some **degree**. 在某個_____內，可以信任她。

4. We are paid in **proprtion** to the work we do.
我們的報酬是依我們工作的_____給的。

5. Can you **compute** the distance of the moon from the earth?
你能_____地球與月球間的距離嗎？

6. The fifth **volume** of this set is missing.
這套書的第五_____遺失了。

7. The loss **amounted** to 100 dollars. 損失_____一百元。

Ⅱ. 請根據中文，使用本篇的字彙完成英文句子。

1. I_____ sixty-four kilograms. 我重 64 公斤。

2. Mother_____her monthly expenses. 母親計算她每月的開支。

3. It is impossible to_____for tastes. 嗜好是無法解釋的。

4. These goods are greater in _____ than in quality.
這些貨物量多而質不精。

5. They walked at the _____ of three miles an hour.
他們以每小時三哩的速度步行。

Ⅲ. 依下列指示作答。

1. volume 圈_____　　　2. calculate 圈_____
3. weigh 圈_____　　　4. quantity 圈_____
5. 挑出重音在第二音節的字：degree, average, measure

解答

Ⅰ.1. 計算　2. 平均　3. 程度　4. 比例　5. 計算　6. 冊　7. 共計　Ⅱ.1. weigh
2. calculated／computed　3. account　4. quantity　5. rate　Ⅲ.1. volu-
minous　2. calculation　3. weight　4. quantitative　5. degree

# B7 想起・知覺

| | |
|---|---|
| **remember**<br>〔rɪˈmɛmbɚ〕 | 働①**憶起** ②記得（↔ *forget*）【+V-ing/that】 ③記得去做<br>【to+V】 remembrance 图 記憶；問候 |
| **remind**<br>〔rɪˈmaɪnd〕 | 働 **使～想起【of】**；提醒 reminiscence 图 回想；追憶 |
| **recollect**<br>〔͵rɛkəˈlɛkt〕 | 働 **想起**；回想 recollection 图 記憶；回想<br>（remember 通常指沒有用意志力量，而憶起以往的經驗。<br>recollect 較正式，指盡力記起已忘記的事的思想過程。如：I<br>don't remember. I cannot recollect.） |
| **recall**<br>〔rɪˈkɔl〕 | 働①**想起**；使～想起 ②召還 ③取消<br>〔rɪˈkɔl ͵ˈri͵kɔl〕图 召還 |
| **recitation**<br>〔͵rɛsəˈteʃən〕 | 图 **背誦**；朗誦 recital〔rɪˈsaɪtl̩〕图 吟誦；演奏會<br>recite 働 背誦 |
| **associate**<br>〔əˈsoʃɪ͵et〕 | 働①**使～有關連** ②**聯想【with】** ③交際【with】<br>〔əˈsoʃɪɪt〕图 同事 圀 準的；副的<br>association 图 協會；交際；聯想 |
| **imagine**<br>〔ɪˈmædʒɪn〕 | 働①**想像** ②猜測 image〔ˈɪmɪdʒ〕图 像；肖像<br>imaginative 圀 富於想像力的 imaginable 圀 可想像的<br>imaginary 圀 想像上的（↔actual, real）；假想的<br>imagination 图 想像（力） 比較 fancy 图 空想；幻想力 |
| **conscious**<br>〔ˈkɑnʃəs〕 | 圀①**能察覺的（aware）【of】** ②**有意識（知覺）的【to】**；<br>清醒的 ③故意的（①②③↔*unconscious*）<br>consciously 圖 意識地；故意地<br>consciousness 图 意識；知覺 |
| **aware**<br>〔əˈwɛr〕 | 圀 **知道【of】**；注意到 awareness 图 知道；意識 |
| **ignorant**<br>〔ˈɪgnərənt〕 | 圀①**無知的**；未受教育的（uneducated） ②不知道【of】<br>（unaware） ignorance 图 無知；不學無術<br>ignore 働 無視於 |

≪EXERCISE≫

I. 請參考英文字彙，完成中文翻譯。

1. Can you *recollect* his name？你能＿＿＿＿＿他的名字嗎？

2. The teacher noted several mistakes in my *recitation*.
   老師特別提到我的＿＿＿＿＿中的幾個錯誤。

3. The ambassador was *recalled* from Warsaw.
   那個大使由華沙被＿＿＿＿＿。

4. His rudeness was *conscious*, not accidental.
   他的無禮是＿＿＿＿＿，不是無意的。

5. I *associate* strawberries with shortcake.
   我由草莓＿＿＿＿＿到油酥糕。

II. 請根據中文，使用本篇的字彙完成英文句子。

1. He was not＿＿＿＿＿of the danger. 他沒有注意到那危險。

2. Just＿＿＿＿＿traveling to the moon.
   想像一下到月球旅行。

3. I am＿＿＿＿＿of the reason for their quarrel.
   我不知道他們爭吵的理由。

4. I＿＿＿＿＿seeing her somewhere before.
   我記得以前在某個地方曾看過她。

5. That voice＿＿＿＿＿me of my mother.
   那個聲音使我想起我母親。

III. 依下列指示作答。

1. associate 圀＿＿＿＿＿＿　　2. ignore 圀＿＿＿＿＿＿

3. remember 圀＿＿＿＿＿＿　　4. conscious 圀＿＿＿＿＿＿

5. 挑出重音在第一音節的字：recollect, remind, image

解答

I.1. 想起　2. 背誦　3. 召回　4. 故意的　5. 聯想　II.1. aware / conscious
2. imagine　3. ignorant　4. remember / recall　5. reminded　III.1.
association　2. ignorance　3. remembrance　4. consciousness　5. image

# B8 思考・智力

| | |
|---|---|
| **consider**<br>〔kənˈsɪdə〕 | 動①認爲 ②考慮 ③體諒 considerate 形慎重的；<br>體貼的 consideration 图熟慮；深思<br>considerable 形相當多的；重要的<br>considerably 副十分地；相當地 |
| **deliberate**<br>〔dɪˈlɪbəˌret〕 | 動深思熟慮；商議；考慮 〔dɪˈlɪbərɪt〕形①慎重的<br>②故意的 deliberation 图熟慮；細心<br>deliberately 副慎重地；從容地 |
| **contemplate**<br>〔ˈkɑntəmˌplet,<br>kənˈtɛmplet〕 | 動①凝視 ②沉思；熟慮<br>contemplation 图凝視；冥想 |
| **reflect**<br>〔rɪˈflɛkt〕 | 動①反射；反映 ②爲～帶來（名譽）【on/upon】 ③思考<br>反省【on/upon】 reflection(-xion) 图反射；反映；熟思<br>reflective 形反射的；熟慮的 |
| **meditate**<br>〔ˈmɛdəˌtet〕 | 動①想 ②考慮【on/upon】 meditation 图沉思；冥想 |
| **speculate**<br>〔ˈspɛkjəˌlet〕 | 動①思索；深思【on/upon/about】 ②投機【in】<br>speculation 图思索；投機 speculative 形思索性的；<br>投機的 speculator 图投機者；純理論家 |
| **intelligent**<br>〔ɪnˈtɛlədʒənt〕 | 形有理性的；聰明的（clever） intelligence 图智力；<br>消息；情報局 intelligentsia 图知識階級；知識份子<br>intelligible 形可理解的；明瞭的（clear） |
| **intellectual**<br>〔ˌɪntlˈɛktʃuəl〕 | 形理性的（↔ *emotional*）；智力的（mental）；知識份子的<br>（cerebral） 图知識份子（intellect）<br>intellect 图理解力；智力；知識份子 |
| **mental**<br>〔ˈmɛntl̩〕 | 形①精神的；心智的（↔ *physical*） ②智慧的<br>mentally 副精神上；心理上<br>mentality 图智力；心理狀態 |
| **notion**<br>〔ˈnoʃən〕 | 图①想法；觀念（idea, conception） ②意圖；打算<br>（intention） notional 形觀念（上）的；純理論的 |
| **wisdom**<br>〔ˈwɪzdəm〕 | 图①智慧 ②賢明（↔ *folly*） ③知識<br>wise 形聰明的（↔ *foolish*）；飽學的 |

────────────────────────────────────── ≪EXERCISE≫ ──

Ⅰ. 請參考英文字彙，完成中文翻譯。

1. *Reflect* (up)on what you have done. ＿＿＿＿＿你所做的。

2. He has been *speculating* on his future. 他一直在＿＿＿＿＿他的將來。

3. She was *deliberate* in anything she did. 她做事很＿＿＿＿＿。

4. We had no *notion* of leaving our home town.
我們沒有離開家鄉的＿＿＿＿＿。

5. The doctor *contemplated* the difficult operation.
醫生＿＿＿＿＿這困難的手術。

6. His *mental* development was slow. 他的＿＿＿＿＿發展遲緩。

7. She *deliberated* whether to go or stay. 她＿＿＿＿＿該離開或留下。

8. He *meditated* for two days before giving his answer.
他在做答覆之前＿＿＿＿＿了兩天。

Ⅱ. 請根據中文，使用本篇的字彙完成英文句子。

1. I＿＿＿＿＿it to be true. 我認為它是真的。

2. Playing chess is a highly＿＿＿＿＿game. 西洋棋是一種高智力的遊戲。

3. She had enough＿＿＿＿＿to refuse the offer.
她有足夠的智慧來拒絕這個提議。

4. Man is higher in＿＿＿＿＿than animals. 人的智力比動物高。

Ⅲ. 依下列指示作答。

1. mental 反＿＿＿＿＿　　2. consider 名＿＿＿＿＿

3. meditate 名＿＿＿＿＿　　4. reflect 名＿＿＿＿＿

5. 挑出重音在第三音節的字：intelligent，contemplate，intellectual

┌──┐
│解答│
└──┘────────────────────────────────

Ⅰ.1.反省　2.思索　3.愼重　4.打算　5.深思　6.心智的　7.考慮　8.考慮
Ⅱ.1. consider　2. intellectual　3. wisdom　4. intelligence　　Ⅲ.1. physical
2. consideration　3. meditation　4. reflection　5. intellectual

# B9 學術・理論

**logical**
〔'lɑdʒɪkḷ〕
形①邏輯的；合理的（↔ illogical） ②必然的
logic 图 邏輯；理則學；推理
logician 图 邏輯學家；理則學家

**rational**
〔'ræʃənḷ〕
形 合理的；理性的（↔ irrational） rationality 图 合理；
理性 rationalize 動 合理化；用理論來說明

**abstract**
〔æb'strækt,
'æbstrækt〕
形 抽象的（↔ concrete 具體的） 图①摘要 ②抽象畫
抽象（雕刻）〔æb'strækt〕動①抽出 ②分心

**theory**
〔'θɪərɪ,'θɪrɪ〕
图 理論；學說（↔ practice）
theoretic(-tical) 形 理論上的；理論的
theorize 動 創立學說；推理

**principle**
〔'prɪnsəpḷ〕
图①原理；定理 （比較 law 定律；法則）
②主義；信條 比較 principal〔'prɪnsəpl〕⇨ p.54

**doctrine**
〔'dɑktrɪn〕
图①教義（dogma） ②主義 ③學說
doctrinal 形 教義上的；學理的

**hypothesis**
〔haɪ'pɑθəsɪs〕
图 假說；假設；前提 【複】hypotheses〔-,siz〕
hypothetical 形 假定的；臆說的 hypothesize 動 假設

**irony**
〔'aɪrənɪ〕
图 反語（法）；嘲弄；譏諷（satire〔'sætaɪr〕）
ironic(al)〔aɪ'rɑnɪk(ḷ)〕形 譏諷的；幽默的
比較 cynical 形 諷刺的；愛嘲笑的

**philosophy**
〔fə'lɑsəfɪ〕
图 哲學 philosophic(al) 形 哲學的
philosopher 图 哲學家

**psychology**
〔saɪ'kɑlədʒɪ〕
图①心理學 ②心理（狀態） psychological 形 心理學的
psychologist 图 心理學家

**philology**
〔fɪ'lɑlədʒɪ〕
图①文獻學 ②語言學（linguistics）

**biology**
〔baɪ'ɑlədʒɪ〕
图 生物學 biological 形 生物學的；生物的

**botany**
〔'bɑtṇɪ〕
图 植物學 botanical 形 植物學的

≪EXERCISE≫

Ⅰ. 請參考英文字彙，完成中文翻譯。

1. *Psychology* analyzes mental processes.＿＿＿＿＿＿分析人心理的歷程。

2. The war was a *logical* answer to those conditions.
那種情況下，戰爭是＿＿＿＿＿＿的解決方式。

3. We acted on the *hypothesis* that he was honest.
我們在他是誠實的＿＿＿＿＿＿下，採取行動。

4. Today there is no one who denies the *principle* of gravity.
現在沒有人否認萬有引力＿＿＿＿＿＿。

5. There was some *irony* in his words. 他話中帶有＿＿＿＿＿＿意味。

6. Every religion has its own *doctrine*. 每一種宗教都有它的＿＿＿＿＿＿。

Ⅱ. 請根據中文，使用本篇字彙完成英文句子。

1. Man is a ＿＿＿＿＿＿animal. 人是理性的動物。

2. He has studied the ＿＿＿＿＿＿of Plato. 他研究過柏拉圖的哲學。

3. "Peace," "health," "prosperity" are all ＿＿＿＿＿＿nouns.
「和平」、「健康」、「繁榮」都是抽象名詞。

4. In ＿＿＿＿＿＿, we studied the complexities of the human anatomy.
在生物學，我們研究複雜的人體的解剖構造。

5. They opposed Darwin's ＿＿＿＿＿＿of evolution.
他們反對達爾文的進化論。

Ⅲ. 依下列指示作答。

1. abstract 反＿＿＿＿＿＿　　2. logical 名＿＿＿＿＿＿

3. botany 形＿＿＿＿＿＿　　4. theory 反＿＿＿＿＿＿

5. 挑出重音節母音發音不同的字：irony, philosophy, doctrine, hypothesis

| 解答 |

Ⅰ.1.心理學　2.必然的　3.前提　4.定律　5.諷諭　6.教義　Ⅱ.1. rational
2. philosophy　3. abstract　4. biology　5. theory　Ⅲ.3. concrete　2.
logic　3. botanical　4. practice　5. irony

# B10　文學・藝術

| subject<br>〔'sʌbdʒɪkt〕 | 图①**主題**　②科目　围①從屬的　②易於～的<br>③以～爲條件的【to】　〔səb'dʒɛkt〕围 使～服從<br>subjection 图服從；隸屬　　subjective 围主觀的(↔objective) |
|---|---|
| motive<br>〔'motɪv〕 | 图①**動機**（cause for action）　②（藝術作品的）主題<br>motivate 围引起動機　比較 motion 图運動；動議 |
| plot<br>〔plɑt〕 | 图①**陰謀**　②情節　围圖謀　比較 scheme〔skim〕<br>图計畫　围計劃；密謀 |
| literature<br>〔'lɪtərətʃɚ〕 | 图①**文學**　②文獻　③印刷物；文件　literary 围文學的；<br>文言的（↔colloquial 口語的）　literate 围有學問的；<br>能讀能寫的（↔illiterate） |
| novel<br>〔'nɑvl̩〕 | 图**小說**　围新奇的；異常的　novelty 图新奇<br>novelist 图小說家　比較 author〔'ɔθɚ〕图作家；創始人<br>essay 图論文　fiction 图虛構；杜撰 |
| poetry<br>〔'poɪtrɪ,<br>'poˑətrɪ〕 | 图【集】**詩**（↔prose 散文）比較 verse 韻文<br>poem 图詩篇　poet 图詩人<br>poetic(-tical)围詩的（↔prosaic） |
| autobiography<br>〔ˌɔtəbaɪ-<br>'ɑgrəfɪ〕 | 图**自傳**　biography 图傳記 |
| tragedy<br>〔'trædʒədɪ〕 | 图①**悲劇**（↔comedy 喜劇）　②慘劇<br>tragic 围悲劇的（↔comic）；悲慘的 |
| portrait<br>〔'portret,'pɔr-〕 | 图**肖像**；人像　portray〔por'tre,pɔr-〕围 畫（像）；描繪 |
| sculpture<br>〔'skʌlptʃɚ〕 | 图**雕刻**（carving）　围雕刻（carve）<br>sculptor 图雕刻家 |
| craft<br>〔kræft,krɑft〕 | 图①技術；**工藝**；技巧　②船；飛機　crafty 围狡猾的<br>craftsman 图工匠；藝術家 |
| artistic<br>〔ɑr'tɪstɪk〕 | 围**藝術的**　art 图藝術；美術；技術<br>artificial〔-'fɪʃəl〕围人造的；不自然的（↔natural）<br>artist 图藝術家　artisan 图工匠；技工 |

━━━━━━━━━━━━━━━━━━━━━━《EXERCISE》━━━

I. 請參考英文字彙，完成中文翻譯。

1. His *autobiography* was published when he was sixty.
   他六十歲時出版他的_____。

2. They exhibit arts and *crafts* of China in this museum.
   他們在這個博物館展覽中國的美術與_____。

3. What is the *subject* of the poem ? 這首詩的_____是什麼？

4. His plays have very complicated *plots*. 他的劇本有很複雜的_____。

5. Are these flowers *artificial* or real? 這些花是_____或是天然的？

6. These statues are all examples of ancient Greek *sculpture*.
   這些雕像都是古希臘_____的樣本。

7. He had wide-ranging *artistic* interests. 他有廣泛的_____興趣。

II. 請根據中文，使用本篇字彙完成英文句子。

1. A collection of her_____ has just been published.
   她的詩集剛剛才出版。

2. I want to know his real_____ for killing himself.
   我想知道他自殺的眞正動機。

3. *Macbeth* is one of the four greatest_____ of Shakespeare.
   馬克白是莎士比亞的四大悲劇之一。

4. I had my_____ painted by a famous artist.
   我請一位有名的藝術家畫我的像。

5. I like_____ and especially_____. 我喜愛文學,特別是小說。

III. 依下列指示作答。

1. colloquial 図_____　　　2. artificial 図_____
3. tragedy 形_____　　　4. subject 形_____
5. 挑出劃線部分不同音的字：m<u>o</u>tive, n<u>o</u>vel, p<u>o</u>etry

┌解答┐
└──┘━━━━━━━━━━━━━━━━━━━━━━━━━

I.1. 自傳　2. 工藝　3. 主題　4. 情節　5. 人造的　6. 雕刻　7. 藝術的　II.1.
poetry　2. motive　3. tragedies　4. portrait　5. literature, novels
III.1. literary　2. natural　3. tragic　4. subjective　5. novel

# WORD REVIEW

| | | | | | |
|---|---|---|---|---|---|
| abstract | ☐☐ | hypothesis | ☐☐ | prophecy | ☐☐ |
| account | ☐☐ | ignorant | ☐☐ | proportion | ☐☐ |
| amount | ☐☐ | imagine | ☐☐ | prospect | ☐☐ |
| analysis | ☐☐ | impression | ☐☐ | psychology | ☐☐ |
| anticipate | ☐☐ | inevitable | ☐☐ | quality | ☐☐ |
| appreciate | ☐☐ | infer | ☐☐ | quantity | ☐☐ |
| apprehend | ☐☐ | inquire | ☐☐ | quest | ☐☐ |
| artistic | ☐☐ | inspect | ☐☐ | rate | ☐☐ |
| ascertain | ☐☐ | intellectual | ☐☐ | rational | ☐☐ |
| aspect | ☐☐ | intelligent | ☐☐ | recall | ☐☐ |
| associate | ☐☐ | interpret | ☐☐ | recitation | ☐☐ |
| assume | ☐☐ | investigate | ☐☐ | reckon | ☐☐ |
| autobiography | ☐☐ | irony | ☐☐ | recognize | ☐☐ |
| average | ☐☐ | laboratory | ☐☐ | recollect | ☐☐ |
| aware | ☐☐ | landscape | ☐☐ | reflect | ☐☐ |
| biology | ☐☐ | likelihood | ☐☐ | regard | ☐☐ |
| botany | ☐☐ | literature | ☐☐ | remember | ☐☐ |
| calculate | ☐☐ | logical | ☐☐ | remind | ☐☐ |
| character | ☐☐ | measure | ☐☐ | research | ☐☐ |
| clue | ☐☐ | meditate | ☐☐ | scenery | ☐☐ |
| comprehend | ☐☐ | mental | ☐☐ | scope | ☐☐ |
| compute | ☐☐ | motive | ☐☐ | sculpture | ☐☐ |
| conceive | ☐☐ | notion | ☐☐ | seek | ☐☐ |
| conclude | ☐☐ | novel | ☐☐ | spectacle | ☐☐ |
| confirm | ☐☐ | observe | ☐☐ | speculate | ☐☐ |
| conscious | ☐☐ | outstanding | ☐☐ | stare | ☐☐ |
| consider | ☐☐ | overlook | ☐☐ | subject | ☐☐ |
| contemplate | ☐☐ | perceive | ☐☐ | suppose | ☐☐ |
| craft | ☐☐ | perspective | ☐☐ | survey | ☐☐ |
| curious | ☐☐ | philology | ☐☐ | suspect | ☐☐ |
| degree | ☐☐ | philosophy | ☐☐ | theory | ☐☐ |
| deliberate | ☐☐ | plain | ☐☐ | tragedy | ☐☐ |
| doctrine | ☐☐ | plot | ☐☐ | trait | ☐☐ |
| eminent | ☐☐ | poetry | ☐☐ | transparent | ☐☐ |
| excellent | ☐☐ | portrait | ☐☐ | typical | ☐☐ |
| experiment | ☐☐ | predict | ☐☐ | vivid | ☐☐ |
| explore | ☐☐ | presume | ☐☐ | volume | ☐☐ |
| feature | ☐☐ | principle | ☐☐ | weigh | ☐☐ |
| forecast | ☐☐ | probable | ☐☐ | wisdom | ☐☐ |
| glimpse | ☐☐ | prominent | ☐☐ | | |

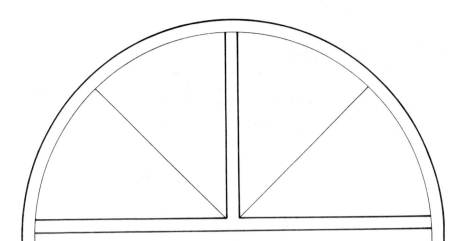

# GROUP
# C
# 判斷

# C1 判斷・價值

| | |
|---|---|
| **judg(e)ment**<br>〔'dʒʌdʒmənt〕 | 图①判斷(力) ②裁判；審判 ③意見 judge 图裁判；<br>法官；鑑定家 圗裁判；審判；判斷 |
| **evaluation**<br>〔ɪ,væljʊ'eʃən〕 | 图評價 evaluate 圗評價；估價；估計 |
| **value**<br>〔'væljʊ〕 | 图①價值(worth)；重要性 ②價格 圗①評價；估價<br>②尊重；重視 valuable 圏有價值的；昂貴的(costly)<br>图【～s】貴重物品 |
| **merit**<br>〔'mɛrɪt〕 | 图①價值 ②優點(↔demerit) ③功績；功勳<br>圗應得；值得(deserve) |
| **estimate**<br>〔'ɛstə,met〕 | 圗①評定；估計 ②評價；判斷 〔'ɛstəmɪt〕图意見；<br>估計；判斷 estimation 图評價；判斷；估計；尊重<br>比較 esteem 圗尊重；尊敬(respect)；想；認爲<br>图尊敬(respect) |
| **deserve**<br>〔dɪ'zɝv〕 | 圗應得；值得；該受 deserving 圏相當的；值得的<br>【of】 |
| **worthy**<br>〔'wɝðɪ〕 | 圏①值得的【of/to＋V】 ②有價值的；可敬的<br>(honorable)(↔unworthy) worthwhile 圏值得的<br>worth 圏值得的；值～的 图價值(value)(value 指因有用<br>處而受到重視的特質。worth 指物件本身的價值受重視而非其<br>用處。merit 指人或物品雖然不完美，但有其可取之處。) |
| **precious**<br>〔'prɛʃəs〕 | 圏①貴重的；昂貴的(costly)；可愛的 ②寶貝；愛人<br>(dear, beloved) preciousness 图貴重 |
| **comparable**<br>〔'kɑmpərəbl〕 | 圏①可與～相匹敵【to】 ②可與～比擬的【with】<br>compare 圗比較【with】；比擬；喩爲【to】<br>comparison 图比較<br>comparative 圏比較的；比較而言的<br>comparatively 圗比較地；相當地<br>→(as) compared with 與～比較起來<br>in comparison with 與～相較 |

━━━━━━━━━━━━━━━━━━━━━━━━━━━━━━《EXERCISE》━━

I. 請參考英文字彙，完成中文翻譯。

　1. Can I have your *evaluation* of the matter as soon as possible?
　　我可以儘快知道你對那件事的＿＿＿＿＿＿嗎？

　2. This is a book *worthy* of praise.
　　這是一本＿＿＿＿＿＿讚賞的書。

　3. The castle is *worth* visiting. 這個城堡＿＿＿＿＿＿參觀。

　4. His work is of great *value* to our business.
　　他的工作對我們的事業極為＿＿＿＿＿＿。

　5. Diamonds are *precious* stones. 鑽石是＿＿＿＿＿＿的寶石。

　6. Her greatest *merit* is her honesty.
　　她最大的＿＿＿＿＿＿是誠實。

II. 請根據中文，使用本篇字彙完成英文句子。

　1. He＿＿＿＿＿＿the loss at five million dollars.
　　他估計損失五百萬元。

　2. In my＿＿＿＿＿＿she is a very good singer.
　　依我判斷，她是一個很好的歌手。

　3. He is＿＿＿＿＿＿with you in many respects.
　　他在很多方面可與你相匹敵。

　4. His theory＿＿＿＿＿＿consideration. 他的理論值得考慮。

III. 依下列指示作答。

　1. value 形＿＿＿＿＿＿＿＿　　2. evaluate 名＿＿＿＿＿＿＿＿
　3. worthy 反＿＿＿＿＿＿＿＿　　4. judge 名＿＿＿＿＿＿＿＿
　5. 挑出重音在第二音節的字：deserve, estimate, comparable

┌─────┐
│解答│
└─────┘
I. 1. 評價　2. 值得　3. 值得　4. 重要　5. 貴重的　6. 優點　II. 1. estimated
2. judg(e)ment　3. comparable　4. deserves　III. 1. valuable　2.
evaluation　3. unworthy　4. judg(e)ment　5. deserve

# C2　調整・適當

**adapt**
〔ə'dæpt〕
動①**使適合**；使適應【to/for】　②改編【for】
（比較 apt ⇨p.58）　adaptation 图 適應；改作；改編

**adjust**
〔ə'dʒʌst〕
動 調節；調整；**適應**【to】　adjustment 图 調節；調整

**apply**
〔ə'plaɪ〕
動①適用【to】　②**申請**【for】　application 图 適用；
申請　applicant 图 應徵者；申請者
appliance 图 器具；裝備

**prepare**
〔prɪ'pɛr〕
動①**準備**【for】　②調配　③使～覺悟【for】
preparation 图 準備；預習　preparatory 图 準備的；預備的

**reconcile**
〔'rɛkən‚saɪl〕
動①**和解**　②調和　reconciliation 图 和解；調停

**conform**
〔kən'fɔrm〕
動①使～一致；使～順應　②依照；**遵從**
conformity 图 一致；服從

**coordinate**
〔ko'ɔrdṇ‚et〕
動 綜合；**調整**；統合　〔ko'ɔrdṇɪt〕图 同等的；對等的
图 同等者（物）；同位；座標
coordination 图 同等；調節；協調

**suitable**
〔'sutəbḷ‚'sju-〕
图 **適合的**；適宜的；恰當的（↔*unsuitable*）【for】
suit 图 訴訟；一套衣服　動 適合；適應

**proper**
〔'prɑpɚ〕
图①正當的；**適當的**（↔*improper*）　②得體的；高尚的
③獨特的；特有的　properly 副 準確地；端莊地；完全地
property 图 財產；所有物；特性

**appropriate**
〔ə'proprɪɪt〕
图①**適當的**；合適的【to/for】　②相稱的；專屬的
〔ə'proprɪ‚et〕動①充當；撥作～之用　②挪用；侵占
appropriation 图 專用；充當

**moderate**
〔'mɑdərɪt〕
图①**適度的**；有節制的（↔*excessive*, *extreme*）　②穩健的；
溫和的（temperate）　〔-‚ret〕動 減輕；緩和
moderator 图 仲裁者；主席　moderation 图 適度

━━━━━━━━━━━━━━━━━━━━━━━━━━━━━ 《EXERCISE》━━

I. 請參考英文字彙，完成中文翻譯。

1. That dress is more **suitable** for the occasion.
   這衣裳更_____那種場合。

2. She soon **adjusted** herself to the new way of life there.
   她很快的_____那裏的新生活方式。

3. The child needs **proper** medical attention at a hospital.
   這個孩子需要在醫院接受_____醫療照顧。

4. You must **adapt** yourself to the change quickly.
   你必須很快地_____這種變化。

5. All students must **conform** to the rules.
   所有的學生都要_____這些規則。

6. Plain clothes are **appropriate** for school wear.
   樸素的服裝_____上學穿著。

7. He is a man of **moderate** opinions. 他是一個意見_____的人。

8. They **coordinated** the activities of all the organizations.
   他們_____所有的機構的活動。

II. 請根據中文，使用本篇字彙完成英文句子。

1. When does this rule_____? 這規則何時適用？

2. He got_____ with his wife. 他和太太言歸於好。

3. _____ to the address given above. 向上述地址申請。

4. Mother is_____ us a meal. 媽媽為我們準備菜飯。

III. 依下列指示作答。

1. application 動_____     2. suitable 反_____
3. adapt 名_____、          4. prepare 名_____
5. 挑出重音在第二音節的字：appropriate, reconcile, moderate

┌─────┐
│解答│
└─────┘
I.1.適合　2.適應　3.適當的　4.適應　5.遵從　6.適合於　7.溫和　8.調整
II.1. apply　2. reconciled　3. Apply　4. preparing　III.1. apply　2. un-
suitable　3. adaptation　4. preparation　5. appropriate

# C3 正確・徹底

**correct**
〔kəˈrɛkt〕
形① **正確的**（↔ incorrect）（指正確無誤或適合一般禮俗的）
②適當的　動 改正　　correction 名 訂正

**precise**
〔prɪˈsaɪs〕
形① **正確的；精密的**（exact）　②嚴格的
precisely 副 正確地　　precision 名 正確；精密
比較 exact 形（強調細節的）正確的

**accurate**
〔ˈækjərɪt〕
形 正確的（↔ inaccurate）；**精確的**　　accuracy 名 正確
（↔ inaccuracy）　　accurately 副 正確地；精密地

**punctual**
〔ˈpʌŋktʃʊəl〕
形 敏捷的；**守時的【** in／for **】**
punctuality 名 準時；守時

**reasonable**
〔ˈriznəbḷ〕
形① **合理的**　②明辨事理的（sensible）（↔ unreasonable）
③ 適度的（moderate）　　比較 rational 合理的；有理性的
⇨ p.40　　reason 名 理由；理性　動 推理；說服
reasonably 副 合理地；相當地
reasoning 名 推理；推論

**complete**
〔kəmˈplit〕
形① **完全的**；完整的　②完成的（↔ incomplete 未完成的；
不完全的）　動① 完成　②完工　　completion 名 完成；
圓滿　　completely 副 完全地；徹底地

**utter**
〔ˈʌtɚ〕
形 **全然的**；完全的（complete）　動 說出；吐露
utterance 名 發聲；發言　　utterly 副 全然（completely）

**absolute**
〔ˈæbsəˌlut〕
形 **絕對的**（↔ relative）；完全的（complete, perfect）；
眞正的　　absolutely 副 絕對地；完全地；肯定地

**thorough**
〔ˈθɝo,-ə〕
形 **徹底的**；完全的（complete）
thoroughly 副 徹底地；全然（completely）

**drastic**
〔ˈdræstɪk〕
形① **激烈的**；徹底的（thorough）　②强烈的（violent）

**radical**
〔ˈrædɪkḷ〕
形① **根本的**（fundamental）　②完全的；徹底的（complete,
thorough）　③激進的（extreme）　名 激進主義者

≪EXERCISE≫

Ⅰ. 請參考英文字彙，完成中文翻譯。

1. She was in *utter* despair. 她_____絕望了。

2. He made an *accurate* report of the incident.
   他對那個意外事件做了一個_____的報告。

3. You should try to tell the *absolute* truth.
   你應該試著說出_____事實。

4. The *precise* sum is 34 ½ cents._____的數目是三十四分半。

5. The police began to make a *thorough* search.
   警方開始做一番_____的搜索。

6. She is *correct* in saying so. 她這樣說是_____。

7. When will work be *completed* on the new building?
   這新大廈的工程幾時_____?

Ⅱ. 請根據中文，使用本篇字彙完成英文句子。

1. He is_____in keeping appointments. 他赴約會很守時。

2. At this point we decided to take_____action.
   在這種情況下，我們決定採取激烈的行動。

3. That seems a_____suggestion. 這似乎是合理的建議。

4. His opinions are very_____. 他的看法很激進。

5. He has a_____set of Dickens' works.
   他有全套的狄更斯的作品。

Ⅲ. 依下列指示作答。

1. complete 反_____　　　2. precise 图_____
3. reason 形_____　　　4. utter 图_____
5. 挑出重音在第二音節的字： accurate, absolute, correct

解答
Ⅰ. 1.全然　2.精確　3.真正的　4.正確　5.徹底　6.正確的　7.完工　Ⅱ.1.
punctual　2. drastic　3. reasonable　4. radical　5. complete　Ⅲ.1. in-
complete　2. precision　3. reasonable　4. utterance　5. correct

# C4 充足・過度

| | |
|---|---|
| **sufficient**<br>〔sə'fɪʃənt〕 | 屁 **充分的**；足夠的（enough）（↔ *insufficient*）<br>suffice〔sə'faɪs,-'faɪz〕働 足夠；使滿足<br>sufficiency 图 充分　　sufficiently 副 充分地 |
| **adequate**<br>〔'ædəkwɪt〕 | 屁 ①**足夠的**；充分的（enough）【to】　②適切的；妥當的<br>【to/for】（↔ *inadequate*）　adequacy 图 妥當；足夠 |
| **abundant**<br>〔ə'bʌndənt〕 | 屁 **豐富的**；充足的；很多的【in】　　abound 働 富於<br>【in/with】；充滿　abundance 图 豐富；充足 |
| **ample**<br>〔'æmpḷ〕 | 屁 ①**富足的**；充足的（enough）（↔ *scanty* 缺乏的　*scarce*<br>不足的）　②**廣闊的** |
| **numerous**<br>〔'njumərəs〕 | 屁 **極多的**　　number 图 數量；數字；號碼<br>numberless 屁 無數的　　numeral 图 數字 |
| **innumerable**<br>〔ɪ'njumərəbḷ,<br>ɪn'n-〕 | 屁 **無數的**（countless）　　比較 manifold 屁 多面的；種種的 |
| **excessive**<br>〔ɪk'sɛsɪv〕 | 屁 **過度的**；格外的；極端的（extreme）（↔*moderate*）<br>excess 图 超過；過多；不節制　exceed〔ɪk'sid〕働 超越<br>勝過　　exceeding 屁 非常的；過度的<br>exceedingly 副 非常地（very, extremely） |
| **extreme**<br>〔ɪk'strim〕 | 屁 ①**極端的**；偏激的（↔*moderate*）　②極度的　③最後的<br>图 極端　extremely 副 極端地<br>extremity 图 先端；末端（end）；極端 |
| **extraordinary**<br>〔ɪk'strɔrdṇ͵ɛrɪ,<br>͵ɛkstrə'ɔr-〕 | 屁 ①**異常的**；特別的；非常的　②臨時的；驚人的<br>（ 比較 ordinary ⇒ p.68）　extraordinarily 副 格外地；<br>異常地 |
| **multitude**<br>〔'mʌltə͵tjud〕 | 图 ①**多數**【of】　②【the～】大眾；群眾<br>multitudinous 屁 多數的；種種的　〔multi-(多)＋tude(*n.*)〕<br>比較 multiply 働 增加；繁殖 |
| **surplus**<br>〔'sɝplʌs〕 | 图 **剩餘**；過剩；**盈餘**（↔*deficit* 不足；赤字） |

─────────────── ≪EXERCISE≫ ───

Ⅰ. 請參考英文字彙，完成中文翻譯。

1. There was *ample* food for the flood victims.
   有_____的食物給水災災民。

2. The party gave her *extreme* pleasure. 這宴會帶給她_____的樂趣。

3. *Numerous* people have read this book._____的人讀過這本書。

4. He has an *adequate* income to support his family.
   他有_____的收入維持他的家計。

5. Brazil has a big *surplus* of coffee.
   巴西的咖啡生產_____。

6. That boy takes an *excessive* interest in motorcars.
   那孩子對汽車_____有興趣。

7. Do you have *sufficient* fuel for the trip？
   這次旅行你有_____燃料嗎？？

Ⅱ. 請根據中文，使用本篇字彙完成英文句子。

1. You shouldn't_____the speed limit. 你不可超速。

2. This flower is of_____size. 這花的大小很特別。

3. A_____of thoughts filled his mind. 他的心中有很多想法。

4. _____stars were shining in the night sky.
   無數的星星在夜空中閃爍。

5. Rubber trees are_____in South America.
   南美洲有很多橡膠樹。

Ⅲ. 依下列指示作答。

1. abundant 動_____        2. excessive 動_____
3. sufficient 图_____        4. extreme 副_____
5. 挑出重音在第二音節的字： ample, adequate, innumerable

┌─────┐
│解答│─────────────────────────────
└─────┘

Ⅰ.1. 充足   2.極大   3.極多   4.足夠   5. 過剩   6. 格外的   7.足夠的   Ⅱ.1.
exceed   2. extraordinary   3. multitude   4. Innumerable   5. abundant
Ⅲ.1. abound   2. exceed   3. sufficiency   4. extremely   5. innumerable

# C5　主要・最高

| | |
|---|---|
| **primary**<br>〔'praɪˌmɛrɪ,<br>-mərɪ〕 | 圈①第一的；初步的　②根本的　③**主要的**<br>　比較 secondary 圈第二的；次要的　　primarily 圖 最初；<br>主要地　　prime 圈 最佳的；主要的　图 全盛期<br>primitive〔'prɪ-〕圈 原始的 |
| **principal**<br>〔'prɪnsəpḷ〕 | 圈**主要的**（chief）；重要的　图 校長；長官；主角<br>（ primary 指次序最先的。principal 指大小、地位高過他<br>人的。） |
| **significant**<br>〔sɪg'nɪfəkənt〕 | 圈①意義深遠的（↔ *insignificant* ）　②重要的（ *important* ）<br>③**表示〜意義的**　　significance 图 意義；重要性<br>signify 圃 表示；意味〔 sign（符號）＋ficant（當作〜的）〕 |
| **major**<br>〔'medʒɚ〕 | 圈**大部分的**；主要的（↔ *minor*〔'maɪnɚ〕）<br>majority〔mə'dʒɔrətɪ〕图 大多數；過半數（↔ *minority* ） |
| **superior**<br>〔sə'pɪrɪɚ, su-〕 | 圈**優良的**；較好的（↔ *inferior* ）【 to 】<br>superiority 图 優越（↔ *inferiority* ） |
| **subordinate**<br>〔sə'bɔrdṇɪt〕 | 圈 下級的；從屬的；**下屬的**　〔-ˌet〕圃 居下位；隸屬 |
| **supreme**<br>〔sə'prim, su-〕 | 圈**至高的**；無上的；最終的　　supremacy〔-'prɛ-〕图 至尊；<br>霸權 |
| **prior**<br>〔'praɪɚ〕 | 圈①**在前的**；優先的；居先的　②較重要的【 to 】<br>（↔ *posterior* ）　　priority 图 優先（權） |
| **posterior**<br>〔pas'tɪrɪɚ〕 | 圈①後部的（↔ *anterior* ）　②在後的；其次的（↔ *prior* ）<br>posterity 图【集】子孫（ *descendants* ） |
| **utmost**<br>〔'ʌtˌmost〕 | 圈①**最大的**　②極度的　图【 the 〜】最大限度 |
| **maximum**<br>〔'mæksəməm〕 | 图**最大限度**（↔ *minimum* ）　【複】maxima（↔ *minima* ）<br>或 -mums |
| **summit**<br>〔'sʌmɪt〕 | 图①峯頂（ top ）；**顚峯**　②高階層會議 |

《EXERCISE》

Ⅰ. 請參考英文字彙，完成中文翻譯。

1. This is a *significant* day for our school.
這個日子對我們學校_____。

2. A *primary* cause of Tom's failure is his laziness.
湯姆失敗的_____原因是他太懶了。

3. I have the *utmost* confidence in his ability.
我對他的能力有_____信心。

4. John is *subordinate* to the advertising manager of the company.
約翰是這公司廣告經理的_____。

5. This plan is *prior* to all else. 這個計劃比其他的_____。

Ⅱ. 請根據中文，使用本篇字彙完成英文句子。

1. The Pope is the_____leader of the Roman Catholic Church.
教宗是羅馬天主教的至高無上的領導人。

2. Joe has done the_____part of the job. 喬已做了這工作的大部分。

3. Drivers must not exceed a_____of 55 miles an hour.
駕駛的速度最快不得超過每小時 55 哩。

4. They are_____in the play. 他們是劇中的主角。

5. This computer is far_____to that one in quality.
這個計算機的品質遠比那個好。

6. We could see the_____of a mountain twenty miles away.
我們可以看到二十哩外一座山的山頂。

Ⅲ. 依下列指示作答。

1. inferior 反_____ 　　 2. maximum 反_____
3. major 图_____ 　　 4. superior 图_____
5. 挑出重音在第一音節的字：supreme, utmost, posterity

解答

Ⅰ.1.意義深遠　2.主要　3.極大的　4.屬下　5.重要　Ⅱ.1. supreme　2.
major　3. maximum　4. principals　5. superior　6. summit　Ⅲ.1. superior
2. minimum　3. majority　4. superiority　5. utmost

# C6 相關・參與

| | |
|---|---|
| **concern**<br>〔kən'sɜn〕 | 動①關於；影響【with/in】　②擔心；關心【about/for】<br>名①關係；利害關係　②關心　　concerning 介 關於 |
| **relate**<br>〔rɪ'let〕 | 動①使關聯；相關【to/with】　②敘述；說（故事）<br>relation 名 關係；親屬　　relationship 名 關係；親戚關係<br>relative 形 有關連的；相對的（↔ *absolute*）　名 親戚<br>relatively 副 相對地 |
| **correlative**<br>〔kə'rɛlətɪv〕 | 形 相關的【with/to】　　correlate 動 相關連<br>correlation 名 相互關係；相關；關連 |
| **respond**<br>〔rɪ'spɑnd〕 | 動①回答；應答　②反應（react）<br>response 名 回答；反應<br>responsive 形 回答的；易感應的〔re-(回)＋spond(約定)〕 |
| **responsible**<br>〔rɪ'spɑnsəbḷ〕 | 形①有責任的　②應負責任的【to/for】　③可信賴的<br>（↔ *irresponsible*）　　responsibility 名 責任；負擔；職責 |
| **correspond**<br>〔,kɔrə'spɑnd〕 | 動①符合；一致【with/to】　②相當【to】　③通信【with】<br>correspondence 名 一致；通信　　correspondent 名 通信員；<br>通訊記者〔cor-＝con-(一起)，respond(回答)〕 |
| **coincide**<br>〔,koɪn'saɪd〕 | 動①符合；與～同時【with】　②一致【with/to】<br>coincidence 名 同時發生；一致<br>coincident 形 同時發生的；一致的<br>coincidental 形 (偶然)一致的；符合的〔co-(一起)＋<br>incide(適逢)〕 |
| **co(-)operate**<br>〔ko'ɑpə,ret〕 | 動 協力；合作【with】　　co(-)operation 名 協力；合作(社)<br>co(-)operative 形 協力的；合作的 |
| **participate**<br>〔pə'tɪsə,pet,<br>par-〕 | 動 參加；分享；參與【in】<br>participation 名 關係；參加；加入 |
| **accompany**<br>〔ə'kʌmpənɪ〕 | 動①陪伴　②伴；隨　③伴奏<br>accompaniment 名 附屬品；伴奏 |

━━━━━━━━━━━━━━━━━━━━━━━━━━━━━━━ ≪EXERCISE≫ ━━━

Ⅰ. 請參考英文字彙，完成中文翻譯。

1. He *corresponds* with an Australian girl. 他和一個澳洲女孩_____。

2. My dog *responds* to every command I give him.
   我的狗對我的每個命令都有_____。

3. Would you say that poverty is *related* to crime？
   你認爲貧窮與犯罪有_____嗎？

4. His arrival *coincided* with my departure. 他來和我離開剛好_____。

5. He was *accompanied* by his wife. 他由他太太_____。

6. There is a probable *correlation* between smoking and cancer.
   抽煙和癌可能有_____。

7. He is *concerned* about the result. 他_____那結果。

Ⅱ. 請根據中文，使用本篇字彙完成英文句子。

1. They_____in perfect harmony. 他們合作無間。

2. I want to_____in the class tournament discussions.
   我要參加班上的辯論比賽。

3. His words do not_____with his actions. 他言行不一致。

4. I'm not_____with the matter. 我與那事無關。

5. A captain is_____for the safety of his ship.
   船長應負責他的船的安全。

Ⅲ. 依下列指示作答。

1. respond 图_____          2. cooperate 图_____

3. relate 形_____          4. responsible 图_____

5. 挑出重音在第二音節的字： accompany, coincide, correspond

┌─┐
│解答│
└─┘

Ⅰ.1. 通信  2. 反應  3. 關連  4. 同時  5. 陪著  6. 關連  7. 擔心  Ⅱ.1. coop-
erate  2. participate  3. correspond / coincide  4. concerned / related
5. responsible  Ⅲ.1. response  2. cooperation  3. relative  4. respon-
sibility  5. accompany

# C7　相似・相異

| | |
|---|---|
| **resemble**<br>〔rɪˈzɛmbl̩〕 | 勔 類似；比擬；像　　resemblance 图 類似【 to／between 】 |
| **similar**<br>〔ˈsɪmələ〕 | 圈 類似的；**相似的**（↔ *dissimilar*）【 to 】<br>similarity 图 類似；相似；相似處　　similarly 副 同樣地；<br>相同地（ resemblance 指外觀上或表面的相似。similarity<br>指部份的相似。likeness 指外表與性質都很相似。analogy<br>指完全互異的事物間，有相似的性質。） |
| **approximate**<br>〔əˈprɑksəmɪt〕 | 圈 **近似的**；大約的　〔-,met〕勔 近似；約等於；接近<br>approximately 副 大約；大概 |
| **analogy**<br>〔əˈnælədʒɪ〕 | 图①類似　②**類推**　　analogical 圈 類推的；類比的<br>analogize 勔 類推 |
| **imitation**<br>〔ˌɪməˈteʃən〕 | 图①**模仿**；效法　②贗品　　imitate 勔 模仿；偽造 |
| **tend**<br>〔tɛnd〕 | 勔 **傾向於**；易於；趨於【 to／toward／to＋V 】　②有助於<br>tendency 图 傾向；趨勢；性向 |
| **incline**<br>〔ɪnˈklaɪn〕 | 勔①傾斜　②**有意於**；傾心【 人＋to＋V 】　③傾向<br>〔ˈɪnklaɪn〕图 斜面　→ be inclined to＋V 想；有意於<br>inclination 图 傾；傾向；愛好〔 in-（朝），cline＝lean<br>（傾向）〕 |
| **apt**<br>〔æpt〕 | 圈①**易於～的**；似～的（likely）【 to＋V 】　②妥切的；恰當的<br>【 for 】　　aptitude 图 適切；才能 |
| **trend**<br>〔trɛnd〕 | 图①傾向；**趨勢**　②方向　　勔①趨向；傾向　②向；朝 |
| **differ**<br>〔ˈdɪfə〕 | 勔①不同；**相異**【 from 】　②意見不合（disagree）<br>【 with／from 】　　difference 图 相異　　different 圈 不同的<br>（*same, similar*）；各種的　　differently 副 相異地；另外 |
| **diverse**<br>〔dəˈvɝs, daɪ-〕 | 圈①**多種的**；不同的（different）【 from 】　②種種的<br>（various）　　diversity 图 相異；多樣；變化<br>diversify 勔 使變化　　diversification 图 多樣化；變化<br>〔di-（分離）＋verse（使歪曲）比較 divert ⇨ p.128 〕 |

────────────────────────────── ≪EXERCISE≫ ───

Ⅰ. 請參考英文字彙，完成中文翻譯。

1. He is *apt* to make a mistake. 他＿＿＿＿＿犯錯。

2. The *approximate* length of an inch is 2.5 cm.
一英吋＿＿＿＿＿為 2.5 公分長。

3. There is an *analogy* between the heart and a pump.
心臟和唧筒有點＿＿＿＿＿。

4. Many *diverse* opinions were expressed at the conference.
這個會議中提出很多＿＿＿＿＿看法。

5. That girl follows all the latest *trends* in fashion.
那女孩追隨最新的流行＿＿＿＿＿。

6. I am not *inclined* to attend the meeting. 我 ＿＿＿＿＿參加那會議。

Ⅱ. 請根據中文，使用本篇字彙完成英文句子。

1. My way of living ＿＿＿＿＿from yours. 我的生活方式與你不同。

2. He＿＿＿＿＿to be idle. 他趨於懶散。

3. She＿＿＿＿＿her mother with her small build.
她骨架小像她母親。

4. His＿＿＿＿＿of that actor is perfect.
他模仿那演員，模仿得維妙維肖。

5. Your suit is＿＿＿＿＿to mine. 你這套衣服和我的很相似。

Ⅲ. 依下列指示作答。

1. differ 图＿＿＿＿＿＿＿　　2. resemble 图＿＿＿＿＿＿＿
3. tend 图＿＿＿＿＿＿＿　　4. imitate 图＿＿＿＿＿＿＿
5. 挑出重音在第一音節的字：analogy, similar, approximate

┌─────┐
│解答│
└─────┘

Ⅰ.1. 易於　2. 大約　3. 類似　4. 不同的　5. 趨勢　6. 無意　Ⅱ.1. differs
2. tends　3. resembles　4. imitation　5. similar　Ⅲ.1. difference　2.
resemblance　3. tendency　4. imitation　5. similar

# C8　區分・摘要

**divide**
〔dəˈvaɪd〕
動①分；分割　②分配【between / among】　③分離
④除（↔ *multiply*）　　division 图 分割（separation）；
分配（distribution）；部門（department）

**separate**
〔ˈsɛpəˌret〕
動①隔離；分開　②區別；識別　③分居　〔ˈsɛpərɪt, -prɪt〕形
①分離的　②個別的；單獨的　　separation 图 分離

**segregate**
〔ˈsɛgrɪˌget〕
動①分離　②強制隔離　　segregation 图 分離；種族歧視

**classify**
〔ˈklæsəˌfaɪ〕
動 分類　　class 图 種類；等級；階級　　classic 图 古典
形 古典的　　classical 形 古典的
classification 图 分類（法）

**distinguish**
〔dɪˈstɪŋgwɪʃ〕
動①辨別；區別；分辨【from】　②使揚名【oneself】
distinguished 形 著名的（famous）；傑出的
distinguishing 形 有區別的；特殊的
discriminate 動 區別；辨別；差別待遇；歧視

**distinction**
〔dɪˈstɪŋkʃən〕
图①區別；差異（difference）　②卓越（excellence）
distinct 形 分別的；明瞭的　　distinctive 形 獨特的；
有特色的　　distinctly 副 獨特地；明確地

**discern**
〔dɪˈzɜn, -ˈsɜn〕
動①看出；洞悉　②找出；辨別（distinguish）

**contrast**
〔ˈkɑntræst〕
图①對照；對比【with / to】　②明顯的差異
〔kənˈtræst〕動 對照【with】

**isolation**
〔ˌaɪsḷˈeʃən, ˌɪsə-〕
图①孤立　②隔離　　isolate 動 孤立；隔離

**exception**
〔ɪkˈsɛpʃən〕
图 例外　　except 介 除～之外　　動 反對；把～除外
（exclude）　　exceptional 形 例外的；異常的

**summary**
〔ˈsʌmərɪ〕
图 摘要；概略　　summarize 動 摘要
sum 图 合計；金額　　動 合計

**refined**
〔rɪˈfaɪnd〕
形①精製的；精煉的　②高尚的；文雅的　③精確的
refine 動 精製；改進；改善

《EXERCISE》

I. 請參考英文字彙，完成中文翻譯 。

1. The Pacific Ocean *separates* Taiwan from America.
   太平洋_____台灣和美洲 。

2. He cannot *distinguish* right from wrong. 他無法_____是非 。

3. The children *divided* the candy among themselves.
   那些小孩子一起_____糖果 。

4. *Refined* gold is almost 100％ pure. _____金純度幾乎達百分之百 。

5. It is often difficult to *discern* good and bad.
   要_____好壞往往是困難的 。

6. They have *segregated* black students from the others.
   他們把黑人學生和別的學生_____。

7. He lived in *isolation*. 他脫離社會而_____地生活 。

II. 請根據中文 , 使用本篇字彙 , 完成英文句子 。

1. A_____of his speech was printed in the magazine.
   他的演說的摘要印在這本雜誌上 。

2. He is a complete_____to his brother. 他和他哥哥是明顯的對比 。

3. The_____proves the rule. 例外證明法則 。

4. How are the books in this library_____?
   在這圖書館這些書如何分類？

5. There is a_____between the two. 兩者之間有區別 。

III. 依下列指示作答 。

1. distinction 動_____　　2. isolation 動_____
3. summary 動_____　　4. divide 名_____
5. 挑出重音在第二音節的字 ： separate , classify , distinguish

解答

I.1. 隔開　2. 分辨　3. 分　4. 精煉的　5. 看出　6. 強制隔離　7. 孤立　II.2.
summary　2. contrast　3. exception　4. classified　5. distinction
III.1. distinguish　2. isolate　3. summarize　4. division　5. distinguish

# C9 個別・獨特

| | |
|---|---|
| **personal**<br>〔ˈpɝsn̩l〕 | 圈①私人的；**個人的**（private）　②親自的　③外貌的<br>person 图人；身體　　personality 图人格；個性<br>personally 圖親自地；就人而論<br>personnel 图職員；社員；人員 |
| **private**<br>〔ˈpraɪvɪt〕 | 圈**私人的**；個人的；秘密的（↔ *public*）<br>privacy 图私事；秘密；隱居 |
| **individual**<br>〔ˌɪndəˈvɪdʒʊəl〕 | 圈**個別的**（↔ *general*）　②個人的　③獨特的<br>（characteristic）　图個人；人　　individuality 图個性<br>individualism 图個人主義；利己主義〔in-（指否定）＋<br>dividual（分割的）〕（individual 強調每一個的區別，<br>personal 和 private 指個人的、私人的） |
| **sole**<br>〔sol〕 | 圈①**唯一的**；僅有的　②獨佔的　图①脚底　②鞋底<br>solely 圖獨自地（alone）（ 比較 同音字 soul 靈魂） |
| **solitary**<br>〔ˈsɑləˌtɛrɪ〕 | 圈①唯一的；單一的　②**孤獨的**　③人跡罕至的<br>solitude 图孤獨 |
| **singular**<br>〔ˈsɪŋgjələ〕 | 圈①非凡的；**奇特的**（unusual, extraordinary）　②單數的<br>（↔ *plural*）　图單數<br>singularly 圖少見地；異常地；單獨地<br>singularity 图單一；奇妙；奇異的東西 |
| **unique**<br>〔juˈnik〕 | 圈**獨一無二的**；獨特的；珍奇的；稀罕的；奇特的<br>uniqueness 图獨一無二；獨特 |
| **particular**<br>〔pəˈtɪkjələ,<br>pɑr-〕 | 圈①個別的（↔ *general*）　②**特別的**　③顯著的　④挑剔的；<br>講究的　图①事項；項目　②【～s】詳細　→ in particular<br>特別；尤其　　particularly 圖特殊地；格外；詳細地 |
| **specific**<br>〔spɪˈsɪfɪk〕 | 圈①**明確的**　②特殊的；特定的<br>specify 囷詳加敍述；指定 |
| **rare**<br>〔rɛr〕 | 圈①**罕見的**；少有的　②稀薄的　　rarely 圖罕見地<br>（seldom）（↔ *often*）　　rarity〔ˈrɛrətɪ〕图珍品；稀薄 |

━━━━━━━━━━━━━━━━━━━━━━━━━━━━━━━━━━━━━━ ≪EXERCISE≫ ━━

Ⅰ. 請參考英文字彙，完成中文翻譯。

1. He gave age as his *sole* reason for retiring.
　他以年老爲退休的＿＿＿＿＿＿理由。

2. He had a *singular* success in his last play.
　他的上一齣戲有＿＿＿＿＿＿的成就。

3. Don't put your nose into my *private* affairs.
　請不要干涉我＿＿＿＿＿＿事。

4. He is very *particular* about food. 他對食物很＿＿＿＿＿＿。

5. What is the *specific* treatment for this kind of disease?
　這種疾病的＿＿＿＿＿療法是什麼？

6. The house is in a *solitary* place miles from the village.
　這房子在遠離村莊數哩的一個＿＿＿＿＿的地方。

7. This is her *personal* opinion. 這是她＿＿＿＿＿看法。

Ⅱ. 請根據中文，使用本篇字彙完成英文句子。

1. Friends like him are＿＿＿＿＿＿. 像他這樣的朋友是少有的。

2. You'll find it a＿＿＿＿＿＿experience. 你會發現它是一個奇特的經驗。

3. The children have＿＿＿＿＿＿ desks. 孩子們有個人的書桌。

4. He had no＿＿＿＿＿＿reason to excuse himself from the class.
　他沒有特殊的理由，來請求准許離開課堂。

5. There's a hole in the＿＿＿＿＿＿of his shoe. 他的鞋底有一個洞。

Ⅲ. 依下列指示作答。

1. solitary 图＿＿＿＿＿＿＿　　2. person 围＿＿＿＿＿＿＿
3. specific 勔＿＿＿＿＿＿＿　　4. private 图＿＿＿＿＿＿＿
5. 挑出重音在第三音節的字： individual, singular, particular

┌─────┐
│解答│
└─────┘
Ⅰ.1.唯一的　2.非凡的　3.私人的　4.挑剔　5.特殊的　6.人跡罕至　7.
個人的　Ⅱ.1. rare / unique　2. unique / rare　3. individual　4. specific
5. sole　Ⅲ.1. solitude　2. personal　3. specify　4. privacy　5. indi-
vidual

# C10　部分・範圍

**partial**
〔ˋpɑrʃəl〕
囮①**部分的**；局部的（↔*total*）　②不公平的（↔*impartial*）
part 图 部分　囮 分開；切斷　partially 副 部分地
partly 副 部分地；有幾分　partner 图 合夥人
partition 图 分割；區分　particle 图 粒子；少量

**section**
〔ˋsɛkʃən〕
图①部分　②部門；課　③（文章的）**節；段落**
（比較 chapter 章）　④區域

**portion**
〔ˋporʃən, ˋpor-〕
图①**部分**　②（分配的）一份　③分得的財產或遺產

**share**
〔ʃɛr〕
图①**一份**　②分擔；分配　③股份　囮①共有；共享
②分擔【in】

**fragment**
〔ˋfrægmənt〕
图①**破片**　②片斷；未完遺稿　比較 piece 图 部分；片斷

**item**
〔ˋaɪtəm〕
图①**項目**　②新聞記事

**article**
〔ˋɑrtɪkḷ〕
图①**文章**；論文　②條款；項目　③物品
Article 9 of the Chinese Constitution 中華民國憲法第9條

**category**
〔ˋkætəˏgorɪ〕
图 **範疇**；部門　categorical 囮 屬於～範疇的；無條件的；
絕對的（absolute）

**species**
〔ˋspiʃɪz, -ʃiz〕
图①**種**　②種類　【單複同形】　→ *The Origin of Species*
物種起源論

**district**
〔ˋdɪstrɪkt〕
图①（行政的）**地區**；區域　②（一般的）**地域**；地方

**area**
〔ˋɛrɪɜ, ˋerɪə〕
图①面積　②**地區**（region, district）　③領域（range）
【of】　比較 zone 图（環狀的）地帶

**region**
〔ˋridʒən〕
图①**地帶**；區域　②領域（realm, sphere）
③（身體的）部位・　regional 囮 地方的

**territory**
〔ˋtɛrəˏtorɪ,
-ˏtɔrɪ〕
图①**領土**　②區域（region）　③分野；**領域**（field）；
勢力範圍　territorial 囮 領土的；地域的；區域的

━━━━━━━━━━━━━━━━━━━━━━━━━━━━━━━━━━━━《EXERCISE》━━

Ⅰ. 請參考英文字彙，完成中文翻譯。

1. She has been transferred to the accounting *section* of the company.
   她被調到這公司的會計＿＿＿＿＿＿＿。

2. Did you see the *item* about cats in the newspaper?
   你看到了那報紙上關於貓的那則＿＿＿＿＿＿＿嗎？

3. This is my *share* of it. 這是我的＿＿＿＿＿＿＿。

4. They lived in a farming *district*. 他們居住在農業＿＿＿＿＿＿＿。

5. A *portion* of the manuscript is illegible. 這草稿的＿＿＿＿＿＿＿不易辨讀。

6. There aren't many wild animals in this *area*.
   這＿＿＿＿＿＿＿野生動物不多。

7. We came to a *region* of ice and snow. 我們來到一個冰雪＿＿＿＿＿＿＿。

Ⅱ. 請根據中文，使用本篇字彙完成英文句子。

1. He made a＿＿＿＿＿＿＿payment on the car.
   他支付了這部車的一部分錢。

2. Gibraltar is British＿＿＿＿＿＿＿. 直布羅陀是英國領土。

3. The floor was covered with＿＿＿＿＿＿＿of the window glass.
   地板上蓋滿了玻璃的碎片。

4. There are several＿＿＿＿＿＿＿of fish. 有數種魚。

5. Did you read this newspaper＿＿＿＿＿＿＿?
   你讀過這份報上的文章嗎？

Ⅲ. 依下列指示作答。

1. partial 囚＿＿＿＿＿＿＿＿　　2. territory 围＿＿＿＿＿＿＿＿
3. 挑出重音節母音發音相異的字： species, region, category

┌─────┐
│解答│
└─────┘━━━━━━━━━━━━━━━━━━━━━━━━━━━━━━━━━━━━━━━━

Ⅰ.1.部門　2.新聞記事　3.一份　4.區　5.一部份　6.地區　7.地帶　Ⅱ.1.
partial　2. territory　3. fragments　4. species　5. article　Ⅲ.1. total/
impartial　2. territorial　3. category

# WORD REVIEW

## GROUP C

| | | | | | |
|---|---|---|---|---|---|
| absolute | ☐☐ | estimate | ☐☐ | reasonable | ☐☐ |
| abundant | ☐☐ | evaluation | ☐☐ | reconcile | ☐☐ |
| accompany | ☐☐ | exception | ☐☐ | refined | ☐☐ |
| accurate | ☐☐ | excessive | ☐☐ | region | ☐☐ |
| adapt | ☐☐ | extraordinary | ☐☐ | relate | ☐☐ |
| adequate | ☐☐ | extreme | ☐☐ | resemble | ☐☐ |
| adjust | ☐☐ | fragment | ☐☐ | respond | ☐☐ |
| ample | ☐☐ | imitation | ☐☐ | responsible | ☐☐ |
| analogy | ☐☐ | incline | ☐☐ | section | ☐☐ |
| apply | ☐☐ | individual | ☐☐ | segregate | ☐☐ |
| appropriate | ☐☐ | innumerable | ☐☐ | separate | ☐☐ |
| approximate | ☐☐ | isolation | ☐☐ | share | ☐☐ |
| apt | ☐☐ | item | ☐☐ | significant | ☐☐ |
| area | ☐☐ | judg(e)ment | ☐☐ | similar | ☐☐ |
| article | ☐☐ | major | ☐☐ | singular | ☐☐ |
| category | ☐☐ | maximum | ☐☐ | sole | ☐☐ |
| classify | ☐☐ | merit | ☐☐ | solitary | ☐☐ |
| coincide | ☐☐ | moderate | ☐☐ | species | ☐☐ |
| comparable | ☐☐ | multitude | ☐☐ | specific | ☐☐ |
| complete | ☐☐ | numerous | ☐☐ | subordinate | ☐☐ |
| concern | ☐☐ | partial | ☐☐ | sufficient | ☐☐ |
| conform | ☐☐ | participate | ☐☐ | suitable | ☐☐ |
| contrast | ☐☐ | particular | ☐☐ | summary | ☐☐ |
| co(-)operate | ☐☐ | personal | ☐☐ | summit | ☐☐ |
| coordinate | ☐☐ | portion | ☐☐ | superior | ☐☐ |
| correct | ☐☐ | posterior | ☐☐ | supreme | ☐☐ |
| correlative | ☐☐ | precious | ☐☐ | surplus | ☐☐ |
| correspond | ☐☐ | precise | ☐☐ | tend | ☐☐ |
| deserve | ☐☐ | prepare | ☐☐ | territory | ☐☐ |
| differ | ☐☐ | primary | ☐☐ | thorough | ☐☐ |
| discern | ☐☐ | principal | ☐☐ | trend | ☐☐ |
| distinction | ☐☐ | prior | ☐☐ | unique | ☐☐ |
| distinguish | ☐☐ | private | ☐☐ | utmost | ☐☐ |
| district | ☐☐ | proper | ☐☐ | utter | ☐☐ |
| diverse | ☐☐ | punctual | ☐☐ | value | ☐☐ |
| divide | ☐☐ | radical | ☐☐ | worthy | ☐☐ |
| drastic | ☐☐ | rare | ☐☐ | | |

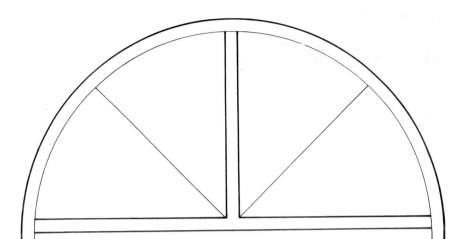

# GROUP

# D

## 情景／感受

# D1　普通・單純

**normal**
〔ˈnɔrml̩〕
瞪 平均的；標準的；**正常的**（↔*abnormal*）　图 常態
norm 图 標準（standard）；規範

**ordinary**
〔ˈɔrdn̩ˌɛrɪ，
ˈɔrdnerɪ〕
瞪 ①**通常的**；普通的（usual）（↔*special*）　②中下等的；
平凡的（↔*exceptional*，*extraordinary*）

**regular**
〔ˈrɛgjələ〕
瞪 ①**有規律的**（↔*irregular*）　②固定的　③正規的；正式的
regulate 颐 統制；調整（adjust）　regulation 图 調整；
規則　regularly 副 定期地；有規則地
〔regul（基準）＋-ar（有～性質的）〕

**frequent**
〔ˈfrikwənt〕
瞪 屢次的；**時常的**　〔frɪˈkwɛnt〕颐 常去
frequently 副 時常；經常　frequency 图 頻繁；頻仍

**monotonous**
〔məˈnɑtn̩əs〕
瞪 **單調的**（↔*varied* 富變化的）
monotone 图 單調；單音　monotony 图 單調（↔*variety*）

**tedious**
〔ˈtidɪəs，
ˈtidʒəs〕
瞪 沉悶的；**令人厭煩的**（boring，dull）

**commonplace**
〔ˈkɑmənˌples〕
瞪 **平凡的**；陳腐的　图 老生常談；陳腔濫調
common 瞪 公共的（public）；普通的（↔*rare*）　图 共用權
→ in common（with）與～相同　out of（the）common
非凡的　commonly 副 普通的（usually）

**sane**
〔sen〕
瞪 理智的；**神智清楚的**（↔*insane*，*mad*，*crazy*）
sanity〔ˈsænətɪ〕图 公正；心智健全

**simplicity**
〔sɪmˈplɪsətɪ〕
图 ①**簡單**；單純性　②樸素；樸實　simple 瞪 簡單的
（↔*complex*）；容易的；樸素的　simplify 颐 簡化
simply 副 簡單地；單純地；完全地

**routine**
〔ruˈtin〕
瞪 **例行的**；日常的　图 例行公事；日常工作
route 图 路（road）；路線

**tame**
〔tem〕
瞪 ①**馴服的**（↔*wild*）　②柔順的；不怕人的　③乏味的；
無精打采的（dull）　颐 使馴服；克制

─────────────────────────── ≪EXERCISE≫ ──

I. 請參考英文字彙，完成中文翻譯。

1. It is *simplicity* itself. 那實在_____。

2. That man *doesn't* seem to be *sane*. 那個人看起來_____。

3. It was not an *ordinary* day but a holiday.
   這一天是假日，不是_____日子。

4. He spoilt the poem by reading it aloud in a *monotonous* voice.
   他用_____語調大聲唸這首詩，而把它破壞了。

5. The plots of popular novels are often *commonplace*.
   通俗小說的情節往往是_____。

6. Mary can cook better than a *regular* cook.
   瑪麗的烹調技術比_____厨師還好。

7. He succeeded in *taming* a wild boar. 他順利的_____一隻野豬。

II. 請根據中文，使用本篇字彙完成英文句子。

1. Mother's temperature is above_____.
   母親的體溫高於正常情況。

2. I hate_____. 我討厭例行公事。

3. He has no_____work. 他沒有固定職業。

4. Lectures you cannot understand are_____.
   聽不懂的演講是很令人厭煩的。

5. He is a_____visitor. 他是常來的客人。

III. 依下列指示作答。

1. regular 反_____      2. simple 區_____
3. monotone 形_____      4. normal 反_____
5. 挑出重音在第一音節的字：ordinary，frequent 動，routine

┌─解答─┐

I.1. 簡單   2. 神智不清   3. 普通的   4. 單調的   5. 平凡的   6. 正規的   7.
馴服   II.1. normal   2. routine   3. regular   4. tedious   5. frequent
III.1. irregular   2. simplicity   3. monotonous   4. abnormal   5. ordinary

# D2　奇妙・模糊・複雜

**peculiar**
〔pɪˈkjuljə〕
形①特有的；特殊的　②奇怪的；特異的（strange）
peculiarity 图奇特；特權；特性

**eccentric**
〔ɪkˈsɛntrɪk, ɛk-〕
形古怪的；怪癖的；離心的　　eccentricity 图怪癖；
離心率〔ec-（朝外面）+ centric（中心的）〕

**odd**
〔ɑd〕
形①奇怪的（strange, unusual）　②剩餘的；附加的
③奇數的（↔ *even*）　　oddity 图奇異；奇特；奇人
odds 图優劣之差；可能性；勝算

**mysterious**
〔mɪsˈtɪrɪəs〕
形神秘的；難解的　　mystery 图神秘（性）

**subtle**
〔ˈsʌtḷ〕
形①微妙的；精緻的；淡薄的　②敏銳的；敏感的
subtlety 图微妙；聰明；狡猾

**obscure**
〔əbˈskjʊr〕
形①難解的　②無名的　③隱匿的；朦朧的
obscurity 图不分明；陰暗

**ambiguous**
〔æmˈbɪgjʊəs〕
形曖昧的；不明確的；含糊的　　ambiguity 图曖昧；不明確

**vague**
〔veg〕
形模糊的；含混的；不明確的

**faint**
〔fent〕
形①昏厥的；微弱的　②模糊的；不清楚的　動昏倒
faintly 副微弱地；無力地

**complex**
〔kəmˈplɛks,
ˈkɑmplɛks〕
形①複合的；合成的　②複雜的（complicated）（↔ *simple*）
〔ˈkɑmplɛks〕图複合體　　complexity 图複雜性
比較 sophisticated 形詭辯的；不純的；複雜的

**intricate**
〔ˈɪntrəkɪt〕
形難懂的；複雜的　　intricacy 图複雜

**elaborate**
〔ɪˈlæbərɪt〕
形精巧的；複雜的；精密的　動苦心經營
elaboration 图苦心經營；精緻；精密

**complicate**
〔ˈkɑmpləˌket〕
動使〜複雜　complicated 形複雜的（complex）；難懂的
complication 图複雜；繁瑣；混亂

**various**
〔ˈvɛrɪəs〕
形不同的；各式各樣的（ 比較 vary ⇨ p.134）
variety 图變化；多樣性（↔*monotony*）；種類

《EXERCISE》

I. 請參考英文字彙，完成中文翻譯。

1. It's **odd** that he doesn't know it. 很＿＿＿＿＿＿，他竟不知道它。

2. His designs are always very **elaborate**. 他的構想總是很＿＿＿＿＿＿。

3. The criminal gave an **ambiguous** answer.
   這個罪犯回答得很＿＿＿＿＿＿。

4. The custom is **peculiar** to the tribe. 這種風俗是這個部落＿＿＿＿＿＿。

5. That will **complicate** the problem. 那會使這個問題更＿＿＿＿＿＿。

6. He was vague about his proposal. 他的提案說得很＿＿＿＿＿＿。

7. She had an **eccentric** habit of collecting stray cats.
   她有收留迷途的貓的＿＿＿＿＿習慣。

II. 請根據中文，使用本篇字彙完成英文句子。

1. The ＿＿＿＿＿＿ smell of orange blossoms drifted through the air.
   橘花淡淡的香味飄散在空中。

2. He must deal with many ＿＿＿＿＿＿ problems.
   他必須處理許多複雜的問題。

3. We talked about ＿＿＿＿＿＿ subjects. 我們談論各式各樣話題。

4. He felt ＿＿＿＿＿＿ from hunger. 他餓得快昏倒了。

5. She always had a ＿＿＿＿＿＿ smile on her face.
   她臉上總是帶著神秘的笑。

III. 依下列指示作答。

1. subtle 图＿＿＿＿＿＿＿＿　　2. complex 反＿＿＿＿＿＿＿＿

3. peculiar 图＿＿＿＿＿＿＿＿　　4. various 图＿＿＿＿＿＿＿＿

5. 挑出重音在第二音節的字：intricate, ambiguous, complicate

解答

I. 1. 奇怪的　2. 精密的　3. 含糊　4. 特有的　5. 複雜　6. 含糊　7. 古怪

II. 1. subtle　2. complex / complicated　3. various　4. faint　5. mysterious　III. 1. subtlety　2. simple　3. peculiarity　4. variety

5. ambiguous

# D3　增加・伸展

**add**
〔æd〕
　動①加【to】　②補充說；繼續說　③加起來（↔ *subtract*）
　④增加【to】　　addition 图 附加（物）；加算（↔ *subtraction*）
　additional 圈 附加的；追加的；額外的（extra）

**increase**
〔ɪn'kris〕
　動增大；**增加**（augment）　〔'ɪnkris, 'ɪŋk-〕图增加
　（↔ *decrease*）　　increasingly 副漸增地；逐漸地

**expand**
〔ɪk'spænd〕
　動①**擴大**；擴張（extend）　②膨脹（↔ *contract*）
　expansion 图 擴大；擴張；膨脹〔ex-（向外）＋ pand
　（擴大）〕

**prevail**
〔prɪ'vel〕
　動①戰勝【over/against】　②普及；盛行
　prevailing 圈佔優勢的；流行的；盛行的（current）
　prevalent 圈盛行的；流行的

**prolong**
〔prə'lɔŋ, -'lɑŋ〕
　動把～拉長發音；**延長**　　prolongation 图延長；延期

**extend**
〔ɪk'stɛnd〕
　動①延長　②伸出；**伸展**（stretch out）　③擴大
　extent 图 地域；範圍（range）　　extension 图 擴張；
　延長；（電話的）分機　　extensive 圈 廣泛的；大規模的
　（↔ *intensive*）　　extensively 副 廣泛地；大規模地
　〔ex-（向外）＋ tend（伸展）〕　比較 intend ⇨ p.90，
　tendency ⇨ p.58〕

**stretch**
〔strɛtʃ〕
　動①**伸展**；張開；伸出　②拉緊　图①伸長；擴張
　②一口氣

**swell**
〔swɛl〕
　動①發腫；**膨脹**　②增大；變大　　swell - swelled -
　swollen / swelled　　图 膨脹

**explode**
〔ɪk'splod〕
　動 **爆發**　　explosion 图 爆發　　explosive 圈 爆炸性的；
　易爆炸的〔ex-（在外面）＋ plode（鼓掌）→爆發
　比較 applaud ⇨ p.180〕

**range**
〔rendʒ〕
　動①蔓延；散佈；分佈；綿亙　②分類　③排列
　图①範圍（extent）　②山脈　③列（line）
　→ a long- range missile 長程飛彈

≪EXERCISE≫

Ⅰ. 請參考英文字彙，完成中文翻譯。

1. This mistaken belief still *prevails* here.
   這種錯誤的想法在這裏仍然_____。

2. Motorcars are *increasing* in number. 汽車的數量在_____中。

3. This plant *ranges* from Canada to Mexico.
   這種植物_____於加拿大到墨西哥。

4. I *prolonged* my stay abroad. 我_____在國外的停留。

5. The business has *expanded* by 50 percent this year.
   今年業務_____了百分之五十。

6. " And I quite agree," she *added*. 她_____:「我很贊成」。

7. The city *extended* the bus line 10 kilometers further.
   這個城市_____公車路線十公里遠。

Ⅱ. 請根據中文，使用本篇字彙完成英文句子。

1. The tree_____ its branches over the road.
   那棵樹的樹枝伸展在道路之上。

2. _____ more salt to the soup. 多加些鹽到湯裏。

3. A steam boiler may_____. 蒸汽鍋爐可能會爆炸。

4. The buds on the trees are beginning to_____.
   這些樹上的花苞開始增人。

5. He has an_____ background in electronic engineering.
   他在電子工程學方面有廣泛的經歷。

Ⅲ. 依下列指示作答。

1. explode 图_____ 　　2. prevail 彤_____
3. add 图_____ 　　4. extent 勴_____
5. 挑出重音節母音發音不同的字： expand, swell, stretch

解答

Ⅰ.1.盛行　2.增加　3.分佈　4.延長　5.擴展　6.補充說　7.延長　Ⅱ.1.
stretched　2. Add　3. explode　4. swell　5. extensive　Ⅲ.1. explosion
2. prevailing / prevalent　3. addition　4. extend　5. expand

# D4　驚人・龐大

**startle**
['startḷ]
　動 **使吃驚**；使嚇一跳　　startling 形 嚇人的；驚人的

**astonish**
[ə'stanɪʃ]
　動 **使震驚**；使驚嚇（ surprise 的驚愕程度比 astonish　更弱）
astonishing 形 異常地　　astonishment 图 驚訝

**amaze**
[ə'mez]
　動 使驚愕；**使大爲驚異**（指因強烈的驚愕，而感到困惑或慌
亂）　　amazement 图 詫異；驚訝

**alarm**
[ə'lɑrm]
　動 ①**警告**　②使驚駭（ frighten ）　图①警報（器）
②驚慌　③警報裝置

**vast**
[væst, vɑst]
　形 廣大的；**巨大的**（ huge ）

**immense**
[ɪ'mɛns]
　形 無限的；巨量的；**龐大的**（ huge ）

**tremendous**
[trɪ'mɛndəs]
　形 ①恐怖的；驚人的；**很大的**　②極好的（ wonderful ）
tremendously 副 非常地　比較 enormous 形 巨大的

**monumental**
[ˌmɑnjə-
'mɛntḷ]
　形 ①紀念碑的　②**巨大的**　③永垂不朽的
monument 图 紀念碑

**awful**
['ɔfʊl, 'ɔfḷ]
　形 ①**可怕的**（ dreadful , terrible ）　②非常的；極壞的
③莊嚴的　　awe [ɔ] 图 敬畏　動 使敬畏

**terrible**
['tɛrəbḷ]
　形 ①**可怕的**（ terrific [-'rɪ-] ）　②極端的；非常的
terrify 動 使害怕（ frighten ）　　terror 图 恐怖；難纏的傢伙

**horrible**
['hɑrəbḷ]
　形 ①**可怕的**　②討厭的　　horrify 動 使恐怖；使恐懼
horror 图 恐怖；戰慄；嫌惡　　horrid 形 怕人的；討厭的
（ very unpleasant ）（ horrible 指伴有厭惡或不愉快的恐怖，
terrible 指強烈的恐懼，awful 指令人敬畏的，dreadful
指預知有危險會發生，而感到擔心。）

**miracle**
['mɪrəkḷ]
　图 **奇蹟**；不可思議的人或事　　miraculous 形 奇蹟的
〔 mira（不可思議）＋ -cle（小的）， 比較 admire
⇨ p.180, mirage 海市蜃樓；妄想〕

─────────────────────────────────── ≪EXERCISE≫ ──

I. 請參考英文字彙，完成中文翻譯。

1. The profit on that transaction was *immense*.
   這筆交易的利潤是很_____。

2. She has an absolute *horror* of spiders. 她徹底的_____蜘蛛。

3. The heat is *terrible* here. 此地_____炎熱。

4. Do you believe in the *miracles* Christ did?
   你相信耶穌所做的_____嗎?

5. It is a *tremendously* long way. 這是一段_____遠的路程。

6. Poverty was a *terror* that never left him.
   貧窮像_____，從沒有離開過他。

7. I was *amazed* at his conduct. 我對他的行為感到_____。

8. What *awful* weather! 多麼_____的天氣啊!

II. 請根據中文，使用本篇字彙完成英文句子。

1. I was_____at the ringing of the doorbell.
   我被門鈴聲所驚嚇。

2. The size of the elephant_____the children.
   那隻象的體形嚇壞了那些孩子。

3. There was a_____desert before us. 我們面前有廣大的沙漠。

4. It was a truly_____achievement in history.
   這真是歷史上的一個大的成就。

III. 依下列指示作答。

1. terror 形_____　　2. awe 形_____
3. horror 動_____　　4. miracle 形_____
5. 挑出重音節母音發音相異的字：immense, monumental, alarm

┌解答┐
└───┘
I.1.龐大的　2.嫌惡　3.非常的　4.奇蹟　5.非常　6.難纏的傢伙　7.驚訝
8.壞　II.1. startled　2. astonished/amazed　3. vast　4. monumental
III.1. terrible　2. awful　3. horrify　4. miraculous　5. alarm

# D5 瞬間・微小

| | |
|---|---|
| **prompt**<br>〔prɑmpt〕 | 圈①敏捷的；**迅速的【to＋V/in】** ②即時的；立刻的<br>颲 激勵　　promptly 副 迅速地<br>　比較　immediate〔ɪˋmidɪɪt〕圈 立即的；即刻的 |
| **abrupt**<br>〔əˋbrʌpt〕 | 圈①**突然的**（sudden）　②陡峭的（steep） |
| **momentary**<br>〔ˋmomən͵tɛrɪ〕 | 圈 **瞬間的**；短暫的　　momentous 圈 重大的；重要的<br>（serious, important）　　moment 图 瞬間；重要；時機 |
| **brief**<br>〔brif〕 | 圈①**短暫的**（short）　②簡潔的　图 概要　颲 摘要<br>brevity 图 短暫；簡潔　　briefly 副 短暫地；簡短地 |
| **tiny**<br>〔ˋtaɪnɪ〕 | 圈 **微小的**（↔ *large*, *huge*） |
| **minute**<br>〔məˋnjut,<br>maɪ-〕 | 圈①**微小的**；微不足道的　②詳細的　〔ˋmɪnɪt〕图①分<br>②瞬間　　minutely 副 詳細地；精密地 |
| **trivial**<br>〔ˋtrɪvɪəl〕 | 圈 瑣細的；**微不足道的**（↔ *important*, *significant*）<br>triviality 图 瑣事；平凡 |
| **trifling**<br>〔ˋtraɪflɪŋ〕 | 圈 **微小的**；無關緊要的；輕率的（trivial, negligible）<br>trifle 图 瑣事；少量　颲 浪費 |
| **slight**<br>〔slaɪt〕 | 圈①**細微的**；微不足道的　②輕微的<br>slightly 副 輕微地；稍稍地 |
| **slender**<br>〔ˋslɛndɚ〕 | 圈 **細長的**；苗條的（slim） |
| **feeble**<br>〔ˋfibḷ〕 | 圈 **微弱的**；虛弱的（weak） |
| **reduce**<br>〔rɪˋdjus〕 | 颲①**減少**；降低　②使變形；改變<br>reduction〔-ˋdʌk-〕图 減少；縮小；折扣 |
| **diminish**<br>〔dəˋmɪnɪʃ〕 | 颲①**縮小**　②減少　　diminution 图 減少；縮小<br>diminutive 圈 小型的；矮小的〔　比較　diminish ⇒ p.76,<br>minute ⇒ p.76, minimum 最低限度, minor 少數的；次要的〕 |

≪EXERCISE≫

Ⅰ. 請參考英文字彙，完成中文翻譯。

1. He is just troubled with *minute* differences.
他就是常爲_____的差別而心煩。

2. The models were all *slender*. 模特兒都非常_____。

3. Don't be discouraged by *trivial* mistakes.
不要因爲_____的錯誤而沮喪。

4. We were surprised at her *abrupt* change in manner.
我們對她_____轉變態度覺得驚訝。

5. In this universe man is only a *tiny* creature.
在宇宙中人只是_____生物。

6. His stay was very *brief*. 他停留的時間很_____。

7. The overall improvement of the working conditions was only *slight*.
工作情況的全面改進很_____。

Ⅱ. 請根據中文，使用本篇字彙完成英文句子。

1. Mary always speaks in a_____voice.
瑪麗說話的聲音總是很微弱。

2. She was_____in paying the bill. 她迅速的付帳。

3. His illness_____his strength. 他的病減少他的體力。

4. She showed a_____hesitation. 她顯出短暫的猶豫。

5. He tried to_____his weight. 他嘗試減肥。

Ⅲ. 依下列指示作答。

1. diminish 图_____　　2. reduce 图_____
3. trivial 同_____　　4. weak 同_____
5. 挑出劃線部分發音相異的字：br<u>ie</u>f, t<u>i</u>ny, sl<u>igh</u>t

[解答]

Ⅰ.1. 微不足道　2. 苗條　3. 微不足道　4. 突然的　5. 微小的　6. 短暫　7.
微不足道　Ⅱ.1. feeble　2. prompt　3. diminished　4. momentary　5.
reduce　Ⅲ.1. diminution　2. reduction　3. trifling　4. feeble　5. brief

# D6 樣子・光景

**profound**
〔prə'faʊnd〕

圈①深的（deep） ②**深遠的**（↔ superficial）；深深的
profoundly 圓 深刻地；完全地
profundity 图 奧妙；深刻〔pro-（向前）＋ found（底部），
比較 foundation ⇨ p.140〕

**severe**
〔sə'vɪr〕

圈①**嚴厲的**（stern, strict） ②激烈的
severely 圓 嚴格地；劇烈地 severity 图 苛刻；嚴格
比較 sever〔'sɛvə〕 働 切斷

**steady**
〔'stɛdɪ〕

圈①牢固的；**穩定的** ②無變化的；規律的（↔ unsteady）
steadily 圓 堅定地

**stable**
〔'steb!〕

圈**堅固的**；穩定的（steady）（↔ unstable）
stability 图 穩定性 stabilize 働 使穩定

**secure**
〔sɪ'kjʊr〕

圈①**安全的**（safe） ②堅固的 働①使安全；使鞏固
②獲得；得到 security 图 安全（safety）；安心
〔se-（從～分開）cure ＝ care（擔心）〕
（steady 和 stable 都是形容性格、志節的堅定。
→ a man of stable character 操守堅定的人
a man of steady temper 沉着穩重的人
a stable political power 穩固的政權
steady policy 一貫政策
而 secure 指建築物或人的地位的穩固。）

**actual**
〔'æktʃʊəl〕

圈**實際的**（real）；眞實的 actually 圓 實際上（really）；
事實上 actuality 图 實際；現實

**genuine**
〔'dʒɛnjʊɪn〕

圈 純種的；道地的；**眞正的**（↔ false） → a genuine
friend 一個誠摯的朋友 比較 a cultured pearl 養珠
an imitation pearl 人造眞珠

**flexible**
〔'flɛksəb!〕

圈①易彎曲的（↔ rigid） ②柔順的；**有彈性的**
（↔ rigid）（↔ inflexible）
flexibility 图 彈性；柔軟性

**loose**
〔lus〕

圈①未予束縛的（↔ tight, fast） ②**寬鬆的**（↔ tight）
③自由的（free） ④散置的 働 解散；鬆開
loosen 働 解開；鬆開

≪EXERCISE≫

Ⅰ. 請參考英文字彙，完成中文翻譯。

　1. The castle was *secure* against any surprise attack.
　　這城堡＿＿＿＿＿＿，可防任何奇襲。

　2. Our plans are *flexible*. 我們的計劃是＿＿＿＿＿＿。

　3. They expressed *profound* gratitude to Mr. Smith.
　　他們向史密斯先生致＿＿＿＿＿ 謝意。

　4. Let me get you a more *stable* chair.
　　我給你一張更＿＿＿＿＿ 的椅子。

　5. This is a *genuine* pearl. 這是一顆＿＿＿＿＿珍珠。

Ⅱ. 請根據中文，使用本篇字彙完成英文句子。

　1. This book is based on an＿＿＿＿＿ case.
　　這本書是根據一個真實的案例。

　2. Slow and＿＿＿＿＿ wins the race. 慢而穩則贏。

　3. They set the dog＿＿＿＿＿ at night.
　　他們在晚上鬆開這隻狗。

　4. Chicago is famous for its＿＿＿＿＿winters.
　　芝加哥以嚴寒的多天而聞名。

Ⅲ. 依下列指示作答。

　1. secure 图＿＿＿＿＿＿　　2. stable 图＿＿＿＿＿＿
　3. severe 图＿＿＿＿＿＿　　4. loose 勔＿＿＿＿＿＿
　5. 挑出重音在第二音節的字： actual, genuine, profound

┌ 解答 ┐

Ⅰ.1.堅固　2.有彈性的　3.深深的　4.堅固　5.真正的　Ⅱ.1. actual
2. steady　3. loose　4. severe　Ⅲ.1. security　2. stability　3. severity
4. loosen　5. profound

# D7　內外・垂直・平行

**surface**
〔'sɝfɪs〕
图①**表面**　②外表（appearance）　圈表面的；外表的；膚淺的（ 比較 superficial ⇨ p.86 ）

**rear**
〔rɪr〕
图【 the～】後部（↔ *front* ）　勔養育

**internal**
〔ɪn'tɝnḷ〕
圈①**內部的**（↔*external* ）　②內政的；國內的（ domestic ）（ ↔ *foreign* ）　③內在的

**interior**
〔ɪn'tɪrɪə〕
圈①**內部的**（↔*exterior* ）　②室內的　③內地的；腹地的
图①內部　②內地；腹地

**inner**
〔'ɪnə〕
圈①**內在的**；內部的（↔*outer* ）　②內心的；精神的

**mutual**
〔'mjutʃʊəl〕
圈①**相互的**　②共同的；共通的（ common ）
mutually 剾彼此地

**adverse**
〔əd'vɝs,'ædvɝs〕
圈逆的；不利的；敵對的　adversity 图逆境；不幸
〔 ad-（朝向）＋ verse（使轉向）〕

**reverse**
〔rɪ'vɝs〕
圈①**顛倒的**；倒轉的　②反面的　图①反對；相反　②反面；背面　勔顛倒　reversible 圈可翻轉的；可取消的
〔 re-（向後）＋ verse（使轉向）〕

**upright**
〔'ʌp͵raɪt,
ʌp'raɪt〕
圈①**直立的**（ erect ）；垂直的　②正直的（ honest ）
uprightly 剾筆直地；正直地

**vertical**
〔'vɝtɪkḷ〕
圈**垂直的**（ ↔ *horizontal*〔͵harə'zɑntḷ〕水平的
horizon〔hə'raɪzn̩〕图地平線；範圍）

**level**
〔'lɛvḷ〕
圈①平坦的；**水平的**　②同程度的　图①標準；水準②水平面　③同高度　勔使成水平；弄平

**parallel**
〔'pærə͵lɛl〕
圈①**平行的**【 to／with 】　②相似的；相同的【 to 】
图平行線　②對比；類似　勔①平行　②匹敵

**neutral**
〔'njutrəl〕
圈①**中立的**　②公平的　neutrality 图中立

**medium**
〔'midɪəm〕
图①中間（ mean ）　②媒介物；媒體　③【複】（傳達的）手段（ means ）　【複】media〔'midɪə〕或 mediums

━━━━━━━━━━━━━━━━━━━━━━━━━━━━━━━━━━━━━━━━《EXERCISE》━━━

Ⅰ. 請參考英文字彙，完成中文翻譯。

1. The railway line in this part runs *parallel* with the river.
鐵路在這一部分和那條河＿＿＿＿＿＿。

2. The kitchen is in the *rear* of the house. 廚房在這房子的＿＿＿＿＿。

3. What's the *reverse* side of the record? 這唱片的＿＿＿＿＿是什麼？

4. Switzerland remained *neutral* during World War Ⅱ.
瑞士在第二次世界大戰保持＿＿＿＿＿。

5. He tried to hide his *inner* conflicts from his friends.
他試圖對他的朋友隱藏＿＿＿＿＿衝突。

6. In any case, *mutual* understanding is needed.
無論如何，＿＿＿＿＿了解是需要的。

Ⅱ. 請根據中文，使用本篇字彙完成英文句子。

1. Man walks＿＿＿＿＿on two feet. 人類用兩腿直立的行走。

2. ＿＿＿＿＿ winds hindered the ship. 逆風阻擾那條船。

3. Helicopters are capable of＿＿＿＿＿take-off. 直昇機可垂直起飛。

4. I'm afraid of＿＿＿＿＿injuries as well as external ones.
我害怕內在的和外部的傷害。

5. Water finds its own ＿＿＿＿＿. 水往低處流。

6. Its＿＿＿＿＿ is as smooth as glass. 它的表面像玻璃一樣光滑。

7. The facts were incorrectly reported through the news＿＿＿＿＿.
新聞傳播媒體不確實的報導了這事實。

Ⅲ. 依下列指示作答。

1. reverse 形＿＿＿＿＿＿　　　2. vertical 反＿＿＿＿＿＿

3. neutral 名＿＿＿＿＿＿　　　4. adverse 名＿＿＿＿＿＿

5. 挑出重音在第二音節的字：internal, surface, medium

┌─────┐
│ 解答 │
└─────┘────────────────────────────────────────

Ⅰ.1.平行　2.後面　3.反面　4.中立　5.內心的　6.相互的　Ⅱ.1. upright
2. Adverse　3. vertical　4. internal　5. level　6. surface　7. media
Ⅲ.1. reversible　2. horizontal　3. neutrality　4. adversity　5. internal

# D8 感受・感覺

**sense**
〔sɛns〕

图①**感覺** ②見識 ③意義 圗察覺
sensible 圈有常識的；覺察的【of】
sensibility 图感覺能力；感受性　sensitive 圈敏感的
（↔ *insensitive*）【to】　sensitivity 图敏感性；感受性

**sensation**
〔sɛnˈseʃən〕

图①**感覺** ②感觸 ③轟動；名氣
sensational 圈感覺的；轟動社會的；煽動性的

**sour**
〔saʊr〕

圈①**酸的**；發酵的 ②乖戾的　圗**變酸**；惡化；失去興趣

**acid**
〔ˈæsɪd〕

圈①酸味的；**酸的**；酸性的 ②不開心的　图酸
→ acid rain 酸雨

**taste**
〔test〕

圗①嘗 ②品嘗　图①味 ②趣味；嗜好
tasteful 圈**風趣的**；有鑑賞力的　tasty 圈有趣的；好吃的

**scent**
〔sɛnt〕

图①**氣味**（ smell）；香 ②嗅覺　圗聞出；灑香水

**bitter**
〔ˈbɪtə〕

圈①**苦的**（↔ *sweet*） ②痛苦的；嚴厲的

**chilly**
〔ˈtʃɪlɪ〕

圈微冷的；**寒冷的**　chill 图冷；寒意　圗冰凍；掃興
比較 freeze 圗結冰；使沮喪（ cold 是最廣泛的用字，指
與體溫相較下覺得寒冷。chilly 指冷得讓人不舒服或顫慄。）

**damp**
〔dæmp〕

圈**潮濕的**；有濕氣的（↔ *dry*）　图濕氣　圗弄濕；使沮喪
（ dampen）

**moist**
〔mɔɪst〕

圈①**潮濕的**（ damp） ②多雨的　moisten 圗弄濕；濡濕
moisture 图濕氣；水分

**soak**
〔sok〕

圗①**浸** ②吸收

**harsh**
〔harʃ〕

圈①**粗糙的**（ rough） ②刺耳的；令人難受的
③嚴厲的（ severe）

**rough**
〔rʌf〕

圈①**粗糙的**；崎嶇的（↔ *smooth*） ②粗魯的 ③概略的
roughly 圗粗糙地；約略地。

《EXERCISE》

Ⅰ. 請參考英文字彙，完成中文翻譯。

1. This milk has turned *sour*. 這牛奶已變 _____。

2. A *moist* wind is blowing from the sea.
   一陣_____風由海上吹過來。

3. Her room was filled with the *scent* of flowers.
   她的房間充滿了花_____。

4. I lost all *sensation* in my hands and feet.
   我的手和腳完全沒有_____。

5. She *soaked* a sponge in water. 她把一塊海綿_____入水中。

6. A lemon is an *acid* fruit. 檸檬是 _____ 水果。

7. The boy's *harsh* words wounded the heart of his mother.
   這個孩子_____話，刺傷他媽媽的心。

Ⅱ. 請根據中文，使用本篇字彙完成英文句子。

1. It is_____ in rainy weather. 下雨天，天氣很潮濕。

2. Good medicine_____ _____. 良藥苦口。

3. A_____ wind is blowing. 一陣冷風在吹著。

4. He is a man of_____. 他是一個明理的人。

5. _____cloth is not suitable for pajamas.
   粗糙的布不適合做睡衣。

Ⅲ. 依下列指示作答。

1. sensation 形_____   2. moist 名_____
3. rough 反_____   4. bitter 反_____
5. 挑出劃線部分發音相異的字：t<u>a</u>ste, d<u>a</u>mp, <u>a</u>cid

解答

Ⅰ.1.酸　2.潮濕的　3.香　4.感覺　5.浸　6.酸的　7.令人難受的　Ⅱ.1.
damp　2. tastes, bitter　3. chilly　4. sense　5. Rough　Ⅲ.1. sensational
2. moisture　3. smooth　4. sweet　5. taste

# D9 健康・疾病

**digest**
〔dəˈdʒɛst,
daɪˈdʒɛst〕
働①消化 ②融會 ③摘要 〔ˈdaɪdʒɛst〕图摘要
digestion 图 消化

**wholesome**
〔ˈholsəm〕
围①有益健康的（healthy）；合乎衛生的 ②健全的；有益的

**appetite**
〔ˈæpəˌtaɪt〕
图①食慾 ②欲望；欲求（desire）
appetizing 围 促進食慾的

**starve**
〔stɑrv〕
働①飢餓；餓死 ②渴望 starvation 图餓死；飢餓

**exhaust**
〔ɪgˈzɔst, ɛg-〕
働①用盡；耗盡 ②使枯竭 exhausted 围 筋疲力盡的
exhaustion 图 消耗；疲憊 exhaustive 围 徹底的

**weary**
〔ˈwɪrɪ, ˈwɪrɪ〕
围①疲勞的；**疲倦的** ②厭倦的；不耐煩的（dull）
wearisome 围 使人厭煩的

**fatigue**
〔fəˈtig〕
图 **疲勞** 働 使疲勞 fatigued 围 疲乏的（tired 指疲乏，語氣最弱。exhausted 表示體力、精力之完全耗損。fatigued 表示疲倦得需要休息。）

**cancer**
〔ˈkænsɚ〕
图①癌 ②【C-】巨蟹座 → lung cancer 肺癌
比較 pneumonia〔njuˈmonjə, nu-〕图 肺炎

**plague**
〔pleg〕
图①瘟疫；傳染病 ②【the～】黑死病 ③災難
働①折磨；使苦惱 ②使患瘟疫

**poison**
〔ˈpɔɪzn̩〕
图 毒 働 毒殺 poisonous 围 有毒的；敗德的

**pollution**
〔pəˈluʃən〕
图 污染；公害 pollute 働 污染

**infectious**
〔ɪnˈfɛkʃəs〕
围 傳染性的；易感染的（contagious）
infect 働 使感染 infection 图 傳染（病）

**epidemic**
〔ˌɛpəˈdɛmɪk〕
围 流行性的；傳染性的；盛行的 图①傳染病 ②流行病

**medical**
〔ˈmɛdɪkl̩〕
围 醫學的；醫療的 medicine 图 醫學；內科；藥
比較 surgery 外科 drug 藥；麻藥

─────────────────────────────── ≪EXERCISE≫ ───

I. 請參考英文字彙，完成中文翻譯。

1. I *exhausted* myself by walking a long distance.
   我因走了一段很長的路而＿＿＿＿＿＿。

2. He has a good *appetite*. 他＿＿＿＿＿＿很好。

3. They are investigating the causes of air *pollution*.
   他們正在調查空氣＿＿＿＿＿＿的原因。

4. They tried to prevent the spread of the *epidemic*.
   他們設法防止＿＿＿＿＿＿的蔓延。

5. Food is *digested* in the stomach. 食物在胃中＿＿＿＿＿＿。

6. Do you eat *wholesome* food every day?
   你每天都吃＿＿＿＿＿食物嗎？

7. One man's meat is another man's *poison*.
   對甲是肉，對乙卻是＿＿＿＿＿。

II. 請根據中文，使用本篇字彙完成英文。

1. She looks＿＿＿＿＿after her day's work.
   工作了一天後，她看起來很疲倦。

2. A＿＿＿＿＿was sweeping through Europe at that time.
   那時一場瘟疫橫掃歐洲。

3. Many people＿＿＿＿＿to death. 許多人餓死了。

4. He is receiving excellent＿＿＿＿＿care. 他接受最好的醫療照顧。

5. He showed no signs of＿＿＿＿＿. 他沒有顯出疲倦的樣子。

III. 依下列指示作答。

1. digest 图＿＿＿＿＿＿　　2. medical 图＿＿＿＿＿＿

3. starve 图＿＿＿＿＿＿　　4. poison 图＿＿＿＿＿＿

5. 挑出重音在第一音節的字：appetite, infectious, pollution

┌─────┐
│ 解答 │
└─────┘

I.1. 疲憊　2.食慾　3.污染　4.傳染病　5.消化　6.有益健康的　7.毒
II.1. weary　2. plague　3. starved　4. medical　5. fatigue　III.1. digestion
2. medicine　3. starvation　4. poisonous　5. appetite

# D10　其他重要形容詞

| | |
|---|---|
| **acute**<br>〔əˈkjut〕 | 圈 **敏銳的**（sharp）（↔ *dull*）；銳角的（↔ *obtuse*）；<br>劇烈的 |
| **conservative**<br>〔kənˈsɜvətɪv〕 | 圈 **保守的**（↔ *progressive*, *radical*）；慎重的　图 保守派<br>conserve 動 保存　图 果醬<br>〔con-（共同）＋ serv（保存）＋ -ative（*adj.*）〕 |
| **constant**<br>〔ˈkɑnstənt〕 | 圈 ① **持續不斷的**（continuous, continual）　② 不變的；<br>意志堅定的（stable）　③ 忠實的（faithful）<br>constancy 图 不變（性）；忠實 |
| **content**<br>〔kənˈtɛnt〕 | 圈 **滿足的；滿意的**（↔ *discontent*）　動 使滿意<br>〔ˈkɑntɛnt, kənˈtɛnt〕图 容積；內容（contain 動 ⇨ p.146）<br>contented 圈 感到滿意的【with】（satisfy（⇨ p.194）指充<br>分滿足其需求欲望，且能從其中得到樂趣。content 指滿足<br>需求，不再想要獲得比現在更多。含此意味的名詞為<br>contentment） |
| **definite**<br>〔ˈdɛfənɪt〕 | 圈 ① **一定的**　② 明確的（↔ *indefinite*）<br>definition 图 定義　　definitely 副 明確地；確定地<br>define〔dɪˈfaɪn〕動 限定；下定義 |
| **delinquent**<br>〔dɪˈlɪŋkwənt〕 | 圈 ① 怠忽的　② **違法的**　图 ① 違法者　② 行為不正者<br>delinquency 图 怠忽；過失；違法 |
| **official**<br>〔əˈfɪʃəl〕 | 圈 ① **官方的**（↔ *private*）　② 職務上的　③ 公認的；正式的<br>图 公務員；職員　　officer 图 官吏；軍官；警察<br>office 图 職務；事務所；辦公室 |
| **remote**<br>〔rɪˈmot〕 | 圈 ① **遙遠的**；偏僻的；隱密的　② 疏遠的；遠親的 |
| **superficial**<br>〔ˌsupəˈfɪʃəl,<br>ˌsju-〕 | 圈 ① **表面的**　② 表皮的；膚淺的；淺薄的（↔ *profound*）<br>比較 shallow 淺的；淺薄的（↔ *deep*） |
| **tranquil**<br>〔ˈtræŋkwɪl,<br>ˈtræŋ-〕 | 圈 ① 平穩的；**安靜的**（peaceful）　② 平靜的（serene）；<br>鎮定的（composed）　　tranquil(l)ity 图 平靜；寧靜<br>tranquil(l)ize 動 使～寧靜；鎮定 |

────────────────────────────────── ≪EXERCISE≫ ──

Ⅰ. 請參考英文字彙，完成中文翻譯。

1. He has only a *superficial* knowledge of the subject.
   對這個主題他只有＿＿＿＿＿＿認識。

2. They are more or less *conservative* in opinion.
   他們在看法上有點＿＿＿＿＿＿。

3. A human's sense of smell is not as *acute* as that of a dog.
   人類的嗅覺不像狗那麼＿＿＿＿＿＿。

4. Mr. Wang is a *remote* relative of mine. 王先生是我的＿＿＿＿＿＿親。

5. I am *content* to live in a small town.
   我對住在小鎮上感到＿＿＿＿＿＿。

6. I'd like to settle down in the *tranquil* country when I get old.
   當我老了，我想定居在＿＿＿＿＿＿的鄉村。

Ⅱ. 請根據中文，使用本篇字彙完成英文句子。

1. It is＿＿＿＿＿＿that the child has caught a cold.
   這孩子一定感冒了。

2. I like to see a＿＿＿＿＿＿ flow of the river.
   我喜歡看河水不斷的流動。

3. The prime minister visited the shrine on＿＿＿＿＿＿business.
   行政院長因公務而拜訪這個聖地。

4. He is a＿＿＿＿＿＿taxpayer. 他是一個違法的納稅人。

Ⅲ. 依下列指示作答。

1. profound 反＿＿＿＿＿＿＿＿　2. constant 图＿＿＿＿＿＿＿＿
3. conservative 反＿＿＿＿＿＿＿＿　4. definite 動＿＿＿＿＿＿＿＿
5. 挑出重音在第一音節的字：acute, official, tranquil

┌─────┐
│ 解答 │
└─────┘
Ⅰ.1. 膚淺的　2. 保守　3. 敏銳　4. 遠　5. 滿意　6. 寧靜　Ⅱ.1. definite
2. constant　3. official　4. delinquent　Ⅲ.1. superficial　2. constancy
3. progressive／radical　4. define　5. tranquil

# WORD REVIEW GROUP D

| | | | | | |
|---|---|---|---|---|---|
| abrupt | ☐☐ | harsh | ☐☐ | remote | ☐☐ |
| acid | ☐☐ | horrible | ☐☐ | reverse | ☐☐ |
| actual | ☐☐ | immense | ☐☐ | rough | ☐☐ |
| acute | ☐☐ | increase | ☐☐ | routine | ☐☐ |
| add | ☐☐ | infectious | ☐☐ | sane | ☐☐ |
| adverse | ☐☐ | inner | ☐☐ | scent | ☐☐ |
| alarm | ☐☐ | interior | ☐☐ | secure | ☐☐ |
| amaze | ☐☐ | internal | ☐☐ | sensation | ☐☐ |
| ambiguous | ☐☐ | intricate | ☐☐ | sense | ☐☐ |
| appetite | ☐☐ | level | ☐☐ | severe | ☐☐ |
| astonish | ☐☐ | loose | ☐☐ | simplicity | ☐☐ |
| awful | ☐☐ | medical | ☐☐ | slender | ☐☐ |
| bitter | ☐☐ | medium | ☐☐ | slight | ☐☐ |
| brief | ☐☐ | minute | ☐☐ | soak | ☐☐ |
| cancer | ☐☐ | miracle | ☐☐ | sour | ☐☐ |
| chilly | ☐☐ | moist | ☐☐ | stable | ☐☐ |
| commonplace | ☐☐ | momentary | ☐☐ | startle | ☐☐ |
| complex | ☐☐ | monotonous | ☐☐ | starve | ☐☐ |
| complicate | ☐☐ | monumental | ☐☐ | steady | ☐☐ |
| conservative | ☐☐ | mutual | ☐☐ | stretch | ☐☐ |
| constant | ☐☐ | mysterious | ☐☐ | subtle | ☐☐ |
| content | ☐☐ | neutral | ☐☐ | superficial | ☐☐ |
| damp | ☐☐ | normal | ☐☐ | surface | ☐☐ |
| definite | ☐☐ | obscure | ☐☐ | swell | ☐☐ |
| delinquent | ☐☐ | odd | ☐☐ | tame | ☐☐ |
| digest | ☐☐ | official | ☐☐ | taste | ☐☐ |
| diminish | ☐☐ | ordinary | ☐☐ | tedious | ☐☐ |
| eccentric | ☐☐ | parallel | ☐☐ | terrible | ☐☐ |
| elaborate | ☐☐ | peculiar | ☐☐ | tiny | ☐☐ |
| epidemic | ☐☐ | plague | ☐☐ | tranquil | ☐☐ |
| exhaust | ☐☐ | poison | ☐☐ | tremendous | ☐☐ |
| expand | ☐☐ | pollution | ☐☐ | trifling | ☐☐ |
| explode | ☐☐ | prevail | ☐☐ | trivial | ☐☐ |
| extend | ☐☐ | profound | ☐☐ | upright | ☐☐ |
| faint | ☐☐ | prolong | ☐☐ | vague | ☐☐ |
| fatigue | ☐☐ | prompt | ☐☐ | various | ☐☐ |
| feeble | ☐☐ | range | ☐☐ | vast | ☐☐ |
| flexible | ☐☐ | rear | ☐☐ | vertical | ☐☐ |
| frequent | ☐☐ | reduce | ☐☐ | weary | ☐☐ |
| genuine | ☐☐ | regular | ☐☐ | wholesome | ☐☐ |

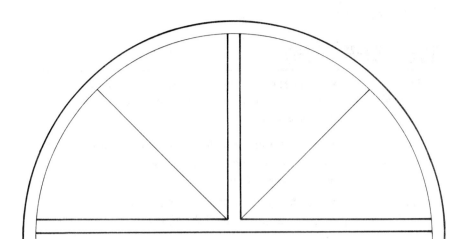

# GROUP
# E
## 意志／態度

# E1　期望・目的

**intend**
〔ɪnˈtɛnd〕

動 意圖；**打算**　　intent 形 熱心的　名（犯罪的）意圖
intention 名 意圖　　intentional 形 故意的
（↔ *accidental*）

**expect**
〔ɪkˈspɛkt〕

動 ①期待；**期望**　②預期；料想　　expectation 名 期待；
預期　　expectancy 名 期待；指望
expectant 形 預期的

**project**
〔prəˈdʒɛkt〕

動 ①**計畫**；籌畫　②投射　③突出　〔ˈprɑdʒɛkt〕名 計畫；
事業　　projection 名 預測；投射；突出〔pro-（朝前）＋
ject（投擲）〕

**cherish**
〔ˈtʃɛrɪʃ〕

動 ①珍愛；**懷念**　②心中懷有（希望、志願）
比較 adore 敬重；愛慕

**yearn**
〔jɜn〕

動 ①**懷念**；思慕【after / for】　②熱望；渴望【to ＋V】
③同情【for / over】　　yearning 名 想念；熱望

**desire**
〔dɪˈzaɪr〕

動 **希望**　名 願望；欲望　　desirable 形 想要的
desirous 形 渴望的【of】　→ leave nothing to be
desired 毫無缺點　　leave much to be desired 缺點很多

**object**
〔ˈɑbdʒɪkt〕

名 ①物體　②對象【of】　③**目的**　〔əbˈdʒɛkt〕動 反對；
抗議【to】　　objection 名 反對；異議
objective 形 客觀的（↔ *subjective*）　名 目的

**purpose**
〔ˈpɜpəs〕

名 ①**目的**　②意圖　　purposeful 形 意圖的；故意的
purposely 副 故意地；蓄意地（on purpose）

**aim**
〔em〕

名 ①瞄準　②**目的**（標）　動 瞄準【at】
（purpose 表示對其計劃有強烈的決心。aim 指為某特別的
目的，而全力以赴。object 指某種需要或慾望的直接目的。）

**ambition**
〔æmˈbɪʃən〕

名 野心；**抱負**　　ambitious 形 有野心的

**ideal**
〔aɪˈdiəl,
aɪˈdil〕

形 **理想的**　名 理想　　idea 名 思想；概念；意見
idealism 名 觀念論；唯心論（↔ *materialism* 唯物論）；
理想主義（↔ *realism*）

《EXERCISE》

Ⅰ. 請參考英文字彙，完成中文翻譯。

1. The seaside is an **ideal** spot for the children to play.
   海邊是孩子們遊玩的_____地點。

2. He wanted us to travel on foot but I **objected** to that.
   他要我們徒步旅行，但我_____。

3. He **yearned** for his home. 他_____家鄉。

4. Don't **expect** too much of me. 不要對我_____太高。

5. The **purpose** of our trip is to visit a new factory.
   我們旅行的_____是參觀一座新工廠。

6. The hunter took **aim** at the elephant.
   那個獵人_____那隻大象。

Ⅱ. 請根據中文，使用本篇字彙完成英文句子。

1. A new science magazine has been_____.
   一本新的科學雜誌已籌劃完成了。

2. Where do you_____to go？你打算去那裏？

3. He_____friendship. 他珍視友誼。

4. Everybody_____happiness. 每個人都渴望幸福。

5. His performance left little to be_____.
   他的演出幾乎沒有缺點。

6. His_____is to be a lawyer. 他的抱負是當律師。

Ⅲ. 依下列指示作答。

1. object 图_____　　2. ambition 形_____

3. desirous 图_____　　4. intention 働_____

5. 挑出重音在第二音節的字：ideal , purpose , cherish

解答

Ⅰ.1.理想的　2.反對　3.懷念　4.期望　5.目的　6.瞄準　Ⅱ.1. projected
2. intend　3. cherishes　4. desires　5. desired　6. ambition　Ⅲ.1. objection　2. ambitious　3. desire　4. intend　5. ideal

# E2 奮鬥・忍耐

| | |
|---|---|
| **strive**<br>〔straɪv〕 | 動 奮鬥;**努力**【for/after/to＋V】 strive-strove-striven〔'strɪvən〕 strife 图 不和;爭吵 |
| **endeavo(u)r**<br>〔ɪn'dɛvɚ〕 | 動 **努力**【to＋V】 图 努力(effort)〔en-(在中間),devo(u)r＝duty(義務)→履行義務〕 |
| **endure**<br>〔ɪn'djʊr〕 | 動 ①忍耐;**忍受** ②持續(last) endurance 图 忍耐;持久力 enduring 形 持久的〔en-(向內)＋dure(繼續)〕 |
| **tolerate**<br>〔'tɑlə,ret〕 | 動 ①**容忍**;忍耐 ②寬容 tolerable 形 可容忍的(↔intolerable);相當的 tolerant 形 寬大的【of】tolerance 图 寬容;耐藥力 toleration 图 默認;寬容(bear是忍受痛苦、困難等的一般用語(⇨ p.118),suffer 是消極或不得已地忍受痛苦或不幸(⇨ p.108),endure 指長時間堅強地忍受痛苦、不幸等,強調其意志。stand是固執而勇敢地忍受,與 bear 通用,但非正式用語,tolerate 與 stand 同義,爲較正式的用語。) |
| **patient**<br>〔'peʃənt〕 | 形 **有耐性的**(↔impatient) 图 患者;病人 patience 图 忍耐(↔impatience) |
| **impatient**<br>〔ɪm'peʃənt〕 | 形 ①**不耐煩的**;性急的【of/about/with】②急於～的【for / to ＋V】impatience 图 暴躁;性急 |
| **venture**<br>〔'vɛntʃɚ〕 | 图 ①**冒險** ②投機 動 冒～的危險;以～爲賭注 venturesome 形(＝venturous)好冒險的;大膽的(bold, adventurous) 比較 adventure 图 奇遇;冒險 |
| **trial**<br>〔'traɪəl〕 | 图 ①**考驗** ②裁判 ③磨難 try 動 試;努力【to＋V】 |
| **practice**(-se)<br>〔'præktɪs〕 | 動 ①**練習** ②實行 图 ①練習 ②實際(↔theory) ③習慣 practical 形 實用的;事實上的(↔impractical) practicable 形 可實行的;能用的 practically 副 事實上;實際地 |

《EXERCISE》

Ⅰ. 請參考英文字彙，完成中文翻譯。

1. We are ready for any *venture*. 我們不辭任何_____。

2. She couldn't *tolerate* his rudeness.
   她不能_____他的無禮。

3. We make every *endeavor* to satisfy our customers.
   我們多方_____使顧客滿意。

4. Life is full of *trials*. 人生充滿了_____。

5. The great works of Shakespeare will *endure* forever.
   莎士比亞的偉大的作品將永垂_____。

6. He is *striving* to complete his task.
   他_____完成他的任務。

Ⅱ. 請根據中文，使用本篇字彙完成英文句子。

1. A good teacher must be_____with his pupils.
   一個好老師要對他的學生有耐性。

2. She_____playing the violin every day.
   她每天練習小提琴。

3. He was_____of any delays. 他不能忍受任何拖延。

4. The man has_____many difficulties.
   那個人忍受過很多困難。

Ⅲ. 依下列指示作答。

1. endure 图_____
2. patient 形 反_____
3. practice 形_____
4. tolerate 图_____
5. 挑出劃線部分發音相異的字： tri<u>a</u>l, end<u>ea</u>vor, v<u>e</u>nture

解答

Ⅰ.1.危險　2.容忍　3.努力　4.考驗　5.不朽　6.努力　Ⅱ.1. patient
2. practices　3. impatient　4. endured　Ⅲ.1. endurance　2. impatient
3. practical／practicable　4. tolerance／toleration　5. trial

# E3 競爭・勝利

**struggle**
〔'strʌgḷ〕
　動①**掙扎**　②**搏鬥**；努力【with/against】　③奮鬥（strive）【for/to+V】　图①努力（effort）　②搏鬥（strife）

**compete**
〔kəm'pit〕
　動①**競爭**【with＋人＋for＋图】　②可與～匹敵【with】
competition 图 競爭　　competitive 圈 競爭的
competent 圈 勝任的（↔ *incompetent*）
competence 图 能力；資格

**contend**
〔kən'tɛnd〕
　動①**競爭**（compete）；奮鬥　②爭論　③主張（maintain）
contention 图 競爭；爭論；主張
contentious 圈 好爭吵的；愛爭論的

**defeat**
〔dɪ'fit〕
　動①**擊敗**；打敗（beat，overcome）　②使挫折（frustrate）
图①征服【of】　②敗北；失敗（↔ *victory*）

**conquer**
〔'kɑŋkɚ〕
　動 **征服**；克服　　conquest〔-kwɛst〕图 征服；克服；獲得
【of】　　conqueror 图 征服者

**overcome**
〔,ovɚ'kʌm〕
　動①**擊敗**；**克服**　②使軟弱【by/with】
overcome‐overcame‐overcome

**overwhelm**
〔,ovɚ'hwɛlm〕
　動①**壓倒**　②使十分感動；使困窘【by/with】
overwhelming 圈 壓倒性的；不可抵抗的

**surrender**
〔sə'rɛndɚ〕
　動①**讓與**（yield）【to】　②**放棄**（give up）；抛棄
③投降；屈服（submit）【to】（↔ *conquer*）　图放棄
〔sur‐（在上面）＋render（給與）〕

**yield**
〔jild〕
　動①**讓與**　②**屈服**　③生產；出產（produce）
图 收穫（crop）；生產量

**submit**
〔səb'mɪt〕
　動①**使服從**；使順從；屈服【to】　②**提出**【to】
submission 图 服從；提出【of】　　submissive 圈 順從的
〔sub‐（在下面）＋mit（放置）〕

**victory**
〔'vɪktərɪ，
　'vɪktrɪ〕
　图 **勝利**（↔ *defeat*）　　victor 图 勝利者
victorious 圈 勝利的；凱旋的

**triumph**
〔'traɪəmf, -mpf〕
　图①**勝利**；大功績　②慶功宴　　triumphant〔-'ʌm-〕
圈 獲得的；得意揚揚的　　→ in triumph 得意揚揚地

─≪EXERCISE≫─

Ⅰ. 請參考英文字彙 , 完成中文翻譯 。

　1. We **defeated** them in tennis yesterday.
　　我們在昨天的網球賽＿＿＿＿＿＿他們 。

　2. Four teams **competed** for the prize. 四支隊伍＿＿＿＿＿＿這個獎 。

　3. She gradually **surrendered** her dream of becoming an actress.
　　她逐漸＿＿＿＿＿＿當女演員的夢想 。

　4. All her life she has been **struggling** with illness.
　　她終其一生都在和病魔＿＿＿＿＿＿。

　5. We celebrated our **victory**. 我們慶祝＿＿＿＿＿＿。

　6. Seven runners were **contending** for the gold medal.
　　七位賽跑者在＿＿＿＿＿＿金牌 。

　7. He came home in **triumph**. 他＿＿＿＿＿＿的回家 。

Ⅱ. 請根據中文 , 使用本篇字彙完成英文句子 。

　1. The land＿＿＿＿＿＿well. 這土地出產豐富 。

　2. I was＿＿＿＿＿＿by her kindness. 我被她的親切深深的感動了 。

　3. Sir Edmund Hillary＿＿＿＿＿＿Mt. Everest.
　　愛德蒙爵士征服聖母峯 。

　4. You should＿＿＿＿＿＿your weakness. 你要克服你的弱點 。

　5. The boy ＿＿＿＿＿＿to having his tooth pulled ( out ).
　　那個男孩順從的讓人拔牙 。

Ⅲ. 依下列指示作答 。

　1. competent 图＿＿＿＿＿＿　　　　2. victory 囝＿＿＿＿＿＿
　3. overwhelm 形＿＿＿＿＿＿　　　　4. submit 图＿＿＿＿＿＿
　5. 挑出劃線部分發音相異的字： def<u>ea</u>t , tr<u>iu</u>mph , y<u>ie</u>ld

┌解答┐
Ⅰ.1. 擊敗　2. 爭奪　3. 放棄　4. 搏鬥　5. 勝利　6. 競爭　7. 得意揚揚
Ⅱ.1. yields　2. overwhelmed　3. conquered　4. overcome　5. submitted
Ⅲ.1. competence　2. defeat　3. overwhelming　4. submission　5. triumph

# E4　爭吵・戰亂

| | |
|---|---|
| **quarrel**<br>〔'kwɔrəl ,<br>'kwɑr- 〕 | 图 **爭吵**；口角　 囫 爭吵；爭論；抱怨　 比較 fight 博鬥；<br>格鬥 |
| **revenge**<br>〔rɪ'vɛndʒ 〕 | 囫 **復仇**；替～報仇　 图 復仇 |
| **curse**<br>〔kɝs 〕 | 囫 **咒罵**（↔ bless）；作祟　 图 詛咒（↔ blessing）；天譴；災禍 |
| **battle**<br>〔'bætḷ 〕 | 图 **戰役**（ fight, combat ）　 囫 戰；奮鬥（ struggle ） |
| **conflict**<br>〔'kɑnflɪkt 〕 | 图 ①鬥爭　 ②**衝突**；矛盾　 〔kən'flɪkt 〕囫 ①爭【with 】<br>② 抵觸；和～相矛盾〔 con-（一起）＋flict（打）〕 |
| **riot**<br>〔'raɪət 〕 | 图 ①**暴動**；騷亂　 ②【a ～】多采多姿　 囫 騷亂；發生暴動<br>riotous〔'raɪətəs 〕圈 暴動的；騷擾的 |
| **rebel**<br>〔'rɛbḷ 〕 | 图 反抗者；叛徒　 〔rɪ'bɛl 〕囫 **反叛**；反抗【against 】<br>rebellion 图 叛亂　 rebellious 圈 謀反的 |
| **revolution**<br>〔,rɛvə'luʃən 〕 | 图 ①旋轉　 ②**革命**　 revolutionary 圈 革命的；旋轉的<br>revolve〔rɪ'vɑlv 〕囫 旋轉；循環（ turn around, rotate ）<br>revolver 图 左輪手槍　 revolt〔rɪ'volt 〕囫 叛亂；反感<br>图 反抗【against 】；不愉快 |
| **hatred**<br>〔'hetrɪd 〕 | 图 **憎恨**；憎惡（↔ love ）　 hate 囫 憎恨；厭惡 |
| **threat**<br>〔θrɛt 〕 | 图 ①恐嚇；**威脅**（menace ）　 ②惡兆　 threaten 囫 威脅<br>threatening 圈 脅迫的　 比較 menace〔'mɛnɪs 〕图囫 威脅 |
| **armament**<br>〔'ɑrməmənt 〕 | 图 裝備；**軍備**；武力（↔ disarmament 裁軍 ）<br>比較 arms 武器（＝ weapons ） |
| **military**<br>〔'mɪlə,tɛrɪ 〕 | 圈 ①**軍隊的**；軍事的（↔ civil 文職的）　 ②陸軍的（↔ naval ）<br>图 軍隊　 militarism 图 軍國主義　 比較 army 陸軍<br>navy 海軍　 air force 空軍 |
| **hostile**<br>〔'hɑstɪl 〕 | 圈 ①敵人的　 ②**懷敵意的**；敵對的<br>hostility 图 敵意；敵對；【- lities】交戰 |

─── 《EXERCISE》 ───

I. 請參考英文字彙，完成中文翻譯。

1. The people of that country *cursed* their cruel ruler.
   那個國家的人民＿＿＿＿＿＿他們殘酷的統治者。

2. Love is blind. *Hatred* is also blind. 愛是盲目的，＿＿＿＿＿＿也是盲目的。

3. The old general has seen a number of *battles*.
   這老將官經歷過很多＿＿＿＿＿＿。

4. He *revenged* his son's death. 他爲兒子之死＿＿＿＿＿＿。

5. After the *revolution* he fled the country.
   ＿＿＿＿＿＿之後他逃往國外。

6. He maintains that we must reduce *armaments*.
   他主張我們必須縮減＿＿＿＿＿＿。

7. The *riot* was soon controlled. 那個＿＿＿＿＿＿很快就被控制了。

II. 請根據中文，使用本篇字彙完成英文句子。

1. It takes two to make a ＿＿＿＿＿＿. 一個巴掌拍不響。

2. ＿＿＿＿＿＿schools are known for their training.
   軍校以其訓練方式而聞名。

3. There is a＿＿＿＿＿＿of rain in the air. 天空有下雨之兆。

4. The two countries have been in＿＿＿＿＿＿for years.
   多年來這兩國一直在衝突中。

5. The villagers were＿＿＿＿＿＿to the newcomers.
   村民對新來的人懷有敵意。

III. 依下列指示作答。

1. threat 動 ＿＿＿＿＿＿
2. revolt 名 ＿＿＿＿＿＿
3. hostile 名 ＿＿＿＿＿＿
4. hatred 動 ＿＿＿＿＿＿
5. 挑出重音在第二音節的字：quarrel , revenge , armament

┌解答┐
I.1. 詛咒　2. 恨　3. 戰役　4. 報仇　5. 革命　6. 軍備　7. 暴動　II.1. quarrel　2. Military　3. threat　4. conflict　5. hostile　III.1. threaten　2. revolution　3. hostility　4. hate　5. revenge

# E5 接近・捕捉

**approach**
〔əˈprotʃ〕
🔟 走近　🔢 接近〔ap- = ad-（向），proach（靠近）
比較 reproach ⇨ p.10 〕

**pursue**
〔pəˈsu,-ˈsɪu〕
🔟 ①追趕　②追求　③實行　　pursuit 🔢 追逐；追求；實行

**chase**
〔tʃes〕
🔟 追逐；追趕（pursue）　🔢 追趕（pursuit）

**overtake**
〔ˌovəˈtek〕
🔟 ①追過；**追上**（catch up with）　② 突然來襲（指災難）
overtake - overtook - overtaken

**seize**
〔siz〕
🔟 ①捉住；握；捕捉　②侵襲（指疾病）　③了解；明白
seizure〔ˈsiʒə〕🔢 捕獲（物）；發作

**grasp**
〔græsp〕
🔟 ①抱住；**抓**；握（grip）　②理解　🔢 把握；抓住；理解；支配

**embrace**
〔ɪmˈbrɛs〕
🔟 ①擁抱　②包含；圍繞　🔢 擁抱
〔em- = in-（向內），brace（腕）　比較 bracelet 手鐲；
手銬　brace（錐子的）曲柄〕

**arrest**
〔əˈrɛst〕
🔟 ①逮捕（↔ *release*）　②妨礙　③吸引（指注意力）
🔢 ①逮捕　②阻止

**access**
〔ˈæksɛs〕
🔢 ①接近　②通路；捷徑　　accessible 🔲 可接近的；可親的
〔ac- = ad-（向），cedere（走，動）　比較 process, proceed
⇨ p.170, recession, recede ⇨ p.174, concession 讓步〕

**vicinity**
〔vəˈsɪnətɪ〕
🔢 ①**附近**　②接近〔vicinus = near（靠近），-ity（*n.*）〕

**contact**
〔ˈkɑntækt〕
🔢 ①接觸【with】　②連繫；關係；交際【with】　③緣故
🔟 連絡　→ come in〔into〕contact with 與～接觸

**capture**
〔ˈkæptʃə〕
🔢 捕獲（seizure）　🔟 捕捉（seize）
captor 🔢 捕捉者（↔ *captive*）

**captive**
〔ˈkæptɪv〕
🔢 **俘虜**（prisoner）；迷戀者　🔲 被俘虜的；被迷住的
captivate 🔟 迷惑；使著迷（charm, fascinate）

**trace**
〔tres〕
🔢 跡；**足跡**　🔟 ①跟蹤　②追溯　③描繪

＊《EXERCISE》＊

I. 請參考英文字彙，完成中文翻譯。

1. The cat **chased** the mouse but could not snatch it.
這隻貓＿＿＿＿＿老鼠，但卻抓不到牠。

2. The man **seized** me by the arm. 那個人＿＿＿＿＿我的手臂。

3. The ten persons **arrested** were released.
被＿＿＿＿＿的那十個人又被釋放了。

4. The drowning man **grasped** at the rope.
那個溺水的人＿＿＿＿＿那條繩子。

5. He gained **access** to the house through a window.
他由窗戶找到進入那房子的＿＿＿＿＿。

6. The boy **captured** the bird with a net. 那個男孩用網子＿＿＿＿＿那隻鳥。

7. He **overtook** me although I was walking very fast.
儘管我走得很快，他還是＿＿＿＿＿我。

II. 請根據中文，使用本篇字彙完成英文句子。

1. Don't＿＿＿＿＿the dog. 別走近那條狗。

2. The policeman＿＿＿＿＿the speeding automobile.
警察追趕那輛超速的汽車。

3. I have lost＿＿＿＿＿with him. 我和他失去聯繫。

4. She＿＿＿＿＿her mother. 她擁抱她母親。

5. The hunter saw＿＿＿＿＿of a fox on the snow.
獵人在雪地上發現狐狸的足跡。

III. 依下列指示作答。

1. overtake 回 ＿＿＿＿＿＿＿　　2. pursue 图 ＿＿＿＿＿＿＿

3. seize 图 ＿＿＿＿＿＿＿

4. 挑出重音在第一音節的字： access , embrace , vicinity

解答

I.1.追　2.抓住　3.逮捕　4.抓住　5.通路　6.捕捉　7.追上　II.1. ap-
proach　2. pursued /chased　3. contact　4. embraced　5. traces　III.1.
catch up with　2. pursuit　3. seizure　4. access

# E6　選擇・命運

**choose**
〔tʃuz〕
　　　動①選擇　②優先選擇；決定　choose‐chose‐chosen
　　　choice 图 選擇；精選的人物

**select**
〔sə'lɛkt〕
　　　動 挑選；選擇　圈 精選的　selection 图 選擇；精選

**prefer**
〔prɪ'fɝ〕
　　　動 比較喜歡；寧要【to】　preference〔'prɛ‐〕图 偏好；
　　　選擇　preferable 圈 較好的；較合人意的

**determine**
〔dɪ'tɝmɪn〕
　　　動①決心　②決定（decide）　determination 图 決心；
　　　決定

**solve**
〔salv〕
　　　動 解釋；解決；說明　soluble 圈 可溶解的
　　　solvable 圈 可解答的　solution 图 解決；解答【to/of】；
　　　溶解；溶液

**resolve**
〔rɪ'zalv〕
　　　動①決心　②解決　③分解【into】
　　　resolute 圈 堅決的；斷然的　resolution 图 決心(意)；決議
　　　resolved 圈 下定決心的（determined）；堅決的

**decision**
〔dɪ'sɪʒən〕
　　　图①決定　②決心　③解決　decide〔‐'saɪd〕動 決定；
　　　決心；解決　decided 圈 明確的（definite）；顯然的
　　　decisive 圈 決定性的；堅決的（resolute）

**alternative**
〔ɔl'tɝnɪtɪv,
 æl'tɝnətɪv〕
　　　圈（兩者中）任選其一的；選擇性的　图 選擇；二者選一
　　　alternation 图 交互　alternate〔‐nɪt〕圈 交互的；輪流的
　　　〔‐ˌnet〕動 交替

**fatal**
〔'fetḷ〕
　　　圈①致命的　②命運的　fate 图 命運
　　　比較 doom 图（指壞的）命運　動 註定（有不好的命運）

**mortal**
〔'mɔrtḷ〕
　　　圈①必然滅亡的（↔ immortal）　②致命的（fatal）
　　　③人間的；人生的
　　　mortality 图 死亡率；人類

**destiny**
〔'dɛstənɪ〕
　　　图 命運　destine 動 預定；命中註定
　　　destination 图 目的地；目的

《EXERCISE》

**I.** 請參考英文字彙，完成中文翻譯。

1. He **selected** a Christmas gift for her.
   他_____一件耶誕禮物送她。

2. He **resolved** that he would live to the fullest.
   他_____盡情地享受人生。

3. She struggled in vain against her **destiny**.
   她與_____搏鬥，但徒勞無益。

4. I think he made the wrong **decision**. 我認為他的_____是錯誤的。

5. Have you **solved** all the problems yet?
   你已經_____所有的問題了嗎?

6. The accident was not **fatal** to the dog.
   那個意外事件，對這隻狗並非_____。

7. She **determined** to go abroad. 她_____出國。

**II.** 請根據中文，使用本篇字彙完成英文句子。

1. The_____possibilities are neutrality or war.
   這兩種可能的選擇不是中立就是參戰。

2. All men are_____. 人皆必死。

3. You may_____any book you like.
   你可以選擇任何你喜歡的書。

4. He_____football to baseball. 他喜歡足球甚於棒球。

**III.** 依下列指示作答。

1. resolve 图_____　　　2. mortal 反 _____
3. decision 動_____　　　4. determine 图_____
5. 挑出劃線部分發音相異的字: de<u>s</u>tiny, choo<u>s</u>e, <u>s</u>olve

┌解答┐
I.1. 挑選　2. 決心　3. 命運　4. 決定　5. 解決　6. 致命的　7. 決定　II.1.
alternative　2. mortal　3. choose / select　4. prefers　III.1. resolution
2. immortal　3. decide　4. determination　5. choose

# E7　實現・成功

| | |
|---|---|
| **accomplish**<br>〔ə'kʌmplɪʃ〕 | 囫 實現；**完成**（perform）<br>accomplished 厖 熟練的（skilled）；有教養的<br>accomplishment 图 完成；業績；教養<br>〔ac-＝ad-（＝to），complish（＝complete）〕 |
| **perform**<br>〔pɚ'fɔrm〕 | 囫 ①履行；**實行**（do 的正式用語）　②演出；演奏<br>performance 图 實行；表演；成績 |
| **execute**<br>〔'ɛksɪ,kjut〕 | 囫 ①實行　②**執行**　③製作；演奏　　execution 图 執行；<br>實現；處決　　executive〔ɪg'zɛkjʊtɪv〕厖 實施的；行政上的<br>图 行政部；經理主管人員〔ex-＝out（到最後），ecute＝<br>follow（跟隨、舉行）　比較 subsequent ⇨ p.168〕 |
| **attain**<br>〔ə'ten〕 | 囫 ①**得到**（achieve）　②**達到**（reach）<br>attainment 图 達成；得到 |
| **achieve**<br>〔ə'tʃɪv〕 | 囫 ①達成；完成　②獲得　　achievement 图 達成；成就 |
| **fulfil(l)**<br>〔fʊl'fɪl〕 | 囫 ①**履行**；完成（carry out）　②滿足（satisfy）；具備<br>fulfil(l)ment 图 履行；實現 |
| **realize**<br>〔'riə,laɪz,<br>'rɪə-〕 | 囫 ①**了解**；知道；領悟　②實現<br>realization 图 實現；了解　　比較 reality 图 真實；逼真<br>realistic 厖 現實的 |
| **succeed**<br>〔sək'sid〕 | 囫 ①**成功**（↔ fail）【in】　②跟著～而來（↔ precede）<br>③繼承；繼任【to】　　success 图 成功（↔ failure）<br>successful 厖 成功的　　successfully 副 成功地；順利地<br>succession 图 連續（series）；繼承（權）<br>successive 厖 連續的 |
| **prosper**<br>〔'prɑspɚ〕 | 囫 **繁榮**；興隆（flourish）；**成功**<br>prosperity 图 繁榮　　prosperous 厖 繁榮的；順遂的 |
| **flourish**<br>〔'flɝɪʃ〕 | 囫 ①繁榮；**茂盛**；興隆（prosper，thrive）<br>②活躍　③炫耀　图 華麗的辭句<br>　比較 thrive〔θraɪv〕囫 繁榮；茂盛 |

《EXERCISE》

Ⅰ. 請參考英文字彙，完成中文翻譯。

1. At first he did not *realize* that she had come.
   他起初不＿＿＿＿＿＿她已來了。

2. He *succeeded* his father in the business. 他＿＿＿＿＿＿父親的事業。

3. Cheats never *prosper*. 欺騙絕不會＿＿＿＿＿＿。

4. He *accomplished* the chief purpose of his visit there.
   他＿＿＿＿＿參觀此地的主要目的。

5. She *achieved* her ambition. 她＿＿＿＿＿她的抱負。

6. Our business is *flourishing*. 我們的生意正＿＿＿＿＿＿。

7. He *attained* power. 他＿＿＿＿＿權力。

Ⅱ. 請根據中文，使用本篇字彙完成英文句子。

1. I＿＿＿＿＿＿in reaching the top of the mountain.
   我成功地攀登這座山的頂峯。

2. The thesis will＿＿＿＿＿＿the requirements for your M.A.
   這論文可以讓你具備文學碩士的資格。

3. We＿＿＿＿＿＿the plan at once. 我們立刻執行這個計劃。

4. They＿＿＿＿＿＿"Hamlet" tonight. 他們今晚演出「哈姆雷特」。

5. My wish was＿＿＿＿＿ at last. 我的願望終於實現了。

Ⅲ. 依下列指示作答。

1. success 形＿＿＿＿＿＿ 　　2. perform 图＿＿＿＿＿＿

3. prosper 图＿＿＿＿＿＿ 　　4. realize 图＿＿＿＿＿＿

5. 挑出重音在第一音節的字：fulfill, execute, achieve

┌解答┐

Ⅰ.1. 知道　2. 繼承　3. 成功　4. 完成　5. 達成　6. 興隆　7. 得到　Ⅱ.1.
succeeded　2. fulfill　3. executed　4. perform　5. realized　Ⅲ.1.
successive / successful　2. performance　3. prosperity　4. realization
5. execute

# E8　積極・鹵莽

| | |
|---|---|
| **voluntary**<br>〔'vɑlən,tɛrɪ〕 | 厖 自發的；**自願的**（↔ *compulsory*）<br>volunteer〔,vɑlən'tɪr〕图 自願者 |
| **willing**<br>〔'wɪlɪŋ〕 | 厖①**樂意的**【to＋V】（①②↔*unwilling*）　②自發的<br>willingly 副 樂意地；心甘情願地 |
| **spontaneous**<br>〔spɑn'tenɪəs〕 | 厖 自然的；自發的<br>spontaneity〔-'niətɪ〕图 自然發生；天然性 |
| **vital**<br>〔'vaɪtl̩〕 | 厖①**生命的**　②絕對必要的；致命的【to/for】　③有生氣的<br>vitality 图 活力；生命力 |
| **vigorous**<br>〔'vɪgərəs〕 | 厖 **精力充沛的**；活潑的（energetic）；有力的<br>vigo(u)r 图 活力；精力（energy, vitality） |
| **active**<br>〔'æktɪv〕 | 厖①**活動的**；活躍的（↔ *inactive*）　②積極的（↔ *passive*）<br>③ 主動的（↔ *passive*）　　act 働 行動；扮演　图行為；<br>一幕；一齣　（actual ⇨ p.78）　　action 图行動；作用；<br>動作　　activity 图 活動（↔ *inactivity*） |
| **positive**<br>〔'pɑzətɪv〕 | 厖①明確的　②確信的（certain）【of/about】<br>③肯定的；積極的（↔ *negative*）<br>positively 副 確實地；必然地 |
| **aggressive**<br>〔ə'grɛsɪv〕 | 厖①**攻擊的**（offensive）（↔ *defensive*）；侵略的　②積極的<br>aggression 图 攻擊（attack）；侵略〔ag- = ad-（= to），<br>gradi（= to step），-ive（*adj.*）　[比較] progress ⇨ p.168〕 |
| **reckless**<br>〔'rɛklɪs〕 | 厖①**鹵莽的**　②不顧一切的【of】<br>recklessness 图 鹵莽 |
| **bold**<br>〔bold〕 | 厖 **大膽**（↔ *timid*）（[比較] bald〔bɔld〕厖 禿頭的）<br>boldness 图 大膽 |
| **impudent**<br>〔'ɪmpjədənt〕 | 厖 **鹵莽的**；傲慢的；不謙虛的（↔ *modest*）<br>impudence 图 輕率；不謹慎 |
| **arrogant**<br>〔'ærəgənt〕 | 厖 **傲慢的**；自大的（↔ *humble*, *modest*）<br>arrogance 图 傲慢；自大 |
| **cordial**<br>〔'kɔrdʒəl〕 | 厖 **熱誠的**；**真摯的**　　cordiality 图 誠摯；誠實<br>（[比較] discord ⇨ p.12） |

─────────────────────────────── 《EXERCISE》───

Ⅰ. 請參考英文字彙，完成中文翻譯。

　1. He writes in a *vigorous* style. 他用＿＿＿＿＿風格寫作。

　2. The work Jane did was *voluntary*. 珍做的工作是＿＿＿＿＿。

　3. We don't employ an *aggressive* policy. 我們不採用＿＿＿＿＿政策。

　4. He is *impudent* to say so. 他這麼說是＿＿＿＿＿。

　5. Don't behave in such an *arrogant* manner. 舉止不要那麼＿＿＿＿＿。

　6. Take a more *positive* attitude toward life.
　　對人生要採取較＿＿＿＿＿態度。

　7. The eruption of a volcano is *spontaneous*. 火山爆發是＿＿＿＿＿。

Ⅱ. 請根據中文，使用本篇字彙完成英文句子。

　1. That would be a＿＿＿＿＿ blow to the company.
　　那對這家公司是致命的打擊。

　2. He was＿＿＿＿＿enough to propose to her.
　　他大膽到敢向她求婚。

　3. I am quite ＿＿＿＿＿ to do anything for you.
　　我樂意爲你做任何事情。

　4. The family gave him a＿＿＿＿＿welcome.
　　這家人熱誠的歡迎他。

　5. She is still＿＿＿＿＿at ninety. 她九十歲了仍很活躍。

　6. He was＿＿＿＿＿of danger. 他不顧一切的危險。

Ⅲ. 依下列指示作答。

　1. aggressive 图＿＿＿＿＿＿＿＿　　2. active 図＿＿＿＿＿＿＿＿
　3. vital 图＿＿＿＿＿＿＿＿　　　　4. voluntary 図＿＿＿＿＿＿＿＿

┌─解答─┐
└───┘──────────────────────────

Ⅰ.1. 活潑的　2. 自願的　3. 侵略的　4. 鹵莽的　5. 傲慢　6. 積極的　7.
自發的　Ⅱ.1. vital　2. bold　3. willing　4. cordial　5. active　6.
reckless　Ⅲ.1. aggression　2. inactive , passive　3. vitality　4. com-
pulsory

# E9　困惑・遲疑

| | |
|---|---|
| **reluctant**<br>〔rɪˈlʌktənt〕 | 厖 勉強的；**不情願的**（unwilling）　　reluctance 图 嫌惡；<br>不情願　　reluctantly 圃 厭惡地；不情願地（unwillingly）<br>〔re-（再）＋luctant（戰鬥的）→勉強〕 |
| **hesitate**<br>〔ˈhɛzəˌtet〕 | 勔 躊躇；**遲疑**　　hesitant 厖 遲疑的；躊躇的<br>hesitation 图 遲疑；躊躇 |
| **confuse**<br>〔kənˈfjuz〕 | 勔①**使混亂**　②混淆；弄不清【with】<br>③使慌亂　　confusion 图 混亂；紛亂；無秩序<br>confusedly〔-zɪdlɪ〕圃 混亂地；惶惑地 |
| **disturb**<br>〔dɪˈstɝb〕 | 勔①弄亂；使動搖；擾亂　②**使不安**　③侵犯<br>disturbance 图 騷動；妨害；動搖 |
| **bother**<br>〔ˈbɑðɚ〕 | 勔①煩惱　②苦惱　③費心【to＋V】　图 麻煩<br>bothersome 厖 令人煩惱的（troublesome） |
| **upset**<br>〔ʌpˈsɛt〕 | 勔①弄翻　②破壞　③**使煩惱**　upset - upset - upset<br>〔ˈʌpˌsɛt〕图①顛覆　②混亂　③不和 |
| **irritate**<br>〔ˈɪrəˌtet〕 | 勔①激怒　②刺激　　irritation 图 苦惱；發怒；刺激 |
| **annoy**<br>〔əˈnɔɪ〕 | 勔 **使煩惱**；使困擾　　annoyance 图 煩惱；困惑<br>annoying 厖 煩人的 |
| **embarrass**<br>〔ɪmˈbærəs〕 | 勔①**使困窘**；使侷促不安　②使窮困<br>embarrassment 图 困窘；財政困難；妨礙<br>〔em-＝in（向內），barras＝bars（妨礙）〕 |
| **bewilder**<br>〔bɪˈwɪldɚ〕 | 勔 **使困惑**；使昏亂（confuse）<br>bewilderment 图 迷惑；混亂 |
| **perplex**<br>〔pɚˈplɛks〕 | 勔 **使困惑**；使混亂（puzzle）　　perplexity 图 困窘；混亂 |
| **puzzle**<br>〔ˈpʌzl̩〕 | 勔 **使困惑**；不解；思索　图 難題；困惑<br>（bewilder 指心理迷亂而無法冷靜的思考。perplex 指<br>言行、思考上的疑問、苦惱。puzzle 指問題過於複雜，讓人<br>難以理解。） |

《EXERCISE》

Ⅰ. 請參考英文字彙，完成中文翻譯。

1. These flies are **annoying** me. 這些蒼蠅使我＿＿＿＿＿＿。

2. He was **embarrassed** by her words. 他被她說得＿＿＿＿＿＿。

3. I am **puzzled** at what to do. 我＿＿＿＿＿要做什麼。

4. He is **reluctant** to approve of your marriage.
　他＿＿＿＿＿答應你的婚姻。

5. I am **perplexed** with these questions. 我被這些問題所＿＿＿＿＿＿。

6. Don't **bother** me with such trifles.
　不要拿這些瑣事來＿＿＿＿＿我。

7. He was in great **bewilderment**. 他非常＿＿＿＿＿＿。

Ⅱ. 請根據中文，使用本篇字彙完成英文句子。

1. Her plans were＿＿＿＿＿＿ by the change in the weather.
　她的計劃因天氣轉變而破壞了。

2. She is always＿＿＿＿＿＿ salt with sugar. 她經常弄不清鹽和糖。

3. I＿＿＿＿＿＿ before replying. 我在答覆前遲疑了一下。

4. Someone has＿＿＿＿＿＿ the papers on my desk.
　有人弄亂我桌上的文件。

5. The women's chatter＿＿＿＿＿＿ him. 這些女人的嘮叨激怒了他。

Ⅲ. 依下列指示作答。

1. disturb 图＿＿＿＿＿＿　　2. perplex 图＿＿＿＿＿＿
3. confusion 動＿＿＿＿＿＿　4. reluctant 同＿＿＿＿＿＿
5. 挑出重音在第一音節的字：embarrass, upset, irritate

[解答]

Ⅰ.1.煩惱　2.侷促不安　3.不知道　4.勉強的　5.困惑　6.煩　7.困惑

Ⅱ.1. upset　2. confusing　3. hesitated　4. disturbed　5. irritated

Ⅲ.1. disturbance　2. perplexity　3. confuse　4. unwilling　5. irritate

# E10　失望・苦惱

| | |
|---|---|
| **disappoint**<br>〔͵dɪsəˈpɔɪnt〕 | 匭①**使失望**（↔ *satisfy*）　②辜負<br>disappointment 圉 失望；沮喪 |
| **despair**<br>〔dɪˈspɛr〕 | 匭 **絕望【of】**　圉 絕望　　desperate〔ˈdɛspərɪt〕<br>匭 自暴自棄的；絕望的；渴望的【for/to＋V】<br>despairing 匭 絕望的　　desperation 圉 自暴自棄 |
| **frustrate**<br>〔ˈfrʌstret〕 | 匭 使失敗；**受到挫折**　　frustration 圉 失敗；挫折；<br>失望 |
| **bore**<br>〔bɔr〕 | 匭①**令人厭煩**　②開鑿　　boring 匭 令人厭煩的　　圉 鑽探<br>boredom 圉 厭煩；厭倦 |
| **undergo**<br>〔͵ʌndəˈgo〕 | 匭①**經歷**；遭受　②忍耐<br>undergo‑underwent‑undergone |
| **suffer**<br>〔ˈsʌfə〕 | 匭①煩惱；**受苦【for/from】**　②患（病）【from】<br>③罹難；受損失　④忍耐；容忍<br>suffering 圉 苦難；受害 |
| **anxiety**<br>〔æŋˈzaɪətɪ〕 | 圉①**焦慮**；不安　②渴望　　anxious 匭 憂心的；不安的；<br>渴望的【for/about】 |
| **agony**<br>〔ˈægənɪ〕 | 圉 **苦悶**（anguish）；極大的痛苦　　agonize 匭 煩惱；苦悶 |
| **distress**<br>〔dɪˈstrɛs〕 | 圉①苦惱；悲哀（sadness）　②**災難**；窮困<br>匭 使苦惱；使疲憊　　比較 afflict 匭 使痛苦<br>〔dis‑（分離）＋stress（緊張；壓力）〕 |
| **hardship**<br>〔ˈhɑrdʃɪp〕 | 圉 苦難；**困境** |
| **anguish**<br>〔ˈæŋgwɪʃ〕 | 圉 **苦悶**（distress, agony）　　匭 感到痛苦<br>anguished 匭 痛苦的；煩惱的 |
| **melancholy**<br>〔ˈmɛlən͵kɑlɪ〕 | 匭 **憂鬱的**　圉 憂鬱　　melancholic 匭 憂鬱的 |
| **nuisance**<br>〔ˈnjusn̩s〕 | 圉①攪擾的行爲；妨害　②**討厭的事物**；麻煩 |

────────────────────────────── ≪EXERCISE≫ ──────

I. 請參考英文字彙，完成中文翻譯。

1. He was *frustrated* in his first attempt.
   他初次嘗試就受到＿＿＿＿＿＿。

2. The family *underwent* almost incredible *hardships*.
   這家人＿＿＿＿＿＿難以相信的＿＿＿＿＿＿。

3. The lecture *bored* me to death. 這演講很令我非常＿＿＿＿＿＿。

4. He was in *agony*. 他在＿＿＿＿＿＿中。

5. She relieved the *anguish* of her heart in little tears.
   她稍稍哭過後，心中的＿＿＿＿＿＿緩和多了。

6. My mother is *suffering* from rheumatism. 我母親＿＿＿＿＿＿風濕病。

II. 請根據中文，使用本篇字彙完成英文句子。

1. She was＿＿＿＿＿＿in love. 她失戀了。

2. Few professors are free from economic＿＿＿＿＿＿.
   很少教授能免於經濟的困境。

3. He is in a＿＿＿＿＿＿mood. 他十分憂鬱。

4. He was in＿＿＿＿＿＿when his father died.
   他父親死時，他感到絕望。

5. She waited with＿＿＿＿＿＿. 她不安地等待著。

6. His business＿＿＿＿＿＿from the depression.
   他的生意因經濟不景氣而遭受損失。

III. 依下列指示作答。

1. disappoint 图＿＿＿＿＿＿　　　2. anxious 图＿＿＿＿＿＿
3. frustrate 图＿＿＿＿＿＿　　　4. melancholy 形＿＿＿＿＿＿
5. 挑出重音在第一音節的字：undergo, distress, agony

┌─────┐
│ 解答 │
└─────┴──────────────────────────────────

I.1.挫折　2.經歷；苦難　3.厭煩　4.極大的痛苦　5.苦悶　6.患　II.1.
disappointed　2. distress / hardship　3. melancholy　4. despair　5.
anxiety　6. suffered　III.1. disappointment　3. anxiety　3. frustration
4. melancholic / melancholy　5. agony

# WORD REVIEW

| | | | | | |
|---|---|---|---|---|---|
| access | ☐☐ | determine | ☐☐ | prosper | ☐☐ |
| accomplish | ☐☐ | disappoint | ☐☐ | purpose | ☐☐ |
| achieve | ☐☐ | distress | ☐☐ | pursue | ☐☐ |
| active | ☐☐ | disturb | ☐☐ | puzzle | ☐☐ |
| aggressive | ☐☐ | embarrass | ☐☐ | quarrel | ☐☐ |
| agony | ☐☐ | embrace | ☐☐ | realize | ☐☐ |
| aim | ☐☐ | endeavo(u)r | ☐☐ | rebel | ☐☐ |
| alternative | ☐☐ | endure | ☐☐ | reckless | ☐☐ |
| ambition | ☐☐ | execute | ☐☐ | reluctant | ☐☐ |
| anguish | ☐☐ | expect | ☐☐ | resolve | ☐☐ |
| annoy | ☐☐ | fatal | ☐☐ | revenge | ☐☐ |
| anxiety | ☐☐ | flourish | ☐☐ | revolution | ☐☐ |
| approach | ☐☐ | frustrate | ☐☐ | riot | ☐☐ |
| armament | ☐☐ | fulfil(l) | ☐☐ | seize | ☐☐ |
| arrest | ☐☐ | grasp | ☐☐ | select | ☐☐ |
| arrogant | ☐☐ | hardship | ☐☐ | solve | ☐☐ |
| attain | ☐☐ | hatred | ☐☐ | spontaneous | ☐☐ |
| battle | ☐☐ | hesitate | ☐☐ | strive | ☐☐ |
| bewilder | ☐☐ | hostile | ☐☐ | struggle | ☐☐ |
| bold | ☐☐ | ideal | ☐☐ | submit | ☐☐ |
| bore | ☐☐ | impatient | ☐☐ | succeed | ☐☐ |
| bother | ☐☐ | impudent | ☐☐ | suffer | ☐☐ |
| captive | ☐☐ | intend | ☐☐ | surrender | ☐☐ |
| capture | ☐☐ | irritate | ☐☐ | threat | ☐☐ |
| chase | ☐☐ | melancholy | ☐☐ | trace | ☐☐ |
| cherish | ☐☐ | military | ☐☐ | trial | ☐☐ |
| choose | ☐☐ | mortal | ☐☐ | triumph | ☐☐ |
| compete | ☐☐ | nuisance | ☐☐ | tolerate | ☐☐ |
| conflict | ☐☐ | object | ☐☐ | undergo | ☐☐ |
| confuse | ☐☐ | overcome | ☐☐ | upset | ☐☐ |
| conquer | ☐☐ | overtake | ☐☐ | venture | ☐☐ |
| contact | ☐☐ | overwhelm | ☐☐ | vicinity | ☐☐ |
| contend | ☐☐ | patient | ☐☐ | victory | ☐☐ |
| cordial | ☐☐ | perform | ☐☐ | vigorous | ☐☐ |
| curse | ☐☐ | perplex | ☐☐ | vital | ☐☐ |
| decision | ☐☐ | positive | ☐☐ | voluntary | ☐☐ |
| defeat | ☐☐ | practice(-se) | ☐☐ | willing | ☐☐ |
| desire | ☐☐ | prefer | ☐☐ | yearn | ☐☐ |
| despair | ☐☐ | project | ☐☐ | yield | ☐☐ |
| destiny | ☐☐ | | | | |

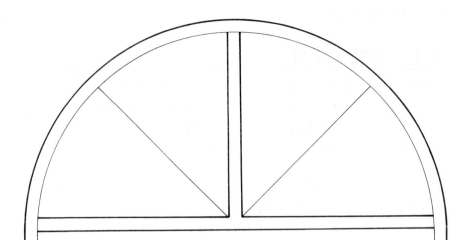

# GROUP

# F

## 能力／抑制

# F1　可能・才能

**possible**
〔'pɑsəbḷ〕
圈①**可能的**　②可能實行的（↔ *impossible*）
possibility 图 可能性　　possibly 圖 可能地；或許

**capable**
〔'kepəbḷ〕
圈①**有能力的**　②有資格的【of】（↔ *incapable*）
capability 图 能力；可能性
［比較］capacious 圈 容量大的
capacity 图 容量；能力；資格

**potential**
〔pə'tɛnʃəl〕
圈 可能的；**潛在的**　图 可能性
potentiality 图 可能性；潛在力　　potent 圈 有力的
（powerful）；使人折服的

**proficient**
〔prə'fɪʃənt〕
圈 精通的；**熟練的**（skilled）【at / in】　图 名人；高手
proficiency 图 精通；熟練（skill）

**ingenious**
〔ɪn'dʒinjəs〕
圈①有發明才能的；**聰明的**　②巧妙的
ingenuity 图 發明才能；巧妙
［比較］ingenuous〔ɪn'dʒɛnjʊəs〕圈 率直的

**ability**
〔ə'bɪlətɪ〕
图①**能力**　②【-lities】**才能**（①②↔ *inability*）
able 圈 能夠～的【to +V】；有才能的

**faculty**
〔'fækḷtɪ〕
图②**才能**；本領　②（精神的、身體的）機能（function）
③學院；教職員

**facility**
〔fə'sɪlətɪ〕
图①容易（ease）　②靈巧（skill）　③【-ties】
**設備**；設施　　facile 圈 容易的；輕快的
facilitate 勔 使容易；促進
→ facilities for study 研究設備

**talent**
〔'tælənt〕
图①**才能；天分**　②人才　　talented 圈 有才幹的（able）

**genius**
〔'dʒinjəs〕
图①**天才；天賦**　②特質；精髓
［比較］gift 图 天賦的才能

**vocation**
〔vo'keʃən〕
图①天職；使命　②**職業**　③性向；才能（aptitude）
vocational 圈 職業（上）的

─────────────────────────────────────────── ≪EXERCISE≫ ──

Ⅰ. 請參考英文字彙，完成中文翻譯。

1. She showed a great *faculty* in learning English.
她有學習英語的_____。

2. Education develops *potential* abilities. 教育使人發展_____能力。

3. He solved the problem with *facility*. 他很_____的解決那個問題。

4. The girl seems to have a *talent* for drawing.
這女孩似乎有繪畫的_____。

5. He regarded the profession of teaching as a *vocation*.
他把教職當作一種_____。

6. The boy showed signs of being a *genius* from an early age.
這男孩從小就顯出_____的跡象。

7. He is a member of this college *faculty*.
他是這個學院的_____之一。

Ⅱ. 請根據中文，使用本篇字彙完成英文句子。

1. The_____man won a prize for his invention.
這個聰明的人因發明而獲獎。

2. He is a man of_____. 他是一個能幹的人。

3. He is quite_____in French. 他精通法文。

4. The bus is_____of carrying 50 people. 這公車能載五十人。

5. I'll come, if_____. 可能的話，我會來。

Ⅲ. 依下列指示作答。

1. capable 图_____　　2. able 图_____
3. possible 图_____　　4. potential 图_____
5. 挑出重音節母音發音相異的字： proficient , talent , faculty

┌─────┐
│解答│
└─────┘─────────────────────────────────

Ⅰ.1.才能　2.潛在的　3.容易　4.天分　5.使命　6.天才　7.教職員　Ⅱ.1.
ingenious　2. ability　3. proficient　4. capable　5. possible　Ⅲ.1. capa-
bility　2. ability　3. possibility　4. potentiality　5. proficient

# F2　服務・利益

| | |
|---|---|
| **serve**<br>〔sɝv〕 | 勔①**服務**　②服役　③供給；供應　④適合<br>servant 图 僕人；公務員　　service 图 服務；公共事業 |
| **assist**<br>〔ə'sɪst〕 | 勔 幫助；**援助**　　assistance 图 幫助<br>assistant 图 助手　 形 輔助的 |
| **aid**<br>〔ed〕 | 勔 援助；**幫助**（ help , assist ）　 图 援助；幫助 |
| **benefit**<br>〔'bɛnəfɪt〕 | 勔①**有益**　②獲利【 by / from 】　 图 利益；恩惠；善行<br>beneficial 形 有益的（ advantageous ）；有利的【 to 】<br>beneficent 形 仁慈的（ benevolent ）<br>　比較 benefactor 图 施主；恩人　beneficiary 图 受益人；<br>受惠者 |
| **accommodate**<br>〔ə'kɑmə,det〕 | 勔①留宿；容納　②通融；給予方便【 with 】<br>③使適應【 to 】　　accommodation 图 住宿；適應；調節；<br>貸款 |
| **convenient**<br>〔kən'vinjənt〕 | 形 **便利的**；舒適的（ ↔ inconvenient ）<br>convenience 图 便利；便利的設施<br>　比較 expedient 形 方便的；得當的 |
| **efficient**<br>〔ə'fɪʃənt,ɪ-〕 | 形①**有效率的**　②能勝任的；有能力的（ ↔ inefficient ）<br>efficiency 图 效率；能力 |
| **utility**<br>〔ju'tɪlətɪ〕 | 图①**有益**；實用性　②公共事業　　utilize 勔 利用 |
| **profit**<br>〔'prɑfɪt〕 | 图 **利益**（ ↔ loss 損失 ）　 勔 獲利；賺錢<br>profitable 形 有益的 |
| **available**<br>〔ə'veləbḷ〕 | 形 **可利用的**；有用的；可獲得的　　avail 勔 有利；有用<br>availability 图 可用；有效 |
| **advantage**<br>〔əd'væntɪdʒ〕 | 图 **優勢**；有利；**利益**（ ↔ disadvantage ）<br>advantageous 形 有利的（ ↔ disadvantageous ）<br>→ have the advantage of 有～的長處；勝過<br>take advantage of 利用；趁機 |

≪EXERCISE≫

Ⅰ. 請參考英文字彙，完成中文翻譯。

1. Rest will *benefit* a sick person. 休息對病人＿＿＿＿＿＿。

2. She is really an *efficient* secretary. 她真是一個＿＿＿＿＿＿秘書。

3. He made a *profit* of ten thousand dollars on the sale.
   他這筆買賣＿＿＿＿＿＿一萬元。

4. She *assisted* her mother in caring for the baby.
   她＿＿＿＿＿＿母親照顧嬰兒。

5. It will be to your *advantage* to go to the meeting.
   去參加這項會議對你＿＿＿＿＿＿。

6. Mother put the table in a *convenient* place.
   母親把桌子放在一個＿＿＿＿＿＿地方。

7. This hotel can *accommodate* 500 guests.
   這旅館可＿＿＿＿＿＿五百位客人。

Ⅱ. 請根據中文，使用本篇字彙完成英文句子。

1. Tea is ＿＿＿＿＿＿ at five o'clock. 五點開始供應茶水。

2. The Red Cross ＿＿＿＿＿＿ the victims of the flood.
   紅十字會援助水災難民。

3. This book is not ＿＿＿＿＿＿ in Taiwan. 這本書在台灣買不到。

4. A refrigerator has more ＿＿＿＿＿＿ in summer than in winter.
   冰箱在夏天比冬天更實用。

5. That doesn't ＿＿＿＿＿＿ our purpose. 那不合我們用。

Ⅲ. 依下列指示作答。

1. efficient 图＿＿＿＿＿＿＿＿　　2. convenient 图＿＿＿＿＿＿＿＿

3. profit 反＿＿＿＿＿＿＿＿　　　4. beneficial 图＿＿＿＿＿＿＿＿

5. 挑出重音節母音發音相異的字：assist, convenient, utility

＿解答＿

Ⅰ.1.有益　2.能幹的　3.獲利　4.幫助　5.有利　6.便利的　7.容納　Ⅱ.1.
served　2. aided/assisted　3. available　4. utility　5. serve/benefit
Ⅲ.1. efficiency　2. convenience　3. loss　4. benefit　5. convenient

# F3 依賴・需要

| | |
|---|---|
| **rely**<br>〔rɪˋlaɪ〕 | 動 信賴（trust）；**依賴**（depend）【on/upon】<br>reliability 图 可靠性；確實性　　reliable 形 可信賴的<br>reliance 图 信賴 |
| **resort**<br>〔rɪˋzɔrt〕 | 動 ①常去【to】　②依靠；**訴諸**【to】　图 娛樂場；手段 |
| **dependent**<br>〔dɪˋpɛndənt〕 | 形 **依賴的**【on/upon】（↔ *independent* 獨立的）【of】<br>depend 動 信賴（rely）；依賴【on/upon】<br>dependable 形 可信賴的（reliable）　　dependence 图 隸屬<br>（↔ *independence* 獨立）　　dependency 图 屬國；附庸 |
| **indispensable**<br>〔ˌɪndɪs-<br>ˋpɛnsəbḷ〕 | 形 絕對必要的；**不可缺少的**<br>→ dispense with 免除；省下～手續 |
| **essential**<br>〔əˋsɛnʃəl〕 | 形 ①必須的；**不可缺少的**【for/to】　②**本質的**<br>essence 图 本質　　essentially 副 本質上；本來 |
| **necessity**<br>〔nəˋsɛsətɪ〕 | 图 ①**必要**　②必需品　　necessitate 動 需要<br>necessarily 副 必然　　necessary 形 必要的<br>（↔ *unnecessary*）；必然的 |
| **require**<br>〔rɪˋkwaɪr〕 | 動 ①必要；**需要**（need）　②要求；命令　　request 動 要求；<br>申請　图 要求　　requirement 图 要求；必需品；必要條件<br>requisite 形 必要的　图 要素　　requisition〔-kwəˋzɪ-〕图 要求 |
| **demand**<br>〔dɪˋmænd〕 | 動 ①**要求**　②需要（need）　图 要求；需要（↔ *supply*）<br>（demand 指堅持要得到，並含有命令的意味。require 指義<br>務、法律的要求，或強調迫切需要某物。） |
| **owe**<br>〔o〕 | 動 ①欠　②感激；感恩；歸功於【to】<br>→ owing to 因為；由於 |
| **confidence**<br>〔ˋkɑnfədəns〕 | 图 ①**信賴**；信任　②自信　③秘密　　confide 動 信賴<br>confident 形 有自信的【of】<br>confidential 形 秘密的；被信任的 |
| **trustworthy**<br>〔ˋtrʌstˌwɝðɪ〕 | 形 **可信賴的**　　trust 图 信用；信賴（confidence）；期待；<br>委託　動 信賴；期待；委託 |

──────────── ≪EXERCISE≫ ──

Ⅰ. 請參考英文字彙，完成中文翻譯。

　1. Water is *indispensable* to every living thing.
　　水對生物是＿＿＿＿＿＿。

　2. This suggestion *requires* careful thought. 這個建議＿＿＿＿＿＿仔細考慮。

　3. I *owe* my success to you. 我的成就應＿＿＿＿＿＿你。

　4. I have great *confidence* in you. 我非常＿＿＿＿＿＿你。

　5. He *demanded* immediate payment. 他＿＿＿＿＿＿立即付款。

　6. Food is *essential* for life. 食物是生存所＿＿＿＿＿＿。

　7. He cannot be *relied* upon. 他不能＿＿＿＿＿＿。

Ⅱ. 請根據中文，使用本篇字彙完成英文句子。

　1. He ＿＿＿＿＿＿ to drastic measures. 他訴諸非常的手段。

　2. I married him because I believed he was ＿＿＿＿＿＿.
　　我嫁他因為我相信他可以信賴。

　3. Is there any ＿＿＿＿＿＿ for me to stay here any longer ?
　　我有沒有再留下來的必要呢？

　4. Many people ＿＿＿＿＿＿ too much on medicine.
　　許多人過份依賴藥物。

　5. He is out of work and ＿＿＿＿＿＿ on his wife's earnings.
　　他失業，所以依靠他妻子的收入過活。

Ⅲ. 依下列指示作答。

　1. dependent 反＿＿＿＿＿＿　　2. neccessity 形＿＿＿＿＿＿
　3. essential 名＿＿＿＿＿＿　　　4. rely 形＿＿＿＿＿＿
　5. 挑出劃線部分發音相異的字： re<u>s</u>ort, requi<u>s</u>ition, indispen<u>s</u>able

┌─────┐
│ 解答 │
└─────┘──────────────────────────

Ⅰ.1. 不可缺少的　2. 需要　3. 歸功於　4. 信賴　5. 要求　6. 不可缺少的　7.
信賴　Ⅱ.1. resorted　2. trustworthy / reliable / dependable　3. necessity　4.
rely / depend　5. dependent　Ⅲ.1. independent　2. necessary　3. essence
4. reliable　5. indispensable

# F4　維護・支持

**support**
〔sə'port,-'pɔrt〕

⑩图①維持　②**支持**　③扶養
supporter 图支持者；援助者

**sustain**
〔sə'sten〕

⑩①支持；支撐（support）　②**維持**　③忍受
sustenance 图食物；營養；生計

**maintain**
〔men'ten,
mən'ten〕

⑩①**維持**　②扶養　③主張；堅持
maintenance 图維持；生計；主張

**reinforce**
〔,riɪn'fors〕

⑩增援；**加強**；使更鞏固　比較 enforce 實施；強迫
reinforcement 图加強；【～s】援軍
→ reinforced concrete 鋼筋水泥

**undertake**
〔,ʌndə'tek〕

⑩①著手；**從事**　②承辦　undertake — -took — -taken
undertaker〔,ʌndə'tekə〕图承擔人；企劃者；葬儀社
undertaking 图事業；企業

**bear**
〔bɛr〕

⑩①**忍受**　②支持；承載　③生；結（果）　bear-bore-
borne/born 図熊　　bearable 圈可忍受的
bearing 图態度；關係；忍耐；【～s】方位

**protect**
〔prə'tɛkt〕

⑩**保護**【from/against】　　protection 图保護
protector 图保護者；支援者

**defend**
〔dɪ'fɛnd〕

⑩①**守衛**；保護（protect,guard）【against/from】
（↔ *attack*）　②辯護　　defendant 图被告
defense 图防衛（↔ *offense,attack*）；辯護
（defend 指積極抵抗危險，以確保安全。protect 指利用防
禦之物以防侵害。guard 指提高警覺以保護安全。）

**advocate**
〔'ædvə,ket〕

⑩擁護；**提倡**；主張　〔'ædvəkɪt〕图擁護者；倡導者

**survive**
〔sə'vaɪv〕

⑩**比～活得久**；由～中生還　　survival 图殘存；遺物

**persist**
〔pə'zɪst,
-'sɪst〕

⑩①固執；**堅持【in】**　②持續　persistence 图固執；
持續　　persistent 圈固執的；持續的
（比較 assist ⇨ p.114, consist ⇨ p.140, insist ⇨ p.2,
resist ⇨ p.12）

≪EXERCISE≫

Ⅰ. 請參考英文字彙，完成中文翻譯。

1. We *reinforced* the wall with concrete.
   我們用水泥＿＿＿＿＿＿＿這面牆。

2. The columns *sustain* the heavy roof of the building.
   這些柱子＿＿＿＿＿＿＿這建築物沉重的屋頂。

3. She returned under the *protection* of a policeman.
   她在一位警察的＿＿＿＿＿＿＿下回家。

4. We *advocate* peace. 我們＿＿＿＿＿＿和平。

5. He *undertook* a new enterprise. 他＿＿＿＿＿＿＿一項新的事業。

6. The dog *defended* his master from danger.
   這隻狗＿＿＿＿＿＿牠的主人，使他免受危險。

Ⅱ. 請根據中文，使用本篇字彙完成英文句子。

1. He＿＿＿＿＿＿ that we must reduce armaments.
   他主張我們應縮減軍備。

2. This tree＿＿＿＿＿＿ no fruit. 這棵樹沒有結果實。

3. He＿＿＿＿＿＿in his silence. 他繼續保持沈默。

4. No one of the sufferers＿＿＿＿＿＿. 罹難者沒有一個生還。

5. I will＿＿＿＿＿＿the opinion. 我支持這個看法。

Ⅲ. 依下列指示作答。

1. maintain 图＿＿＿＿＿＿＿＿　　2. persist 图＿＿＿＿＿＿＿
3. survive 图＿＿＿＿＿＿＿＿　　4. sustain 图＿＿＿＿＿＿＿
5. 挑出重音在第一音節的字：undertake, advocate, reinforce

解答

Ⅰ.1.鞏固　2.支撐　3.保護　4.提倡　5.從事　6.保護　Ⅱ.1. maintained
2. bears　3. persisted　4. survived　5. support　Ⅲ.1. maintenance　2.
persistence　3. survival　4. sustenance　5. advocate

# F5　強迫・權力

**force**
〔fors, fɔrs〕
動①**強迫**【to +V/into】　②硬把～推給（人）【on/upon】
名①力　②暴力（violence）　③【～s】軍隊

**compel**
〔kəm'pɛl〕
動①**強迫**（force）【to+V】　②迫使【from】
compulsory 形 強制的（↔ *voluntary*）
compulsion 名 強制　　比較 impel 動 催促；強迫
repel 動 逐退；反駁　　expel 動 逐出；開除

**press**
〔prɛs〕
動①按　②**壓迫**【on/upon】　名①壓迫
②印刷機　③新聞界；刊物　　pressing 形 急切的；懇切的
pressure 名 壓力

**oblige**
〔ə'blaɪdʒ〕
動①**不得不**；強迫【to】　②懇請【with/by】　③感謝
【to】　　obligation 名 恩惠；義務
obligatory 形 義務的；必修的　　obliging 形 體貼的；慇懃的
【to】（force 指武力或情勢使人背著意志去做事。compel
指強迫人做事或使人讓步。oblige 指由於道德上之需要，迫
不得已去做事。press 指不許其抗拒，而不斷地逼迫對方。）

**impose**
〔ɪm'poz〕
動①徵收　②課（稅）【on】　②強制；強迫
imposing 形 堂皇的；壯麗的

**exert**
〔ɪg'zɝt〕
動①**運用**；使用　②努力；致力（endeavor）【oneself】
exertion 名 努力；行使

**energy**
〔'ɛnədʒɪ〕
名①精力；活力　②**能量**；潛能　　energetic 形 有精力的；
活躍的

**authority**
〔ə'θɔrətɪ〕
名①權限　②**權威**　③【-ties】當局
authoritative 形 當局的；可靠的　　authorize 動 授權；許可

**privilege**
〔'prɪvḷɪdʒ〕
名①**特權**　②恩典　③基本權利　動 給予特權；特許
【to +V】　　privileged 形 特權的

**mighty**
〔'maɪtɪ〕
形 強大的；**有力的**（powerful, strong）
might 名 權力；勢力（power）

**intense**
〔ɪn'tɛns〕
形 **非常的**；強烈的　　intensity 名 激烈；強度
intensive 形 集中的；密集的（↔ *extensive*）
intensify 動 增強

《EXERCISE》

Ⅰ. 請參考英文字彙，完成中文翻譯。

1. He *compelled* me to sign the paper. 他＿＿＿＿＿我簽那文件。

2. We should exercise the *privilege* of voting.
我們應該行使投票的＿＿＿＿＿。

3. He is an *authority* on criminal law. 他是刑法的＿＿＿＿＿。

4. We were *forced* to give up the plan. 我們＿＿＿＿＿放棄那個計劃。

5. She devoted all her *energy* to her research.
她盡全副＿＿＿＿＿從事研究。

6. I am very much *obliged* to you for the idea.
我很＿＿＿＿＿你所提的意見。

7. He *exerted* himself to improve education. 他＿＿＿＿＿於改善教育。

Ⅱ. 請根據中文，使用本篇字彙完成英文句子。

1. I am＿＿＿＿＿to leave early to catch my train.
爲了要趕得上車，我不得不提早離開。

2. Big businesses enjoy certain＿＿＿＿＿that smaller ones do not.
大企業享有小企業所沒有的某些特權。

3. The government has ＿＿＿＿＿ a new tax on automobiles.
政府新徵收一種汽車稅。

4. The heat is ＿＿＿＿＿. 熱度很高。

5. ＿＿＿＿＿the button to start the engine. 按下按鈕開動引擎。

Ⅲ. 依下列指示作答。

1. compel 形＿＿＿＿＿　　2. energy 形＿＿＿＿＿
3. exert 名＿＿＿＿＿　　4. intense 名＿＿＿＿＿
5. 挑出重音在第一音節的字：privilege, authority, oblige

解答

Ⅰ.1.強迫　2.基本權利　3.權威　4.被迫　5.精力　6.感謝　7.致力　Ⅱ.1. obliged　2. privileges　3. imposed　4. intense　5. Press　Ⅲ.1. compulsory　2. energetic　3. exertion　4. intensity　5. privilege

# F6 引起・催促

| | |
|---|---|
| **cause**<br>〔kɔz〕 | 📖 **引起**；成爲～原因；使發生 图①原因（↔ *effect* , *result*）<br>②理由（reason）　③主義　④訴訟 |
| **induce**<br>〔ɪn'djus〕 | 📖①說服；**誘導【**人＋ to ＋V**】**　②引起（cause）<br>inducement 图誘因；動機　　induction 图誘導；歸納法<br>（↔ *deduction* 演繹法）　　deduce 📖 推論 |
| **arouse**<br>〔ə'rauz〕 | 📖①喚醒（awaken）　②**引起**；激起（stimulate, excite） |
| **provoke**<br>〔prə'vok〕 | 📖①使憤怒　②**激起**（rouse）　③引起（cause）<br>provocation 图 挑撥；激怒　　provocative〔-'vɑk-〕囮 挑撥的 |
| **influence**<br>〔'ɪn'fluəns〕 | 📖**影響** 图影響；影響力<br>influential 囮 有勢力的；有影響的 |
| **affect**<br>〔ə'fɛkt〕 | 📖① **影響**（指壞的）②感動　③染患　　affection 图愛情<br>affectation 图 矯飾　　affected 囮 受影響的；受感動的<br>affectionate 囮 深情的；摯愛的 |
| **stimulate**<br>〔'stɪmjə,let〕 | 📖①刺激　②激勵　　stimulus 图 刺激（物）（↔ *response*）<br>【複】stimuli〔-,laɪ〕 |
| **animate**<br>〔'ænə,met〕 | 📖 賦予生命；**使有活力**　囮 精力旺盛的（↔ *inanimate*）<br>animation 图 生氣；活力；卡通製作 |
| **encourage**<br>〔ɪn'kɝɪdʒ〕 | 📖 **鼓勵**；激勵（↔ *discourage*）<br>encouragement 图 激勵；獎勵<br>〔 en-（置於～之內）＋ courage（勇氣）〕 |
| **promote**<br>〔prə'mot〕 | 📖①促進；增進　②升遷【to】<br>promotion 图 促進；升遷〔 pro-（向前）, mote ＝ move<br>（移動）〕 |
| **urge**<br>〔ɝdʒ〕 | 📖①**催促**　②激勵；勸告　　urgent 囮 迫切的<br>urgency 图 緊急 |
| **inspire**<br>〔ɪn'spaɪr〕 | 📖①**鼓舞**　②給予靈感　③啓發<br>inspiration 图 靈感；鼓舞 |

───── ≪EXERCISE≫ ─────

I. 請參考英文字彙，完成中文翻譯。

1. Advertisements *induce* people to buy. 廣告＿＿＿＿＿＿人們買東西。

2. Don't be *influenced* by bad examples. 不要被惡例所＿＿＿＿＿＿。

3. His success *encouraged* me very much.
他的成功給我很大的＿＿＿＿＿＿。

4. Alcohol *affects* the brain. 酒精＿＿＿＿＿＿大腦的機能。

5. Her words *provoked* laughter among the audience.
她的話＿＿＿＿＿＿觀衆的笑聲。

6. Her gaiety *animated* the entire group.
她的歡樂帶給整個團體＿＿＿＿＿＿。

7. His speech *inspired* his fellow workers.
他的演說＿＿＿＿＿＿他的同事。

II. 請根據中文，使用本篇字彙完成英文句子。

1. Visiting the museum＿＿＿＿＿＿his interest in ancient history.
參觀博物館激起他對古代歷史的興趣。

2. The sound＿＿＿＿＿＿him from his sleep. 這聲音把他從睡夢中喚醒。

3. He was＿＿＿＿＿＿to be major. 他被升爲上校。

4. The＿＿＿＿＿＿of the accident is not known to us.
我們不知道這意外事故的原因。

5. IIe＿＿＿＿＿＿me to consult the lawyer. 他催促我去請教律師。

III. 依下列指示作答。

1. encourage 图＿＿＿＿＿＿＿　　2. urge 彫＿＿＿＿＿＿＿
3. stimulate 图＿＿＿＿＿＿　　4. influence 彫＿＿＿＿＿＿
5. 挑出重音在第一音節的字：promote, animate, provoke

┌─────┐
│ 解答 │
└─────┘
I.1.說服　2.影響　3.鼓勵　4.影響　5.激起　6.活力　7.鼓舞　II.1. stim-
ulated / aroused　2. aroused　3. promoted　4. cause　5. urged　III.1.
encouragement　2. urgent　3. stimulus　4. influential　5. animate

# F7 控制・指揮

| | |
|---|---|
| **control**<br>〔kən'trol〕 | 動 图①支配；**控制** ②抑制；克制 |
| **operate**<br>〔'ɑpə,ret〕 | 動①**操作** ②作用 ③手術<br>operation 图作用；運轉；作業；施行；手術<br>operative 图 活動的；有效的；手術的<br>operator 图 操作員；接線生 |
| **direct**<br>〔də'rɛkt,daɪ-〕 | 動①**指揮**；指導 ②指引 ③指向 图①直的<br>②直接的 ③率直的（↔ *indirect*） 副 直接地<br>director 图 指導者；董事<br>direction 图 方向；監督；指示 |
| **conduct**<br>〔kən'dʌkt〕 | 動①**指引**；引導 ②指揮；管理 ③**行為【** oneself **】**<br>〔'kɑndʌkt〕图①行為；舉止 ②管理 ③指引<br>conductor 图 嚮導；管理者；指揮者 |
| **command**<br>〔kə'mænd〕 | 動①**命令**；統率 ②支配 ③博得 ④俯視<br>图①命令 ②指揮 ③支配 ④眺望<br>commander 图 指揮者；司令官<br>→ at one's command 受某人支配；奉某人之命 |
| **nominate**<br>〔'nɑmə,net〕 | 動①**提名** ②任命（appoint） nomination 图 提名；<br>任命（權）〔 nomen（= name）+-ate(*n.*)→（命名、取名）〕 |
| **summon**<br>〔'sʌmən〕 | 動①**傳喚**；召喚 ②鼓起；振奮（rouse）【 up 】 |
| **warn**<br>〔wɔrn〕 | 動**警告**；提醒 warning 图 警告 |
| **instruction**<br>〔ɪn'strʌkʃən〕 | 图①教授；**指導** ②【～s】命令<br>instruct 動 教（teach）；指導（direct）<br>instructive 图 有益的 |
| **discipline**<br>〔'dɪsəplɪn〕 | 图①**訓練**（training） ②規律；紀律（↔ *indiscipline*）<br>③學科 動 訓練；鍛鍊 disciplinary 图 訓練的；訓戒的<br>比較 disciple〔dɪ'saɪpl̩〕图 弟子；門人 |

────────────────────────── ≪EXERCISE≫ ──

Ⅰ. 請參考英文字彙，完成中文翻譯。

1. He *commanded* me to shut the gate. 他＿＿＿＿＿我關大門。

2. The teacher *warned* me not to be late for school.
   老師＿＿＿＿＿我上課不要遲到。

3. The guide *conducted* us through the garden.
   這個嚮導＿＿＿＿＿我們穿過這園子。

4. Children who have no *discipline* are often hard to teach.
   沒有＿＿＿＿＿的小孩通常比較難教。

5. They *nominated* him for President. 他們＿＿＿＿＿他為總統。

6. I couldn't *control* my anger. 我無法＿＿＿＿＿我的憤怒。

7. The hill *commands* the sea. 這山坡可以＿＿＿＿＿海面。

Ⅱ. 請根據中文，使用本篇字彙完成英文句子。

1. The children's＿＿＿＿＿at the meeting was very good.
   這些孩子在集會中行為良好。

2. Will you＿＿＿＿＿me to the post office ?
   你能指引我怎麼去郵局嗎？

3. He was＿＿＿＿＿to appear in court. 他被傳訊出庭。

4. He＿＿＿＿＿a tractor. 他操作牽引機。

5. Mr. White gives us＿＿＿＿＿in French every Tuesday.
   懷特先生每週二指導我們法文。

Ⅲ. 依下列指示作答。

1. direct 反 ＿＿＿＿＿＿＿        2. nominate 名＿＿＿＿＿＿＿
3. operate 形＿＿＿＿＿＿＿        4. instruct 名＿＿＿＿＿＿＿
5. 挑出劃線部分發音為〔o〕的字：c<u>o</u>nduct, contr<u>o</u>l, c<u>o</u>mmand

┌─────┐
│ 解答 │
└─────┘───────────────────────────────

Ⅰ.1.命令  2.警告  3.引導  4.紀律  5.提名  6.克制  7.俯視  Ⅱ.1.conduct
2. direct  3. summoned  4. operated  5. instruction  Ⅲ.1. indirect  2.
nomination  3. operative  4. instruction  5. control

# F8 限制・壓抑

**limit**
〔'lɪmɪt〕
動 限定；**限制【 to 】**　名 界限；【～s】範圍
limitation 名 限制；極限

**check**
〔tʃɛk〕
動① 阻擋；遏止；抑制　②**檢查**；查證　名①阻止
②核對

**confine**
〔kən'faɪn〕
動①**限制**（ limit ）**【 to 】**　②監禁【 in / to 】
〔'kɑnfaɪn〕名 境界；界限　confinement 名 監禁

**restrict**
〔rɪ'strɪkt〕
動①**限制**（ limit ）　②禁止　restriction 名 限制；拘束

**restrain**
〔rɪ'stren〕
動①**抑制**　②制止；防止【 from 】　③拘束
restraint 名 抑制；拘束

**prevent**
〔prɪ'vɛnt〕
動 妨礙【 from 】；**防範**　prevention 名 預防；防止
preventive 形 預防的

**interrupt**
〔,ɪntə'rʌpt〕
動 **打斷**；妨礙；插嘴　interruption 名 打岔；妨礙

**interfere**
〔,ɪntə'fɪr〕
動①**干涉**；干預【 with / in 】　②妨害；干擾【 with 】
interference 名 干涉；妨害

**forbid**
〔fə'bɪd〕
動 **禁止**　forbid － forbad(e)〔-'bæd〕－ forbidden
forbidding 形 難以接近的；險惡的

**prohibit**
〔pro'hɪbɪt〕
動①**禁止**【 from ＋V- ing 】　②妨礙【 from 】
prohibition〔,proə'bɪʃən〕名 禁止【 against / on 】

**suppress**
〔sə'prɛs〕
動①**壓抑**　②禁止　suppressive 形 抑制的
suppression 名 壓抑

**depress**
〔dɪ'prɛs〕
動①壓下；按下　②**使～沮喪**　③衰弱；蕭條
depression 名 不景氣；抑鬱；下沉；低氣壓

**oppress**
〔ə'prɛs〕
動 **壓迫**　oppression 名 壓迫；苦難
oppressive 形 暴虐的；壓迫的

**barrier**
〔'bærɪə〕
名 **障礙**　bar 名 棒；障礙；法庭　動 阻礙
比較 barricade 名 路障　obstacle〔'ɑbstəkḷ〕名 障礙(物)
obstruction 名 妨礙(物)　hindrance 名 障礙(物)

≪EXERCISE≫

Ⅰ. 請參考英文字彙，完成中文翻譯。

1. The king *oppressed* the people. 這國王_____人民。

2. Speed is *limited* to 50 miles an hour. 速度_____每小時五十哩。

3. Smoking is *prohibited* here. 這裏_____抽煙。

4. He couldn't *restrain* her from committing suicide.
   他無法_____她自殺。

5. The trees *restricted* our vision. 這些樹_____了我們的視線。

6. The mother *forbade* her son to go swimming alone.
   這母親_____她兒子單獨去游泳。

7. He *confined* his remarks to the matter. 他將評論_____這事件。

8. It's not polite to *interrupt* someone who is talking.
   _____別人的談話是不禮貌的。

Ⅱ. 請根據中文，使用本篇字彙完成英文句子。

1. Import restrictions are_____to international trade.
   進口的限制是國際貿易的障礙。

2. He overcame the_____of blindness and became a singer.
   他克服失明的障礙而成為一個歌手。

3. The rainy days always _____me. 雨天總是使我沮喪。

4. Illness_____me from going there. 生病使我無法去那裏。

5. Don't_____in the problems of others. 別干涉別人的問題。

Ⅲ. 依下列指示作答。

1. restrict 同_____　　　2. limit 图_____
3. restrain 图_____　　　4. interfere 图_____
5. 挑出重音在第一音節的字：interrupt, barrier, forbid

解答

Ⅰ.1.壓迫　2.限制　3.禁止　4.防止　5.限制　6.禁止　7.限於　8.打斷
Ⅱ.1. barriers　2. obstacle　3. depress　4. prevented　5. interfere　Ⅲ.1.
limit　2. limitation　3. restraint　4. interference　5. barrier

# F9　取消・避免

**abolish**
〔əˊbɑlɪʃ〕
勔 **廢止**（制度、規則）；革除　　abolition 图 廢止

**cease**
〔 sis〕
勔①**停止**；終止　②中止　　ceaseless 圈 不停的；不斷的

**cancel**
〔ˊkænsḷ〕
勔①**取消**；解約　②消去（指劃線去掉）
cancellation 图 取消；作廢

**omit**
〔oˊmɪt, əˊmɪt〕
勔①**省略**（ leave out ）　②疏忽（ neglect ）
omission 图 省略；遺漏

**neglect**
〔nɪˊglɛkt〕
勔①**怠慢**【 to +V/ V-ing】　②忽視（ignore）图①怠慢
②忽視　　neglectful 圈 怠慢的【 of 】
negligence 图 怠慢；疏忽　　negligent 圈 疏忽的

**postpone**
〔postˊpon〕
勔 **延期**（ put off ）（指延至某確定時間） postponement 图 延期
比較 delay〔dɪˊle〕勔 耽擱；延期（ put off ）

**withdraw**
〔wɪðˊdrɔ〕
勔①**縮**；收回　②**撤回**　③取消　　withdraw－withdrew－
withdrawn　　　withdrawal 图 撤回

**conceal**
〔 kənˊsil〕
勔 **藏**；隱匿（ hide ）　　concealment 图 隱藏；隱匿

**avoid**
〔əˊvɔɪd〕
勔 **避免**【 +V-ing】　　avoidance 图 迴避；取消

**distract**
〔dɪˊstrækt〕
勔①**分散**（注意）　②使迷惑；使困擾
distraction 图 分心；精神錯亂

**divert**
〔dəˊvɜt, daɪ-〕
勔①**轉移**（注意力）；分心　②消遣
diversion 图 分心；娛樂

**shelter**
〔ˊʃɛltɚ〕
图①避難所　②**庇護**；保護（ protection ）
勔①保護；掩護　②避難

**refuge**
〔ˊrɛfjudʒ〕
图①**避難**；保護　②避難所　③慰藉
refugee〔ˌrɛfjʊˊdʒi〕图 流亡者；難民

**spare**
〔 spɛr 〕
勔①節約；愛惜　②**撥出**；挪出（ 時間 ）　③使免去
圈 多餘的；備用的

≪EXERCISE≫

Ⅰ. 請參考英文字彙，完成中文翻譯。

1. He *withdrew* his remark. 他＿＿＿＿＿＿他的話。

2. Slavery was *abolished*. 奴隸制度被＿＿＿＿＿＿了。

3. He was *distracted* with business. 他為事務所＿＿＿＿＿＿。

4. Don't *neglect* your studies. 不要＿＿＿＿＿＿課業。

5. You can *omit* the preposition in this phrase.
   你可以＿＿＿＿＿＿這片語中的介詞。

6. He *concealed* her book under his coat.
   他把她的書＿＿＿＿＿＿在外套下。

7. I *avoid* driving when the holidays begin.
   假日一開始，我就＿＿＿＿＿＿開車。

8. A loud noise *diverted* my attention from reading.
   一陣噪音＿＿＿＿＿＿我唸書的注意力。

Ⅱ. 請根據中文，使用本篇字彙完成英文句子。

1. He＿＿＿＿＿＿his order. 他取消定貨。

2. I have no time to＿＿＿＿＿＿. 我挪不出時間來。

3. The dense fog＿＿＿＿＿＿the train. 濃霧使火車延誤。

4. The meeting was＿＿＿＿＿＿until the 15th.
   這會議延期到十五日開。

5. The little girl＿＿＿＿＿＿crying. 這小女孩不再哭了。

Ⅲ. 依下列指示作答。

1. withdraw 图＿＿＿＿＿＿＿　　2. omit 图＿＿＿＿＿＿＿
3. divert 图＿＿＿＿＿＿＿　　　4. cancel 图＿＿＿＿＿＿＿
5. 挑出重音節母音發音相異的字：refuge, delay, neglect

解答

Ⅰ.1. 收回　2. 廢止　3. 困擾　4. 疏忽　5. 省略　6. 藏　7. 避免　8. 分散
Ⅱ.1. cancel(l)ed　2. spare　3. delayed　4. postponed　5. ceased　Ⅲ.1.
withdrawal　2. omission　3. diversion　4. cancellation　5. delay

# F10　破壞・兇猛

| | |
|---|---|
| **destroy**<br>〔dɪˈstrɔɪ〕 | 動①**破壞**；毀壞（↔ *construct*）　destruction 图破壞<br>（↔ *construction*）　destructive 形破壞的<br>（↔ *constructive*） |
| **ruin**<br>〔ˈruɪn, ˈrɪuɪn〕 | 動**毀壞**　图破滅；廢墟　　ruined 形荒廢的；已毀滅的<br>（destroy 指火災、爆炸等引起的大規模的破壞。ruin 指因<br>年代遠久或風吹雨打造成的破壞。） |
| **spoil**<br>〔spɔɪl〕 | 動①損壞；破壞　②**寵壞** |
| **damage**<br>〔ˈdæmɪdʒ〕 | 動**損害**　图損害　比較 harm 動危害　图傷害；危害 |
| **injure**<br>〔ˈɪndʒɚ〕 | 動**傷害**；損害　　injury 图損害；侮辱<br>injurious 形有害的；不法的 |
| **offend**<br>〔əˈfɛnd〕 | 動①**傷害（感情）**　②使不愉快　③冒犯<br>offense 图犯罪；違反；攻擊（↔ *defense*）<br>offensive 形無禮的；令人不愉快的；攻擊的（↔ *defensive*）<br>〔of- = ob-（對～），fend（打）〕 |
| **violate**<br>〔ˈvaɪəˌlet〕 | 動①**違反**　②侵犯　　violation 图違反；侵犯 |
| **violent**<br>〔ˈvaɪələnt〕 | 形**猛烈的**；激烈的　　violence 图暴力；激烈 |
| **savage**<br>〔ˈsævɪdʒ〕 | 形①**野蠻的**；未開化的（barbarous）　②殘忍的<br>图野人；野蠻人 |
| **barbarous**<br>〔ˈbɑrbərəs〕 | 形①**野蠻的**；未開化的（savage）（↔ *civilized*）　②殘忍的<br>barbarian 图野蠻人　　barbarism 图野蠻；未開化 |
| **cruel**<br>〔ˈkruəl〕 | 形①**殘酷的**　②悲慘的　　cruelty 图殘酷（行為） |
| **fierce**<br>〔fɪrs〕 | 形①**兇猛的**　②猛烈的 |

≪EXERCISE≫

I. 請參考英文字彙，完成中文翻譯。

1. The prisoner was given **barbarous** treatment.
這犯人受到_____待遇。

2. He **ruined** his body by drinking too much.
他喝酒過多而_____他的健康。

3. Though seemingly **fierce**, the dog was well trained.
這隻狗儘管看起來很_____，却是訓練良好的狗。

4. Losing **injured** their pride. 失敗使他們的自尊心受到_____。

5. Attila the Hun was a **cruel** tyrant. 匈奴人阿提拉是一個_____的暴君。

6. The typhoon **damaged** the rice crop. 颱風_____稻作。

II. 請根據中文，使用本篇字彙完成英文句子。

1. His house was_____by fire. 他的房子被火燒毀。

2. He_____the law and was arrested by the police.
他犯法而被警方逮捕。

3. She_____all the guests present. 她使所有在場的客人感到不愉快。

4. They began to make_____attacks against the enemy.
他們開始猛烈的攻擊敵人。

5. The boy was_____by too much attention.
這男孩因過度的關愛而慣壞了。

6. The painted_____had begun their dance near the fire.
這些塗了油彩的野蠻人開始靠近火邊跳舞。

III. 依下列指示作答。

1. destroy 图_____ 　　2. violent 图_____
3. injure 图_____ 　　4. cruel 图_____
5. 挑出重音在第二音節的字：ruin, damage, offend

┌─解答─┐

I.1.殘忍的　2.毀壞　3.凶猛　4.傷害　5.殘酷的　6.損害　II.1. destroyed
2. violated　3. offended　4. violent / fierce　5. spoiled　6. savages　III.1.
destruction　2. violence　3. injury　4. cruelty　5. offend

# WORD REVIEW GROUP F

| | | | | | |
|---|---|---|---|---|---|
| ability | ☐☐ | distract | ☐☐ | potential | ☐☐ |
| abolish | ☐☐ | divert | ☐☐ | press | ☐☐ |
| accommodate | ☐☐ | efficient | ☐☐ | prevent | ☐☐ |
| advantage | ☐☐ | encourage | ☐☐ | privilege | ☐☐ |
| advocate | ☐☐ | energy | ☐☐ | proficient | ☐☐ |
| affect | ☐☐ | essential | ☐☐ | profit | ☐☐ |
| aid | ☐☐ | exert | ☐☐ | prohibit | ☐☐ |
| animate | ☐☐ | facility | ☐☐ | promote | ☐☐ |
| arouse | ☐☐ | faculty | ☐☐ | protect | ☐☐ |
| assist | ☐☐ | fierce | ☐☐ | provoke | ☐☐ |
| authority | ☐☐ | forbid | ☐☐ | refuge | ☐☐ |
| available | ☐☐ | force | ☐☐ | reinforce | ☐☐ |
| avoid | ☐☐ | genius | ☐☐ | rely | ☐☐ |
| barbarous | ☐☐ | impose | ☐☐ | require | ☐☐ |
| barrier | ☐☐ | indispensable | ☐☐ | resort | ☐☐ |
| bear | ☐☐ | induce | ☐☐ | restrain | ☐☐ |
| benefit | ☐☐ | influence | ☐☐ | restrict | ☐☐ |
| cancel | ☐☐ | ingenious | ☐☐ | ruin | ☐☐ |
| capable | ☐☐ | injure | ☐☐ | savage | ☐☐ |
| cause | ☐☐ | inspire | ☐☐ | serve | ☐☐ |
| cease | ☐☐ | instruction | ☐☐ | shelter | ☐☐ |
| check | ☐☐ | intense | ☐☐ | spare | ☐☐ |
| command | ☐☐ | interfere | ☐☐ | spoil | ☐☐ |
| compel | ☐☐ | interrupt | ☐☐ | stimulate | ☐☐ |
| conceal | ☐☐ | limit | ☐☐ | summon | ☐☐ |
| conduct | ☐☐ | maintain | ☐☐ | support | ☐☐ |
| confidence | ☐☐ | mighty | ☐☐ | suppress | ☐☐ |
| confine | ☐☐ | necessity | ☐☐ | survive | ☐☐ |
| control | ☐☐ | neglect | ☐☐ | sustain | ☐☐ |
| convenient | ☐☐ | nominate | ☐☐ | talent | ☐☐ |
| cruel | ☐☐ | oblige | ☐☐ | trustworthy | ☐☐ |
| damage | ☐☐ | offend | ☐☐ | undertake | ☐☐ |
| defend | ☐☐ | omit | ☐☐ | urge | ☐☐ |
| demand | ☐☐ | operate | ☐☐ | utility | ☐☐ |
| dependent | ☐☐ | oppress | ☐☐ | violate | ☐☐ |
| depress | ☐☐ | owe | ☐☐ | violent | ☐☐ |
| destroy | ☐☐ | persist | ☐☐ | vocation | ☐☐ |
| direct | ☐☐ | possible | ☐☐ | warn | ☐☐ |
| discipline | ☐☐ | postpone | ☐☐ | withdraw | ☐☐ |

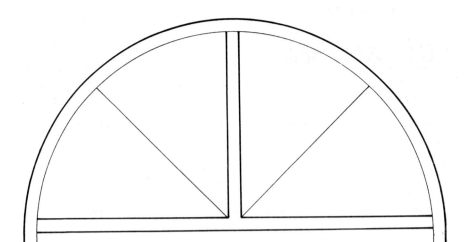

# GROUP

# G

## 構造／動作

# G1 改變・修復

**transform**
〔træns'fɔrm〕
働變形；改變【into】　　transformation 图變形；變質

**reform**
〔rɪ'fɔrm〕
働①改革　②改正　图改善　　reformation〔ˌrɛfə'meʃən〕
图改革；維新；【the R-】宗教改革

**alter**
〔'ɔltɚ〕
働①改變（本質不變）；變更（指局部的）　②改造；整修
alteration 图變更　比較 同音字 altar 图祭壇

**convert**
〔kən'vɝt〕
働①轉變；改變【to／into】　②轉向　　converse 働談話
圈倒逆的；相反的（opposite, contrary）
conversation 图會話

**restore**
〔rɪ'stor,-'stɔr〕
働復元；復興；復職【to】　　restoration 图復元；歸還；
恢復　　restorative〔-'sto-〕圈可回復的

**vary**
〔'vɛrɪ〕
働①改變；變化　②不同；有異　　variable 圈易變的；
變化的　　variant 圈變異的　图變形
variation 图變化　　varied 圈種種的；各式各樣的

**modify**
〔'mɑdəˌfaɪ〕
働①修正（指某程度或局部性的）；變更　②修飾　③緩和
modification 图修正；修飾

**improve**
〔ɪm'pruv〕
働①改善；改良；進步　②增進
improvement 图改善；改良

**repair**
〔rɪ'pɛr〕
働①修理　②補償　图修繕　　reparation 图賠償；補償；
修繕

**compensate**
〔'kɑmpənˌset〕
働補償（make up for）；賠償
compensation 图補償

**refresh**
〔rɪ'frɛʃ〕
働使爽快；使清新；使心曠神怡
refreshment 图恢復精神；【～s】點心

**recover**
〔rɪ'kʌvɚ〕
働①取回（get back）　②回復　③恢復【from】
recovery 图收回；回復

**remedy**
〔'rɛmədɪ〕
图①治療（法）；藥　②補救；矯正　働治療（cure）

≪EXERCISE≫

I. 請參考英文字彙，完成中文翻譯。

1. He *modified* his view in later life. 他在晚年＿＿＿＿＿他的看法。

2. The heavy snowfall seemed to *transform* the bushes into white mounds. 厚厚的雪似乎要把叢林＿＿＿＿白色的小山丘。

3. They decided to *reform* the world. 他們決定＿＿＿＿＿這個世界。

4. Wedding customs *vary* from country to country.
   婚禮的習俗各個國家＿＿＿＿＿。

5. I am feeling wonderfully *refreshed*. 我覺得非常＿＿＿＿＿。

6. These machines *convert* wood into paper.
   這些機器將木材＿＿＿＿ 成紙張。

7. I had my television set *repaired*. 我叫人＿＿＿＿我的電視機。

8. Our firm *compensates* the workers if they are hurt at work.
   員工若在工作中受傷，我們公司會＿＿＿＿＿他們。

II. 請根據中文，使用本篇字彙完成英文句子。

1. The blonde wig＿＿＿＿＿her appearance.
   這金色的假髮改變了她的外表。

2. Has the country＿＿＿＿＿yet from the effects of the war？
   這個國家已從戰爭的影響下恢復了嗎？

3. Your English has＿＿＿＿＿a lot. 你的英文進步很多。

4. He has been＿＿＿＿ to his usual health.
   他已恢復到原先的健康情形。

III. 依下列指示作答。

1. reform 图＿＿＿＿＿＿　　2. variable 動＿＿＿＿＿＿
3. recover 图＿＿＿＿＿＿　　4. improve 图＿＿＿＿＿＿
5. 挑出重音節母音發音相異的字：modify, compensate, transform

解答

I.1.修正　2.變成　3.改善　4.不同　5.爽快　6.轉變　7.修理　8.補償
II.1. altered　2. recovered　3. improved　4. restored　III.1. reformation
2. vary　3. recovery　4. improvement　5. transform

# G2 創造・發展

**create**
〔krɪ'et〕

働①**創造**；建立　②創作；塑造
creative 圈創造的；獨創的
creation 图創造（物）；產物；【 the C- 】世界；宇宙
creator 图創造（創作）者；【 the C- 】造物主；神
creature〔'kritʃɚ〕图生物

**produce**
〔prə'djus〕

働①產出生②**生產**；製造（ ↔ consume ）　③上演
④提出；出示（ show ）〔'pradjus〕图產物；製品；結果
producer 图生產者；製作者
product 图產物；成果　比較　by-product 图副產品
production 图生產（ ↔ consumption ）；上演
productive 圈有生產力的；多產的
比較　reproduce 働再生；繁殖

**exploit**
〔ɪk'splɔɪt〕

働①**開發**　②利用；榨取；剝削〔'ɛksplɔɪt, ɪk's-〕图功蹟
exploitation 图開發；榨取；剝削

**invent**
〔ɪn'vɛnt〕

働①**發明**；創造　②捏造；虛構　invention 图發明（物）；
虛構的故事　inventor 图發明家　inventive 圈發明的；
獨創的；富有創意的〔in-（upon）+ vent（come）→ come
upon（ 忽然想到 ）〕
（ invent 用於科學和科技上，指產品的計劃和試驗新的觀念。
produce 多數用來形容工作的完成 。）

**contrive**
〔kən'traɪv〕

働①**發明**；設計（ devise , invent , design ）
②圖謀；計畫【 to +V 】　③設法（ manage ）【 to +V 】
contrivance〔-'traɪv-〕图發明（物）；計謀

**evolution**
〔,ɛvə'luʃən,
-'lju-〕

图①發展；演變　②**進化**（ ↔ devolution 退化 ）
evolve 働發展；進化〔e-（ 在外面 ）+ volve（ 旋轉 ）
→展開　比較　revolution ⇨ p.96 〕

**development**
〔dɪ'vɛləpmənt〕

图①發達；**發展**；成長　②開發　③（ 攝影 ）顯影
develop 働發展；開發　→ a developing country〔nation〕
開發中國家

≪EXERCISE≫

I. 請參考英文字彙，完成中文翻譯。

1. The doctor followed the child's **development** closely.
   這醫生很仔細的追蹤這個孩子的_____過程。

2. He **contrived** a new kind of engine.
   他_____一種新的引擎。

3. They're going to **produce** a new play.
   他們將要_____一齣新戲。

4. We should fully **exploit** our country's natural resources.
   我們應該全面_____我國的天然資源。

5. The **evolution** of the modern jet plane is remarkable.
   現代化噴射機的_____非常顯著。

6. The whole story was **invented**. 這整個故事都是_____的。

II. 請根據中文，使用本篇字彙完成英文句子。

1. All men are_____equal. 人人生而平等。

2. Canada_____wheat and fish.
   加拿大出產小麥和魚類。

3. Edison_____the electric lamp. 愛迪生發明電燈。

4. She_____to be there in time.
   她設法及時趕到那裏。

III. 依下列指示作答。

1. create 圈_____　　2. evolution 動_____
3. invent 名_____　　4. produce 圈_____
5. 挑出重音在第一音節的字：exploit 圈, development, contrive

解答

I.1. 成長　2. 發明　3. 上演　4. 開發　5. 演變　6. 虛構　II.1. created
2. produces　3. invented　4. contrived　III.1. creative　2. evolve　3.
invention　4. productive　5. exploit 圈

# G3 處置・構造

**arrange**
〔ə'rendʒ〕
働①排列 ②處理;調解( settle ) ③商量;準備
arrangement 图 配備;準備;協定;排列
〔a-( = ad-〕, range = rank(列)〕

**dispose**
〔dɪ'spoz〕
働①陳列 ②處置;**處理**;收拾【 of 】 ③傾向;想要
【 to+V 】 disposition 图 性情;氣質( nature, temperament );配置;排列( arrangement ) disposal 图配置;
處置;處理〔 dis-(個別的), pose = place (放置)〕

**order**
〔'ɔrdɚ〕
图①命令 ②順序 ③**秩序** ④定貨 働①命令 ②定貨
【 from 】 ③整理 orderly 厖 井然有序的

**system**
〔'sɪstəm〕
图①組織 ②**制度** ③體系 ④分類( 法)
systematic(al) 厖 有組織的;有計劃的
systematize 働 組織化;體系化

**organ**
〔'ɔrgən〕
图①**器官** ②機關 ③風琴 organic 厖 有機體的;
有機的;器官的 organism 图 有機體
organization 图 組織;團體 organize 働 組織

**element**
〔'ɛləmənt〕
图①要素;成分 ②**元素** elementary 厖 初步的
elemental 厖 基本的

**structure**
〔'strʌktʃɚ〕
图①構造;**結構** ②建造物;建築物
structural 厖 構造(上)的

**framework**
〔'frem,wɝk〕
图①骨架;**架構** ②組織;體制 frame 图 骨架;體格
働 設計;構造

**ornament**
〔'ɔrnəmənt〕
图 裝飾(品) 〔-,mɛ-〕働 裝飾( decorate, adorn)【 with 】
ornamental 厖 裝飾的

**shape**
〔ʃep〕
图 **形狀**;形式 働①塑造;成形 ②具體化;實現

**pattern**
〔'pætɚn〕
图①模範;模型 ②樣式;型態 ③**圖案**;花樣
比較 example 〔ɪg'zæmpl̩ 〕图 例子

**figure**
〔'fɪgjɚ,'fɪgɚ〕
图①數字 ②姿態 ③人物 ④**圖案** 働①計算 ②企劃
③想;認爲

──────────────────────────《EXERCISE》───

I. 請參考英文字彙，完成中文翻譯。

1. The inner *structure* of the building is complex.
　　這大廈的內部 ＿＿＿＿＿＿很複雜。

2. Health is an *element* of happiness. 健康是幸福的＿＿＿＿＿＿之一。

3. Mother *disposed* of the old clothes. 母親＿＿＿＿＿＿那些舊衣服。

4. The cloth has a *pattern* of red and white squares.
　　這塊布的＿＿＿＿＿＿是紅、白格子。

5. The postal *system* in England has a long history.
　　英國的郵政 ＿＿＿＿＿＿已有很長的歷史。

6. I *figure* she was jealous. 我＿＿＿＿＿＿她是嫉妒。

7. This picture shows part of the *framework* of the ship.
　　這張圖顯示了那艘船的部分＿＿＿＿＿＿。

II. 請根據中文，使用本篇字彙完成英文句子。

1. I have just carried out his＿＿＿＿＿＿. 我剛執行完他的命令。

2. She made a cake in the＿＿＿＿＿＿of a heart for me.
　　她做了一個心形蛋糕送我。

3. He＿＿＿＿＿＿the names in alphabetical order.
　　他把這些名字按字母排列。

4. The brain is one of the most important ＿＿＿＿＿＿in the body.
　　大腦是人體最重要的器官之一。

5. Most modern architects use as little＿＿＿＿＿＿as possible.
　　大部分的現代建築都儘量少用裝飾品。

III. 依下列指示作答。

1. disposal 動＿＿＿＿＿＿　　　2. structure 形＿＿＿＿＿＿
3. arrange 名＿＿＿＿＿＿　　　4. ornament 形＿＿＿＿＿＿
5. 挑出重音在第二音節的字： example, pattern, framework

┌─────┐
│解答│
└─────┘────────────────────────────

I. 1. 構造　2. 要素　3. 收拾　4. 花樣　5. 制度　6. 認為　7. 架構　II. 1. order
2. shape　3. arranged　4. organs　5. ornament　III. 1. dispose　2. struc-
tural　3. arrangement　4. ornamental　5. example

# G4　構成・基礎

**construct**
〔kən'strʌkt〕

動①裝配；建造　②建設（↔ destroy ）
construction 图 架設；建築；構造；建築物
constructive 圏 建設的（↔ destructive ）；構造上的

**compose**
〔kəm'poz〕

動①構成；**組成**　②作曲；寫作　③鎮定；使安靜
composed 圏 鎮靜的　　composite 圏 綜合拼成的
composition 图 組成；成分；作文；作曲
composure 图 冷靜；沉着〔 com -(＝together )＋pose
(＝put )→ put together（組合）〕

**consist**
〔kən'sɪst〕

動①由～組成【of】　②在於【in】( lie in )
consistent 圏 一致的；調和的　　consistency ( -ence )
图 一致；堅固　　consistently 副 一貫地

**constitute**
〔'kɑnstə,tjut〕

動①**構成**　②設置；制定　constitution 图 構成；體質；
憲法　　constituent 圏 構成的 图 要素；成份
constitutional 圏 體質上的；構造上的；憲法的

**establish**
〔ə'stæblɪʃ〕

動①**設立**　②確立；樹立
establishment 图 設立；制定；體制

**basis**
〔'besɪs〕

图 **基礎**；根據　【複】bases〔'besiz〕
base 图 底部；基礎；基地　（【複】bases〔'besiz〕）
動 基於 圏 卑劣的　　basic 圏 基礎的；根本的
basement 图 地下室

**foundation**
〔faʊn'deʃən〕

图①**根基**　②根據　③設立　④基金
found 動 創設；立基礎
fundamental 圏 基礎的；根本的(basic)

**institution**
〔,ɪnstə'tjuʃən〕

图①設立；**制定**　②慣例；制度　③（社會的或教育的）
設施；**機構**　　institute 图 學會；研究所　動 設立
institutional 圏 制度的；習俗的

**architecture**
〔'ɑrkə-
,tɛktʃə,〕

图①**建築**（術）；建築學　②建築物（式樣）
architect 图 建築師；創造者

━━━━━━━━━━━━━━━━━━━━━━━━━━━━━━━━━━━━━►《EXERCISE》━━

I. 請參考英文字彙，完成中文翻譯。

1. They **established** a small school. 他們 _____ 一座小學校。

2. Water **composes** nearly 70 percent of the human body.
   人體將近百分之七十是水分 _____ 的。

3. The rumor has no **foundation**. 這謠言沒有 _____ 。

4. Her delight **consisted** in teaching children.
   她的樂趣 _____ 教導孩子。

5. College is one of the educational **institutions**.
   學院是教育 _____ 之一。

6. Mozart began to **compose** when he was six years old.
   莫札特六歲就開始 _____ 。

7. Seven days **constitute** a week. 七天 _____ 一星期。

II. 請根據中文，使用本篇字彙完成英文句子。

1. What is the _____ for his opinion? 他的看法有什麼根據？

2. They _____ a long bridge over the river.
   他們在那條河上面建造一座長的橋。

3. Happiness _____ of good health and a positive attitude.
   快樂包括健康的身體和積極的態度。

4. She doesn't like modern _____. 她不喜歡現代建築。

5. Laws are _____ to protect individual rights and property.
   制定法律是為了保障個人權利與財產。

III. 依下列指示作答。

1. foundation 動_____   2. construct 名_____
3. establish 名_____   4. basis 複_____
5. 挑出重音在第三音節的字：constitute, architecture, institution

┌─────┐
│ 解答 │
└─────┘────────────────────────────────────────────

I.1.設立　2.構成　3.根據　4.在於　5.機構　6.作曲　7.構成　　II.1. basis
2. constructed　3. consists　4. architecture　5. constituted　　III.1. found
2. construction　3. establishment　4. bases　5. institution

# G5 供給・捐贈

**render**
〔'rɛndə〕
　　　　動①讓與；放棄　②**提供**；給與（幫助）　③使成爲（make）

**afford**
〔ə'fɔrd〕
　　　　動①【與 can 或 be able to 連用】**能**；足以；勻得出
　　　　（金錢或時間）【to＋V】　②給與；供給

**bestow**
〔bɪ'sto〕
　　　　動**贈予**；賦予；給予（confer）；安置
　　　　bestowal 名贈與；贈品

**devote**
〔dɪ'vot〕
　　　　動①**貢獻**；獻身（dedicate）　②專心於（addict）
　　　　devoted 形獻身的　　devotion 名摯愛；皈依；專心
　　　　devout〔-'vau-〕形虔敬的

**supply**
〔sə'plaɪ〕
　　　　動①配給；**供給**【to／for／with】　②補足；彌補；應～
　　　　的需要　名①供給【of】（↔demand）　②補給品

**provide**
〔prə'vaɪd〕
　　　　動①供給；**供應**【with／for／to】　②規定【that】
　　　　③預備【for／against】　④扶養【for】
　　　　→provided(*that*) 倘若　　　provision 名供給【of】；
　　　　準備【for／against】；規定　　provident 形有遠見的；
　　　　節儉的　　比較 offer 動名 提供；提議

**furnish**
〔'fɜnɪʃ〕
　　　　動①**購置**（**家具**）；裝備（equip）【with】
　　　　②供給（必需品）【with／to】　　furniture 名家具
　　　　furnishings 名設備

**contribute**
〔kən'trɪbjʊt〕
　　　　動①捐助；**捐贈**【to】　②投稿【to】　③貢獻【to／
　　　　toward】　　contribution 名捐贈；投稿；貢獻
　　　　contributory 形捐助的；有貢獻的

**distribute**
〔dɪ'strɪbjʊt〕
　　　　動①**分配**【to／among】　②分發　③分布　④分類
　　　　distribution 名分配；分發；分布；分類

**attribute**
〔ə'trɪbjʊt〕
　　　　動**歸因**【to】　〔'ætrə-〕名屬性（attribution）〔tribute
　　　　（給予），con-（＝together），dis-（＝apart），at-（＝to）〕

**allot**
〔ə'lɑt〕
　　　　動①指定；指派（assign）　②分配
　　　　allotment 名分攤；分配

**charge**
〔tʃɑrdʒ〕
　　　　動①使～負責任；**委託**　②索費　③責備；控告
　　　　名①責任；保護　②費用　③責難；控訴

《EXERCISE》

I. 請參考英文字彙，完成中文翻譯。

1. The city is well *supplied* with water. 這都市＿＿＿＿＿＿水情形很好。

2. He *contributed* a large sum of money to the church.
   他＿＿＿＿＿＿一大筆錢給這教堂。

3. They *rendered* help to those in need. 他們＿＿＿＿＿＿窮困的人。

4. Cows *provide* us with milk. 母牛＿＿＿＿＿＿我們牛奶。

5. She was *allotted* a small part of the work.
   這工作她＿＿＿＿＿＿到一小部分。

6. The teacher *distributed* the books. 老師＿＿＿＿＿＿這些書本。

7. Education *bestows* many benefits on us.
   教育＿＿＿＿＿＿我們很多好處。

II. 請根據中文，使用本篇字彙完成英文句子。

1. He was＿＿＿＿＿＿with carelessness and drunk driving.
   他被控酒後大意的開車。

2. Mother＿＿＿＿＿＿the room with new furniture.
   母親用新傢俱佈置這房間。

3. I cannot＿＿＿＿＿＿a new car. 我買不起一輛新車。

4. She＿＿＿＿＿＿her life to helping the poor. 她獻身於幫助窮人。

5. We must＿＿＿＿＿＿for the future. 我們要為將來做準備。

6. She＿＿＿＿＿＿her illness to the bad weather.
   她把她的病歸因於天氣不好。

III. 依下列指示作答。

1. devote 图＿＿＿＿＿＿　　2. supply 反＿＿＿＿＿＿
3. 挑出重音節母音發音相異的字：render, contribute, attribute

┌─解答─┐

I. 1.供　2.捐贈　3.援助　4.供給　5.分配　6.分發　7.給予
II. 1. charged　2. furnished　3. afford　4. devoted　5. provide
6. attributed　III. 1. devotion　2. demand　3. render

# G6 投棄・解除・奪取

**cast**
〔kæst, kɑst〕
動①投；**擲** ②分派 ③投票　cast－cast－cast
名①投；扔 ②角色 ③類型；氣質

**scatter**
〔'skætɚ〕
動①撒；播種 ②**驅散**；使散開；使四處飛散
③揮霍；花光（財產）

**abandon**
〔ə'bændən〕
動①捨棄 ②**放棄**　abandonment 名 放棄；自暴自棄

**banish**
〔'bænɪʃ〕
動①驅逐出境；**放逐**（exile） ②排除（dismiss）
ban 名 禁止【on】　動 禁止

**exclude**
〔ɪk'sklud〕
動 逐出；**除外**；除去（eliminate）(↔ include )
exclusion 名 除外（elimination）(↔ inclusion )
exclusive 形 除外的(↔ inclusive )；獨占的
〔ex-（向外）＋clude（關閉）　比較 include ⇨ p.146〕

**release**
〔rɪ'lis〕
動①放鬆 ②解除；**釋放**【from】 ③讓渡
名 釋放；免除；讓渡書

**discharge**
〔dɪs'tʃɑrdʒ〕
動①卸貨（unload） ②**解雇**（dismiss）
③履行（perform） ④發射（fire）　名①卸貨 ②排出
③解雇 ④履行　〔dis-＋charge〕

**relieve**
〔rɪ'liv〕
動①減輕；緩和；**解除** ②使～安心；安慰 ③救濟
relief 名 減輕；安心；救濟（助）

**rescue**
〔'rɛskjʊ〕
動 救濟；**援救**；解救　名 營救；救濟

**extract**
〔ɪk'strækt〕
動【from】①拔出；抽出 ②得到（快樂） ③摘錄
〔'ɛkstrækt〕名 抽出物；選粹　extraction 名 精萃

**remove**
〔rɪ'muv〕
動①拿開（take away）；**除去** ②移動 ③撤職
removal 名 移動；移轉；除去；辭職

**deprive**
〔dɪ'praɪv〕
動 奪去；**剝奪**【人＋of】
deprivation〔ˌdɛprɪ've-〕名 剝奪

**rob**
〔rɑb〕
動 強奪；奪取；**搶劫**【人＋of】　robbery 名 搶劫
robber 名 強盜　比較 steal 偷；竊【steal＋物＋from＋人】

≪EXERCISE≫

**I.** 請參考英文字彙，完成中文翻譯。

1. We must *relieve* the refugees of their suffering.
   我們要 _____ 這些難民的苦難。

2. Death *deprived* the children of their parents.
   死神_____ 這些孩子的雙親。

3. He was *excluded* from the club. 他被_____這個俱樂部。

4. She *extracted* some pleasure from her daily toil.
   她從每日的辛勞中_____一些樂趣。

5. The sound of the gun *scattered* the birds.
   槍聲_____ 小鳥_____。

6. His boss *discharged* him because of his habitual absenteeism.
   他由於經常的缺勤而被老板_____。

7. The father *rescued* the child from the burning house.
   這父親從火燒的房子中_____他的小孩。

**II.** 請根據中文，使用本篇字彙完成英文句子。

1. The crew_____their sinking ship. 這些船員放棄他們將沈的船。

2. They_____the prisoners. 他們釋放這些囚犯。

3. The man_____me of my new handbag. 這人搶走我新的手提袋。

4. She_____an angry glance at me. 她對我投下憤怒的一瞥。

5. She could not_____the spot from the carpet.
   她無法去除地毯上的污漬。

**III.** 依下列指示作答。

1. remove 图_____       2. exclude 反_____
3. relief 動_____       4. rob 图_____
5. 挑出重音在第一音節的字：deprive, rescue, extract 動

┌─ 解答 ─────────────────────────────────────────
I. 1. 解除  2. 奪去  3. 逐出  4. 得到  5. 使～四處飛散  6. 解雇  7. 救出
II. 1. abandoned  2. released  3. robbed  4. cast  5. remove  III. 1. re-
moval  2. include  3. relieve  4. robbery  5. rescue

# G7 獲得・保持・包含

**receive**
〔rɪˈsiv〕
働 ① 接受；受理（accept, get） ② 蒙受（suffer）
③ 迎接；款待；收容 reception 图 接受；招待；收視情況
receipt〔-ˈsit〕图 領受；收據 receivable 圈 可接受的

**obtain**
〔əbˈten〕
働 ① 獲得（acquire） ② 得到；買到（get, buy）
③ 流行；通用（prevail） obtainable 图 可到手的
〔ob-（旁邊）, tain = hold（保存）〕

**acquire**
〔əˈkwaɪr〕
働 學得；**獲得**；取得（get, gain, obtain）
acquirement 图 學習；獲得 acquired 圈 後天的
acquisition〔ˌækwəˈzɪ-〕图 取得；獲得
acquisitive〔-ˈkwɪ-〕圈 想獲得的；貪求的

**possess**
〔pəˈzɛs〕
働 ① 擁有；保有；**持有**（own） ② 佔有（occupy）
possession 图 所有（物）；【～s】財產（property）

**retain**
〔rɪˈten〕
働 ① **保持**；保有（keep） ② 記得；記著
retention 图 保持；保有；記憶 retentive 圈 有保持力的；
記性好的〔re-（向後）, tain = hold（保存）〕

**reserve**
〔rɪˈzɝv〕
働 ① 保留；貯存 ② 預約 图 貯存；節制；斟酌
reservation 图 保留；預約
→ without reservation 毫無保留地；無條件地；
直率地

**preserve**
〔prɪˈzɝv〕
働 ① 防護；保護（protect）【from】 ② 保存；貯藏
preservation 图 保護；保存〔pre-（向前）, serve = keep
（維持）〕

**contain**
〔kənˈten〕
働 ① 含有；**包含** ② 容納 container 图 容器；貨櫃
containment 图 牽制（政策）；遏阻

**include**
〔ɪnˈklud〕
働 包含（comprise）（↔ *exclude*）
including 囧 包括 inclusion 图 包含
inclusive 圈 包括在內的（↔ *exclusive*）

**involve**
〔ɪnˈvɑlv〕
働 ① 包含；伴隨 ② 包圍；**牽連**【in】 ③ 熱衷
involvement 图 連累；包含

≪EXERCISE≫

Ⅰ. 請參考英文字彙，完成中文翻譯。

1. Is this table *reserved*? 這桌子_____嗎？

2. He never *possessed* much money, but he always *possessed* good health. 他不曾_____很多錢，但他總是_____健康。

3. This book *contains* a lot of photos. 這本書_____很多照片。

4. She will *retain* her beauty throughout her life.
   她將終生_____她的美。

5. I have*n't* been able to *obtain* that record anywhere.
   我到處都_____那張唱片。

6. The price *includes* postal charges. 這價錢_____郵資。

7. This job *involves* a lot of hard work.
   這工作_____很多困難的作業。

Ⅱ. 請根據中文，使用本篇字彙完成英文句子。

1. They_____ me warmly. 他們很熱誠的接待我。

2. We must_____wild birds. 我們要保護野生鳥類。

3. _____ money for the future. 存錢以備將來之用。

4. He_____Spanish quickly. 他學西班牙文很快。

5. Don't_____other people in such trouble.
   不要和別人牽扯上這種麻煩。

Ⅲ. 依下列指示作答。

1. obtain 形_____
2. include 反_____
3. retain 名_____
4. reserve 名_____
5. 改錯：reception, acquirment, posess

┌解答┐

Ⅰ. 1.有人訂了　2.擁有;保有　3.含有　4.保持　5.買不到　6.包含　7.包含
Ⅱ. 1. received　2. preserve　3. Reserve / Retain　4. acquired　5. involve　Ⅲ. 1. obtainable　2. exclude　3. retention　4. reservation
5. acquirement, possess

# G8　懸掛・搖動・磨光

**suspend**
〔sə'spɛnd〕

動①懸掛（hang up）　②靜止；停止
suspense 图懸而不決；靠不住；擔心
suspension 图懸掛；未決；停止；停職
→ suspend one's judgment 延期判決

**invert**
〔ɪn'vɝt〕

動 翻轉；**上下顛倒**　　inverse 厖 倒轉的；顛倒的
inversion 图 倒置；轉換

**shake**
〔ʃek〕

動①推　②**搖動**　③震動（tremble）　④使動搖
shake－shook－shaken　图搖動；震動
→ shake hands with 和～握手（shake 爲表示震動，最常用
的字。shiver 指寒冷或恐懼而引起身體瞬間的顫抖。shudder
指因恐懼或痙攣，身體突然收縮而戰慄。quiver 指急速而輕
微的震動。quake 指極度驚慌而大幅顫動。tremble 指因恐怖、
寒冷而身體無意識的發抖。）

**polish**
〔'pɑlɪʃ〕

動①磨光；**擦亮**　②推敲；潤飾　图 光澤

**rub**
〔rʌb〕

動①摩擦；磨光　②**擦掉**；拭去（erase）
rubber 图橡皮擦；橡膠　比較 scrape 動 刮；磨擦

**scratch**
〔skrætʃ〕

動①抓；搔癢　②**塗掉**；抹掉　③潦草地寫
图擦傷；抓痕

**stick**
〔stɪk〕

動①**卡住**；梗塞　②張貼　③黏住；固執（adhere）
stick－stuck－stuck　图小樹枝
sticky 厖 有黏性的 比較 branch 图枝；分店；支流
動 分歧　staff 图①職員【～s】　②竿子；棒【複】staffs或
staves〔stevz, stævz〕

**stir**
〔stɝ〕

動①攪拌；**攪動**　②煽動；鼓動　③使感動
图①攪動　②興奮；刺激
比較 thrust 動图刺；推；攻擊

**snatch**
〔snætʃ〕

動①搶；抓住　②僥倖獲得　图①抓住；攫取
②碎片 比較 grab 動 抓握；抓取

═══════════════════════════════════ ≪EXERCISE≫ ───

Ⅰ. 請參考英文字彙，完成中文翻譯。

1. She **_stirred_** her coffee with a spoon before sipping it.
　她啜飲咖啡之前先用湯匙_____。

2. Please **_invert_** the hourglass. 請把砂漏_____。

3. The lamp was **_suspended_** from the branch of the tree.
　那盞燈_____在那棵樹的樹枝上。

4. Mother **_polished_** the silver before the guests arrived.
　母親在客人來之前_____銀餐具。

5. A fishbone **_stuck_** in his throat and we had to take him to a doctor.
　一根魚刺_____在他的喉嚨裏，我們必須送他去看醫生。

6. They **_snatched_** a victory from what seemed to be sure defeat.
　他們已顯出敗象，但卻_____勝利。

Ⅱ. 請根據中文，使用本篇字彙完成英文句子。

1. An angry cat will_____you. 一隻生氣的貓會抓人。

2. I_____hands with Jane. 我和珍握手。

3. This stamp won't_____. 這郵票黏不住。

4. He_____his sleepy eyes. 他揉揉惺忪的睡眼。

5. She managed to_____an hour's sleep.
　她偷閒睡了一個鐘頭。

Ⅲ. 依下列指示作答。

1. invert 形_____　　　　2. suspend 图_____
3. 挑出劃線部分發音相異的字：sh<u>a</u>ke, scr<u>a</u>tch, sn<u>a</u>tch

┌─────┐
│解答│
└─────┘──────────────────────────────────

Ⅰ.1.攪動　2.上下顛倒　3.懸掛　4.擦亮　5.卡　6.僥倖獲得　Ⅱ.1.
scratch　2. shook　3. stick　4. rubbed　5. snatch　Ⅲ.1. inverse　2.
suspense / suspension　3. shake

# G9　其他重要動詞

**consult**
〔kənˈsʌlt〕
動①請教；**諮詢**　②查（參考書）　③商量【 with 】
consultant 图商議者；顧問　　consultation 图商量；協議
比較 counsel 動图商議；忠告

**formulate**
〔ˈfɔrmjə- ,let〕
動簡潔陳述；**公式化**；預先整理　　formula 图公式；定則；
處方　【複】-las, -lae〔 -, li 〕

**manage**
〔ˈmænɪdʒ〕
動①設法做；順利地完成【 to +V 】　②管理；經營
③控制（ control ）；處理（ handle ）
management 图處理；經營　　manager 图管理人；經理

**refrain**
〔rɪˈfren〕
動謹慎；**節制**；禁止【 from 】　比較 abstain 動戒除；
禁絕；棄權

**repeat**
〔rɪˈpit〕
動①重複；照著說　②背誦　　repetition〔ˌrɛpɪˈtɪ-〕
图反覆；重複；背誦

**scream**
〔skrim〕
動尖叫（ shriek , screech ）；哀叫　　图尖叫聲
比較 exclaim 動喊叫；大聲叫（ 图 exclamation ）

**slumber**
〔ˈslʌmbɚ〕
動睡眠；打盹；休止狀態　　slumb(e)rous 圈眠的；
睡著的　比較 nap 图打盹；小睡

**commit**
〔kəˈmɪt〕
動①犯　②委託；交付　③承擔；承諾；受約束【 oneself 】
commission 图委任；任務；委員會；佣金　動委任
commitment 图委託；承諾　　committee 图委員會

**identify**
〔aɪˈdɛntə- ,faɪ〕
動①驗明；**確認**　②視為相同；使加入；與～融為一體
【 with 】　　identity 图一致；身份
identification 图認同；識別證
identical 圈同一的【 the ～ 】；相等的

**condense**
〔kənˈdɛns〕
動**濃縮**；凝結　　dense 圈濃的；密集的
比較 density 图密度；濃度

**propose**
〔prəˈpoz〕
動①提議；申請　②計劃　　proposition 图提案；主張
proposal 图提案；申請；求婚

── ≪EXERCISE≫ ──

Ⅰ. 請參考英文字彙，完成中文翻譯。

1. She fell into a peaceful *slumber*. 她安詳的＿＿＿＿＿＿＿。

2. Please *refrain* from smoking here. 此地請＿＿＿＿＿＿吸煙。

3. He *proposed* to send for a doctor. 他＿＿＿＿＿＿延請大夫。

4. The girl *screamed* when she saw the flames.
這女孩看到火焰時＿＿＿＿＿＿ 起來。

5. *Formulate* your ideas before you begin to write.
下筆之前＿＿＿＿＿＿ 一下思緒。

6. He *identified* the dead body as his brother's.
他＿＿＿＿＿＿這屍體是他哥哥。

Ⅱ. 請根據中文，使用本篇字彙完成英文句子。

1. Don't＿＿＿＿＿＿such a careless mistake. 不要再犯這種粗心的錯。

2. The cold wind＿＿＿＿＿＿vapor into rain.
冷風使水蒸氣凝結成雨。

3. You had better ＿＿＿＿＿＿ your doctor. 你最好請教你的醫生。

4. I＿＿＿＿＿＿to get there in time. 我設法及時趕到那裏。

5. She＿＿＿＿＿＿her child to her aunt's care.
她把自己的孩子委託她姑姑照料。

Ⅲ. 依下列指示作答。

1. manage 图＿＿＿＿＿＿＿＿　　2. identify 图＿＿＿＿＿＿＿＿

3. repeat 图＿＿＿＿＿＿＿＿　　　4. propose 图＿＿＿＿＿＿＿＿

5. 挑出重音在第一音節的字：slumber, consult, condense

┌─────┐
│ 解答 │
└─────┘

Ⅰ.1.睡著了　2.勿　3.提議　4.尖叫　5.預先整理　6.確認　Ⅱ.1. repeat
2. condenses　3. consult　4. managed　5. committed　Ⅲ.1. manage-
ment　2. identity / identification　3. repetition　4. proposition /
proposal　5. slumber

# G10　其他重要副詞

**meanwhile**
〔'min,hwaɪl〕
副（＝meantime）① **其時**；此際　② 另一方面

**hitherto**
〔,hɪðɚ'tu〕
副 迄今；**至今**（until now）

**hence**
〔hɛns〕
副 ①**因此**；所以（for this reason）② 今後（from now）
（↔ *hitherto*）　比較 therefore〔'ðɛr,for〕副 因此；所以
（for that reason）

**nevertheless**
〔,nɛvɚðə'lɛs〕
副 **然而**；儘管（in spite of the fact）

**furthermore**
〔'fɝðɚ,mor〕
副 再者；此外；**而且**（moreover）

**hardly**
〔'hɑrdlɪ〕
副 **幾乎不**（rarely, seldom, scarcely）

**namely**
〔'nemlɪ〕
副 **即**；就是（that is to say）
比較 i.e.〔,aɪ'i〕即；就是（＝ that is）

**largely**
〔'lɑrdʒlɪ〕
副 ①**主要地**（mainly）；大部分地（for the most part）
② 大量地；很多地（extensively）

**badly**
〔'bædlɪ〕
副 ① 壞地；惡劣地（in a bad manner）（↔ *well*）
② 非常地（by much）；極度地（very much）

**likewise**
〔'laɪk,waɪz〕
副 ①**同樣地**（in the same way, similarly）　② 也（also）；
而且（besides）　比較 otherwise 副 否則；要不然

**seemingly**
〔'simɪŋlɪ〕
副 **表面上**（apparently）；看上去；看起來
seeming 形 表面上的　比較 seemly 形 適宜的

**barely**
〔'bɛrlɪ〕
副 ①**幾乎不**；勉勉強強地　② 公然地
bare 形 裸的；勉強的；僅有的

**gradually**
〔'grædʒʊəlɪ〕
副 **漸漸地**　　gradual 形 漸漸的；逐漸的
graduate〔'grædʒʊ,et〕動 畢業；逐漸變化　〔- ɪt〕名 畢業生

**eventually**
〔ɪ'vɛntʃʊəlɪ〕
副 **終於**；最後（in the end）　　event 名 事件；大事；結果
（result）　　eventual 形 最後的；可能的

《EXERCISE》

I. 請參考英文字彙，完成中文翻譯。

1. He ignored her, and she ignored him *likewise*.
   他不理她，而她 ＿＿＿＿＿＿不理他。

2. This country is *largely* desert land. 這國家＿＿＿＿＿＿是沙漠地帶。

3. *Hitherto*, this information has been confidential.
   ＿＿＿＿＿＿這消息還是未對外公開。

4. Only one person can do the job, *namely* you.
   這工作只有一個人能做，那 ＿＿＿＿＿＿你。

5. He will die *eventually*. ＿＿＿＿＿＿他會死。

6. He said, *furthermore*, that she hated me. ＿＿＿＿＿＿他說她恨我。

7. She is *seemingly* polite ; *hence* her popularlity has risen.
   她 ＿＿＿＿＿＿很有禮貌，＿＿＿＿＿＿ 名氣大為增加。

II. 請根據中文，使用本篇字彙完成英文句子。

1. His leg still hurt＿＿＿＿＿＿ ; ＿＿＿＿＿＿he tried to walk.
   儘管他腿傷還很重，然而他仍試著走路。

2. I just＿＿＿＿＿＿made the bus. 我剛剛好趕上公車。

3. He was away for two hours ;＿＿＿＿＿＿I was watching TV.
   他走了兩個鐘頭了；當時我在看電視。

4. The sky has＿＿＿＿＿＿brightened. 天漸漸亮起來了。

5. I think,＿＿＿＿＿＿I am. 我思故我在。

6. I can＿＿＿＿＿＿understand you. 我幾乎不懂你的意思。

I. 依下列指示作答。

1. barely 圈 ＿＿＿＿＿＿＿＿＿      2. eventually 图＿＿＿＿＿＿＿＿＿
3. moreover 回＿＿＿＿＿＿＿＿＿      4. gradually 勔＿＿＿＿＿＿＿＿＿

解答

I.1.也　2.大部分　3.至今　4.就是　5.最後　6.而且　7.看起來，因此　II.1.
badly, nevertheless　2. barely　3. meanwhile　4. gradually　5. therefore
6. hardly　III.1. bare　2. event　3. furthermore　4. graduate

# WORD REVIEW

| | | | | | |
|---|---|---|---|---|---|
| abandon | ☐☐ | evolution | ☐☐ | propose | ☐☐ |
| acquire | ☐☐ | exclude | ☐☐ | provide | ☐☐ |
| afford | ☐☐ | exploit | ☐☐ | receive | ☐☐ |
| allot | ☐☐ | extract | ☐☐ | recover | ☐☐ |
| alter | ☐☐ | figure | ☐☐ | reform | ☐☐ |
| architecture | ☐☐ | formulate | ☐☐ | refrain | ☐☐ |
| arrange | ☐☐ | foundation | ☐☐ | refresh | ☐☐ |
| attribute | ☐☐ | framework | ☐☐ | release | ☐☐ |
| badly | ☐☐ | furnish | ☐☐ | relieve | ☐☐ |
| barely | ☐☐ | furthermore | ☐☐ | remedy | ☐☐ |
| banish | ☐☐ | gradually | ☐☐ | remove | ☐☐ |
| basis | ☐☐ | hardly | ☐☐ | render | ☐☐ |
| bestow | ☐☐ | hence | ☐☐ | repair | ☐☐ |
| cast | ☐☐ | hitherto | ☐☐ | repeat | ☐☐ |
| charge | ☐☐ | identify | ☐☐ | rescue | ☐☐ |
| commit | ☐☐ | improve | ☐☐ | reserve | ☐☐ |
| compensate | ☐☐ | include | ☐☐ | restore | ☐☐ |
| compose | ☐☐ | institution | ☐☐ | retain | ☐☐ |
| condense | ☐☐ | invent | ☐☐ | rob | ☐☐ |
| consist | ☐☐ | invert | ☐☐ | rub | ☐☐ |
| constitute | ☐☐ | involve | ☐☐ | scatter | ☐☐ |
| construct | ☐☐ | largely | ☐☐ | scratch | ☐☐ |
| consult | ☐☐ | likewise | ☐☐ | scream | ☐☐ |
| contain | ☐☐ | manage | ☐☐ | seemingly | ☐☐ |
| contribute | ☐☐ | meanwhile | ☐☐ | shake | ☐☐ |
| contrive | ☐☐ | modify | ☐☐ | shape | ☐☐ |
| convert | ☐☐ | namely | ☐☐ | slumber | ☐☐ |
| create | ☐☐ | nevertheless | ☐☐ | snatch | ☐☐ |
| deprive | ☐☐ | obtain | ☐☐ | stick | ☐☐ |
| development | ☐☐ | order | ☐☐ | stir | ☐☐ |
| devote | ☐☐ | organ | ☐☐ | structure | ☐☐ |
| discharge | ☐☐ | ornament | ☐☐ | supply | ☐☐ |
| dispose | ☐☐ | pattern | ☐☐ | suspend | ☐☐ |
| distribute | ☐☐ | polish | ☐☐ | system | ☐☐ |
| element | ☐☐ | possess | ☐☐ | transform | ☐☐ |
| establish | ☐☐ | preserve | ☐☐ | vary | ☐☐ |
| eventually | ☐☐ | produce | ☐☐ | | |

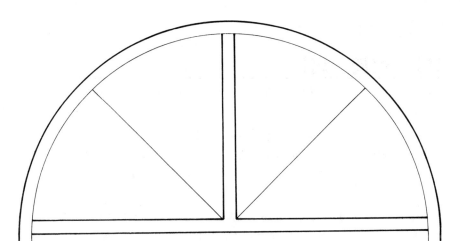

# GROUP

# H

# 產生／持續

# H1　位於・居住

**exist**
〔ɪgˊzɪst〕
　　動①**存在**　②發生　　existence 图存在；生存

**locate**
〔ˊloket, loˊket〕
　　動①**設於**；位於；在於　②找出　③居住
　　located 圈 位於～的　　　location 图 位置；所在地
　　local 圈 地方的；本地的；局部的；區間的
　　locality 图 現場；地點

**settle**
〔ˊsɛtḷ〕
　　動①安頓；**定居**；穩定　②決定；解決；弄清楚
　　settlement 图 解決；安排；定居；殖民地（colony）

**occupy**
〔ˊɑkjə, paɪ〕
　　動①**佔**；佔領；居住　②從事【with / in】
　　occupation〔-ˊpe-〕图佔有；職業；從事
　　occupational 圈 職業的　　　occupant 图 佔有者；居民

**inhabit**
〔ɪnˊhæbɪt〕
　　動**居住**；棲息；存在於（dwell in, occupy）
　　inhabitant 图 居民；棲息於～的動物
　　[比較] habitat 图 棲息地；產地　　habitation 图 住宅

**dwell**
〔dwɛl〕
　　動①**居住**　②久留；盤據　③凝思；詳述【on / upon】
　　dwell — dwelt / dwelled — dwelt / dwelled
　　dwelling 图 住宅　　　dweller 图 居民

**reside**
〔rɪˊzaɪd〕
　　動①住；**居住**　②存在【in】　　　residence〔ˊrɛzədəns〕
　　图 居住；宅邸　　resident 图 居民　　圈 居留的；派駐的
　　residential 圈 居住的；設有宿舍的
　　（reside 指居住於某特定地方。dwell 不用於口語而用於文
　　章。inhabit 用於人與動物的棲息、居住。live 是表「居住」
　　最常用的字。）

**situation**
〔ˌsɪtʃuˊeʃəl〕
　　图①**狀況**；情勢　②位置
　　situated 圈 座落於～的；處於～境地的

**status**
〔ˊstetəs〕
　　图①**地位**　②狀態　[比較]　statue〔ˊstætʃu〕图 雕像
　　stature〔ˊstætʃɚ〕图 身材；身長

《EXERCISE》

I. 請參考英文字彙，完成中文翻譯。

1. He *located* his hardware store on the street.
   他將五金店＿＿＿＿＿＿這條街上。

2. Small animals *inhabited* the woods. 小動物＿＿＿＿＿＿在森林中。

3. The *status* of a doctor is very high in this country.
   在這個國家醫生的＿＿＿＿＿＿很高。

4. They tried to *occupy* the enemy's capital.
   他們企圖＿＿＿＿＿＿敵人的首都。

5. Where are they *residing* now? 他們現在＿＿＿＿＿＿那裏？

6. Act reasonably in all *situations*. 在各種＿＿＿＿＿＿下行動都要理智。

7. The problem is not *settled* yet. 這問題尚未＿＿＿＿＿＿。

8. He *dwelt* in the village for 30 years.
   他在那個村莊＿＿＿＿＿＿了三十年。

II. 請根據中文，使用本篇字彙完成英文句子。

1. The weather has ＿＿＿＿＿＿ at last. 天氣終於穩定下來了。

2. A man cannot ＿＿＿＿＿＿ without air. 人沒有空氣無法生存。

3. The bathroom is ＿＿＿＿＿＿. 浴室有人佔用。

4. The police are trying to ＿＿＿＿＿＿ the missing man.
   警方正設法找出這失蹤的人。

III. 依下列指示作答。

1. occupation 動＿＿＿＿＿＿     2. exist 图＿＿＿＿＿＿
3. residence 動＿＿＿＿＿＿     4. inhabit 固＿＿＿＿＿＿
5. 挑出劃線部分發音相異的字：sit<u>ua</u>tion, st<u>a</u>ture, st<u>a</u>tus

┌解答┐

I.1.設於  2.棲息  3.地位  4.佔領  5.住在  6.狀況  7.解決  8.居住  II.1.
settled  2. exist  3. occupied  4. locate  III.1. occupy  2. existence
3. reside  4. dwell in / occupy  5. stature

# H2 開始・出現

**initiate**
〔ɪˈnɪʃɪ‚et〕
勔①發起；**開始**（ start , begin ) ②使加入
③傳授；啟蒙　　initial 形 最初的　圈字首
initiative 圈率先；獨創力；主動

**commence**
〔kəˈmɛns〕
勔**開始**；着手（ begin )；接受學位
commencement 圈開始；畢業典禮

**resume**
〔 rɪˈzum
‚-ˈzɪum 〕
勔**再開始**；繼續　比較　résumé〔‚rɛzʊˈme,‚rɛzjʊˈme〕
概要；簡歷　　resumption 圈重新開始；繼續
〔re-(再)＋sume(拿取) 比較 assume, presume ⇨ p.32〕

**emit**
〔ɪˈmɪt〕
勔**放出**；發出（ 光、熱、香氣 )　　emission 圈放出；發射
〔e-(朝外面)＋mit (傳送) 比較 transmit ⇨ p.8, submit
⇨ p.94, mission ⇨ p.8, missile 飛彈, dissmiss ⇨ p.202 〕

**emerge**
〔ɪˈmɝdʒ〕
勔①**出現**（ appear ) ②露出（ ↔ submerge )
emergency 圈危急　　emergence 圈出現
emergent 形 開始引人注目的；緊急的（ emerge 指由隱密
的地方出現 )

**launch**
〔lɔntʃ, lantʃ〕
勔①**將（ 船 ）放入水面** ②發動；展開 ③發射　圈汽艇
比較 navigate 勔航行

**derive**
〔dəˈraɪv〕
勔①**獲得**【 from 】 ②由來；起源【 from 】
derivation 圈起源；由來

**origin**
〔ˈɔrədʒɪn‚ˈɑr-〕
圈**起源**；開端；來歷；出身　　original 形 獨創的；最初的
originality 圈獨創性　　originally 副 本來；最初
originate 勔創始；創設；發明

**source**
〔sors, sɔrs〕
圈①出處；**來源** ②原因 ③（ 水 ）源
→ a reliable source 可靠的消息來源

**departure**
〔dɪˈpartʃɚ〕
圈①**出發**；離開（ ↔ arrival ) ②放棄；違反 ③死；逝世
depart 勔出發（ ↔ arrive )；違反【 from 】
department 圈部門；部

──────────────────────────────── **≪EXERCISE≫** ──

Ⅰ. 請參考英文字彙, 完成中文翻譯。

1. A newspaper gets news from many *sources*.
   報紙從很多＿＿＿＿＿＿＿取得新聞。

2. The society *initiated* a powerful anti-cancer campaign.
   這協會＿＿＿＿＿＿一項有力的防癌運動。

3. The moon is *emitting* cool light through the clouds.
   月亮隔著雲層＿＿＿＿＿＿微弱的光線。

4. He *commenced* studying economics.
   他＿＿＿＿＿研究經濟學。

5. He sprang from a humble *origin*.
   他＿＿＿＿＿很微賤。

6. He has *launched* a new enterprise.
   他＿＿＿＿＿一項新事業。

Ⅱ. 請根據中文, 使用本篇字彙完成英文句子。

1. After the rain, the sun ＿＿＿＿＿from behind the clouds.
   下過雨後, 太陽由雲後露出來。

2. The ＿＿＿＿＿of the train was delayed.
   這班火車延後出發。

3. Please ＿＿＿＿＿what you were doing. 請繼續做。

4. She ＿＿＿＿＿much pleasure from conversations.
   她從談話中得到很大的樂趣。

Ⅲ. 依下列指示作答。

1. emerge [形]＿＿＿＿＿＿＿　2. departure [反]＿＿＿＿＿＿＿

3. resume [名]＿＿＿＿＿＿＿　4. derive [名]＿＿＿＿＿＿＿

5. 挑出重音在第一音節的字：initiate, commence, origin

┌─────┐
│ 解答 │
└─────┘

Ⅰ.1. 來源　2. 發起　3. 放出　4. 着手　5. 出身　6. 展開　Ⅱ.1. emerged

2. departure　3. resume　4. derives　Ⅲ.1. emergent　2. arrival

3. resumption　4. derivation　5. origin

# H3 發生・災變

**occur**
〔əˈkɝ〕
動①發生（happen, take place） ②想起【to】（come into one's mind） occurrence 图 發生；（日常的）事件

**burst**
〔bɝst〕
動①破裂；爆發（blow up, explode） ②突然【out/into】
burst － burst － burst

**encounter**
〔ɪnˈkaʊntɚ〕
動①邂逅；偶然遇見（come upon） ②遭遇（困難、危險）

**phenomenon**
〔fəˈnamə͵nan〕
图 現象 【複】phenomena
phenomenal 圈 現象的；異常的；優秀的

**affair**
〔əˈfɛr〕
图①差使；事務 ②事故；事件 ③【～s】業務

**incident**
〔ˈɪnsədənt〕
图①（附帶的）事件；插曲 ②（指戰爭、暴動等）事變
incidental 圈 偶發的；附帶發生的 ⎡比較⎤ event 事件

**accident**
〔ˈæksədənt〕
图①意外事故 ②偶然（chance）
accidental 圈 偶然的；無意中的；意外的（↔ designed）

**catastrophe**
〔kəˈtæstrəfɪ〕
图①劇變；大變動 ②毀滅；大災難 ③悲慘的結局

**peril**
〔ˈpɛrəl〕
图 危難；危難（great danger） perilous 圈 危險的；
冒險的（danger 是表示危險最普通的用語。perit 指即將來
臨的大災難。hazard 指偶發而個人無法控制的危險。risk
指自告奮勇而冒的險。）

**misfortune**
〔mɪsˈfɔrtʃən〕
图 不幸；逆境（adversity）；霉運（mishap）（↔ fortune）
⎡比較⎤ unfortunate 圈 不幸的（↔ fortunate）
unfortunately 圖 不幸地；不巧地（↔ fortunately）

**crisis**
〔ˈkraɪsɪs〕
图①危機；緊要關頭 ②危險期 【複】crises〔ˈkraɪsiz〕
critical 圈 危急的；批評的 ⇨ p.10

**calamity**
〔kəˈlæmətɪ〕
图 大災害；災難；不幸的事

**disaster**
〔dɪzˈæstɚ〕
图①天災；災難 ②不幸；災禍（misfortune）
disastrous 圈 災害的；悲慘的
→ an air disaster 空難事件

――――――――――――――――――――《EXERCISE》――――

Ⅰ. 請參考英文字彙，完成中文翻譯。

1. Her father's death was a *catastrophe* for the family.
   她父親的死對她家是一大_____。

2. That's no *affair* of mine. 那不關我的_____。

3. And the unfortunate *incident* was closed.
   不幸的_____將要發生了。

4. She *burst* into tears. 她_____哭起來。

5. Flood, fires and earthquakes are great *calamities*.
   水災、火災和地震都是大的_____。

6. We observed the same *phenomenon*. 我們觀察相同的_____。

7. The sick woman passed the *crisis*. 這生病的女人已經度過_____了。

8. He narrowly escaped the *disaster*. 他勉強躲過這_____。

Ⅱ. 請根據中文，使用本篇字彙完成英文句子。

1. The plane _____ a storm over the Rockies.
   那飛機在洛基山脈遭到暴風雨襲擊。

2. A good idea _____ to me. 我想到一個好主意。

3. _____ never come singly. 禍不單行。

4. The explorers knew they would face many _____.
   探險者知道他們將面臨很多危險。

5. They got back without having any _____. 他們平安地回來了。

Ⅲ. 依下列指示作答。

1. phenomenon 履_____　　2. occur 圖_____
3. crisis 形_____　　　　　4. accident 形_____
5. 挑出重音在第二音節的字：peril, misfortune, incident t

┌─解答─┐

Ⅰ.1.劇變　2.事　3.事件　4.突然　5.災難　6.現象　7.危險期　8.災難
Ⅱ.1. encountered　2. occurred　3. Misfortunes　4. perils　5. accidents
Ⅲ.1. phenomena　2. occurrence　3. critical　4. accidental　5. misfortune

# H4 移動・交換

**deliver**
〔dɪˈlɪvɚ〕
働①**投遞** ②移交 ③發表；發言 ④拯救
deliverance 图救出；釋放；判決　delivery 图投遞；移交

**transfer**
〔trænsˈfɝ〕
働①遷移；**轉移** ②調任 ③讓渡 ④換車
〔ˈtrænsfɚ〕图轉移；讓渡　transferable 厖可轉移的；
可讓渡的　transference 图調任；轉移

**convey**
〔kənˈve〕
働①**運輸** ②傳達；傳遞　conveyance 图運送；傳達

**shift**
〔ʃɪft〕
働①轉移；調換 ②**改變**；移動　图①**變化** ②輪值

**transport**
〔trænsˈport,
-ˈpɔrt〕
働**輸送** 〔ˈtrænsport,-pɔrt〕图輸送
transportation 图輸送；運輸

**import**
〔ɪmˈport,-ˈpɔrt〕
働**輸入**（↔ export ）　〔ˈɪmport,-pɔrt〕图輸入；【～s】
進口貨物（↔ export ）

**exchange**
〔ɪksˈtʃendʒ〕
働①**交換** ②換取；調換　图換；交換
exchangeable 厖可交換的　比較 reciprocate 働交換；
回禮；往復運動　reciprocal 厖互惠的

**replace**
〔rɪˈples〕
働①**取代**；接任 ②置換 ③使代替【with】
replacement 图歸還；交換

**substitute**
〔ˈsʌbstəˌtjut〕
働①**以～代替**【for】 ②代理【for】　图代用品；代理
substitution 图代替；取代

**migrate**
〔ˈmaɪgret〕
働①**遷居** ②遷徙（指鳥類、魚類定期的遷徙）
migrant 图遷居者；候鳥；移棲動物

**immigrant**
〔ˈɪməgrənt,
-ˌgrænt〕
图（來自外國的）**移民**（↔ emigrant 指移入他國的移民）
immigrate 働遷入（↔ emigrate ）
immigration 图遷入；移民（↔ emigration ）

**expedition**
〔ˌɛkspɪˈdɪʃən〕
图①**遠征**；探險（隊） ②迅速行動
expedite〔ˈɛkspɪˌdaɪt〕働促進　expedient〔ɪkˈspidɪənt〕
厖方便的；合算的；權宜的

─《EXERCISE》─

Ⅰ. 請參考英文字彙，完成中文翻譯。

1. Many birds **migrate** south every winter.
   每年冬天很多鳥_____到南方。

2. Airships will be used to **transport** freight. 飛艇將要用來_____貨物。

3. There were twenty people in the **expedition**. 這_____共有二十人。

4. Buses, trains and planes **convey** passengers.
   公車、火車和飛機_____乘客。

5. She **replaced** the cup she broke with a new one.
   她用一個新的杯子_____她打破的那個。

6. Where can I **exchange** my dollars for pounds?
   我到哪裏才可以用美金_____英磅？

7. Mr. Jones was **transferred** to a different department.
   鍾斯先生被_____到不同的部門。

Ⅱ. 請根據中文，使用本篇字彙完成英文句子。

1. Mother_____margarine for butter. 母親用人造奶油來代替牛油。

2. Australia has many_____from England. 澳洲有很多來自英國的移民。

3. The newsboy_____papers at six every morning.
   這報童每天早上六點送報。

4. We_____coffee from South America. 我們從南美進口咖啡。

5. The wind_____from east to southwest. 風向由東風轉爲西南風。

Ⅲ. 依下列指示作答。

1. exchange 形_____　　　2. import 反_____
3. convey 名_____　　　4. expedite 名_____
5. 挑出重音在第二音節的字：substitute, transfer 動, immigrant

┌ 解答 ┐────────────────────────

Ⅰ. 1. 遷徙　2. 輸送　3. 探險隊　4. 運輸　5. 取代　6. 換取　7. 調任
Ⅱ. 1. substituted　2. immigrants　3. delivers　4. import　5. shifted
Ⅲ. 1. exchangeable　2. export　3. conveyance　4. expedition
　5. transfer

# H5 集合・統一

**connect**
〔kə'nɛkt〕
動①結合；**連接**（join） ②使～有關係 ③聯想
connection 名連絡；關係

**collect**
〔kə'lɛkt〕
動①蒐集；收集 ②聚集 collection 名收集（物）；捐款
collective 形集合的；共同的

**assemble**
〔ə'sɛmbḷ〕
動①集合；聚集 ②裝配；裝置
assembly 名會議；集會

**integrate**
〔'ɪntə,gret〕
動**使～完全；合～為一體**（↔ *disintegrate* 分解）
integration 名統合；無差別待遇

**link**
〔lɪŋk〕
名①**鏈**；環 ②連結物；關連 動連接；連繫

**concentrate**
〔'kɑnsṇ,tret〕
動①集中 ②專注；**全神貫注** concentration 名集中；
專心〔con-（共同的），centrate＝centre（中心）〕

**accumulate**
〔ə'kjumjə,let〕
動**累積**；堆積；積蓄 accumulation 名積蓄

**focus**
〔'fokəs〕
動**對準焦點**；集中 名**焦點** 【複】～ es 或 foci〔'fosaɪ〕

**strain**
〔stren〕
動①**拉緊** ②竭盡（氣力）；使～扭傷 名①緊張
②過度勞累

**attend**
〔ə'tɛnd〕
動①**出席**；參加 ②傾聽【to】 ③注意；留神；照顧【to】
attendance 名出席（者） attendant 形出席的
名侍者；出席者 attention 名注意；關照
attentive 形留意的；關懷的

**tension**
〔'tɛnʃən〕
名**緊張**（狀態） tense 形繃緊的；緊張的（↔ *lax*）

**unity**
〔'junətɪ〕
名①**單一**（性）；統一（性） ②一致；調和；聯合
unite 動結合；使～聯合 比較 union 名結合；聯邦；團結
unit 名單位 unify 動使～一致；統一（unite）

**uniform**
〔'junə,fɔrm〕
形①無變化的 ②相同的 名**制服**
uniformity 名同樣；一律

──────────── 《EXERCISE》 ────

Ⅰ. 請參考英文字彙，完成中文翻譯。

1. There is a *link* between smoking and lung cancer.
   抽煙和肺癌之間有＿＿＿＿＿＿。

2. He *attended* the scientific conference yesterday.
   他昨天＿＿＿＿＿這個科學會議。

3. Their motto is "*Union* is strength."
   他們的座右銘是：「＿＿＿＿＿就是力量。」

4. He *concentrated* his powers on biology. 他＿＿＿＿＿在生物學。

5. International *tension* has been gradually reduced since then.
   自那時起國際間的＿＿＿＿＿就漸漸緩和了。

6. I slipped and *strained* my ankle. 我滑倒＿＿＿＿＿了脚踝。

7. The committee will try to *integrate* the different plans.
   委員會將設法把這些不同的計畫＿＿＿＿＿。

Ⅱ. 請根據中文，使用本篇字彙完成英文句子。

1. The children＿＿＿＿＿each morning to exercise.
   這些孩子們每天早上聚集在一起運動。

2. ＿＿＿＿＿carefully to what the lecturer is saying.仔細聽這演講者說的話。

3. The man＿＿＿＿＿the two wires. 這個人接通這兩個線路。

4. John＿＿＿＿＿foreign coins. 約翰收集外國硬幣。

5. He has＿＿＿＿＿a fortune. 他積蓄了一筆財產。

Ⅲ. 依下列指示作答。

1. accumulate 图＿＿＿＿＿　　　2. integrate 反＿＿＿＿＿
3. attention 動＿＿＿＿＿　　　4. assemble 图＿＿＿＿＿
5. 挑出重音在第二音節的字：tension, uniform, collect

┌─────┐
│解答│
└─────┘
Ⅰ.1.關連　2.出席　3.團結　4.全神貫注　5.緊張狀態　6.扭傷　7.
統合為一體　Ⅱ.1. assemble　2. Attend　3. connected　4. collects　5.
accumulated　Ⅲ.1. accumulation　2. disintegrate　3. attend　4. as-
sembly　5. collect

# H6　附着・堅定

**attach**
〔ə'tætʃ〕

動①縛上；繫上；綁上　②**附上**；貼上　③使～依戀於；
使～附屬於【to】　　attachment 图附屬(品)；愛慕
比較 fix 動固定；調整

**cling**
〔klɪŋ〕

動①**黏住**；附着(stick)【to】　②執着【to】
cling － clung － clung　( 比較 stick ⇨ p.148 )

**adhere**
〔əd'hɪr, æd-〕

動①**黏着**；附着【to】　②固執；堅持【to】
adherence 图固守；執着
adherent 圈附着的　图支持者；皈依者
adhesion 〔-'hiʒən〕 图附着；結合
adhesive 圈有黏性的〔ad- + here (= stick )〕

**cohere**
〔ko'hɪr〕

動①附着；**黏着**；結合　②前後一致
coherence 图一致性　　coherent 圈結合在一起的；連貫的
( ↔ incoherent )　　cohesion 图結合；內聚(力)
cohesive 圈有附着性的；有結合力的
〔 co-(共同地)+ here (= stick )〕

**strict**
〔strɪkt〕

圈①**嚴厲的**；嚴厲的(stern)　②嚴密的
strictly 副嚴厲地；嚴密地

**firm**
〔fɝm〕

圈①**堅定的**；堅決的　②堅固的；穩固的　動使～堅固；
使～穩定　图公司；商店　　firmly 副堅定地；强硬地

**stiff**
〔stɪf〕

圈①凝固的　②僵硬的；**堅硬的**　③辛苦的；困難的
stiffen 動變硬；變呆板；使～凝固

**rigid**
〔'rɪdʒɪd〕

圈①堅硬的(stiff)　②嚴格的(↔ flexible)
rigidity 图堅硬；嚴格；嚴密　　rigidly 副嚴格地；呆板地

**bound**
〔baʊnd〕

(1)圈①**被束縛的**(tied)　②有義務的【to+V】
　bind 動束縛；約束　bind － bound － bound
(2)動反彈(bounce)；跳躍(leap)　图反彈；跳躍
(3)图①【～s】境界；範圍(boundary, border)　②界限
　動以～爲界限；**限制**　(4)圈開往～的【for】

**≪EXERCISE≫**

Ⅰ. 請參考英文字彙，完成中文翻譯。

1. She has a very *firm* belief in God. 她非常_____信仰上帝。

2. The United States is *bounded* on the west by the Pacific.
   美國西邊_____太平洋_____。

3. The witnesses' accounts *didn't cohere*.
   這些證人的報告_____。

4. He *adheres* to his principles. 他_____他的原則。

5. You must be subject to *rigid* discipline.
   你必須服從_____的訓練。

6. The teacher is *strict* with his students.
   這個老師對他的學生很_____。

7. I have been *bound* to my job since last Monday.
   從上星期一我就被工作所_____。

Ⅱ. 請根據中文，使用本篇字彙完成英文句子。

1. Little children always_____to their mothers.
   小孩子總是黏住他們的母親。

2. The body was already_____after death. 人死後這屍體已變僵硬。

3. This plane is_____for Paris. 這飛機要飛往巴黎。

4. He_____a rope to the dog. 他用繩子把狗綁起來。

5. The rubber ball_____from the wall.
   這個橡皮球從牆面彈回來。

Ⅲ. 依下列指示作答。

1. stiff 動_____　　　　2. cohere 图_____
3. strict 同_____　　　　4. rigid 反_____
5. 挑出重音在第一音節的字：adhere, rigid, attach

┌─解答─┐

Ⅰ.1.堅定的　2.以～爲界限　3.前後不一致　4.堅持　5.嚴格　6.嚴格　7.束縛
Ⅱ.1. cling　2. stiff / rigid　3. bound　4. attached　5. bounded　Ⅲ.1. stiffen
2. coherence / cohesion　3. stern　4. flexible　5. rigid

# H7 前進・結果

**precede**
[prɪ'sid, prɪ-]

動 在先；優先；**在～之前**（↔ *follow*）
precedence [ prɪ'sidns, 'prɛsədəns ] 图 居先；優先
precedent [ 'prɛsədənt ] 图 前例；慣例
preceding 形 前述的（ previous ）（↔ *following*）

**progress**
[ prə'grɛs ]

動 **進步**；進行 [ 'prɑgrɛs, 'pro-] 图 進步
progression 图 進步；前進；連續　progressive 形 進步的
[ pro-（朝前方）＋ gress（前進）]

**advance**
[ əd'væns ]

動 ①**使～前進**；推進（↔ *retreat*）②進步 ③提高（價格）
图 ①**前進** ②**進步**　advanced 形 前進的；進步的
advancement 图 進步；促進；升級
→ in advance 事先；預先
an advanced country 先進國家

**subsequent**
[ 'sʌbsɪ-
,kwɛnt ]

形 後來的（ later ）；**隨後的**（ following ）
subsequently 副 以後；後來

**sequence**
[ 'sikwəns ]

图 ①繼續；**連續**（ succession ）②順序（ order ）
[ sequ（跟隨）＋ -ence（*n.*）]

**consequence**
[ 'kɑnsə-
,kwɛns ]

图 ①**結果**（ result ）②重要性（ importance ）
consequent 形 由～而起的；必然的
consequently 副 因此；所以
→ in〔as a〕consequence（*of*）由於

**effect**
[ ə'fɛkt, ɪ-]

图 ①**結果**（ result ）（↔ *cause*）②效果；**影響**　動 招致；引起
（ cause ）　→ in effect 實際上；事實上
effective 形 有效的；有力的　　effectively 副 有效地；實際上

**result**
[ rɪ'zʌlt ]

图 ①**結果**；成效 ②成績　動 ①產生；引起【 from 】
②終歸；**導致**（ end ）【 in 】　→ as a result of 因為；由於
（ consequence 指因某事而產生或繼起的後果，但不一定有
直接的因果關係。effect 指因某原因而直接產生的後果，例
：the effect of hard work；result 指最終的結果。例：
the result of the English examination ）

≪EXERCISE≫

I. 請參考英文字彙，完成中文翻譯。

1. Speech is a *sequence* of meaningful sounds.
   說話是一＿＿＿＿＿有意義的聲音。

2. Jane has made great *progress* in Japanese. 珍的日文＿＿＿＿＿很多。

3. Lightning *precedes* thunder. 閃電＿＿＿＿＿打雷＿＿＿＿＿。

4. Its explanation will be seen in *subsequent* pages.
   它的解釋在＿＿＿＿＿幾頁中可以找到。

5. Some people were killed *as a result* of the storm.
   一些人＿＿＿＿＿暴風雨而死亡。

II. 請根據中文，使用本篇字彙完成英文句子。

1. His plan＿＿＿＿＿ in failure. 他的計畫終歸失敗。

2. This is a matter of great＿＿＿＿＿. 這是一件很重要的事。

3. Not to＿＿＿＿＿is to go back. 不進則退。

4. The medicine had no＿＿＿＿＿on me. 這藥物對我沒有作用。

5. Arrange the names in alphabetical＿＿＿＿＿.
   依字母順序排列這些名字。

6. This measure must be＿＿＿＿＿ by mild ones.
   在探取此措施之前，須用溫和的手段。

III. 依下列指示作答。

1. precede 形＿＿＿＿＿　　　2. effect 形＿＿＿＿＿
3. consequence 形＿＿＿＿＿　　4. progress 形＿＿＿＿＿
5. following 同＿＿＿＿＿
6. 挑出重音在第一音節的字：advance, result, sequence

解答

I.1.連續　2.進步　3.在～之前　4.隨後的　5.由於　II.1. resulted　2. consequence　3. advance　4. effect　5. sequence　6. preceded　III.1. preceding　2. effective　3. consequent　4. progressive　5. subsequent　6. sequence

# H8　繼續・持久

| | |
|---|---|
| **continue**<br>〔kən'tɪnjʊ〕 | 働①**繼續**；持續　②連續（↔ *discontinue*）<br>continual 圈頻繁的；不停的　　continuous 圈無間斷的；<br>連綿不斷的　　continuance 图繼續；持續<br>continuation 图繼續；延長　　continuity 图連續；繼續 |
| **proceed**<br>〔prə'sid〕 | 働①進行【to】　②着手；**繼續進行**【with / to / to＋V】<br>③發生；出發【from】　　procedure 图進行；手續；程序<br>proceeding 图進行；行為；【～s】會議記錄；【～s】<br>訴訟程序　　process 图過程；作用；製法<br>→ in process 在進行中　　procession 图行列；遊行<br>（continue 着重某種狀態無終止、無間斷的繼續。proceed<br>指在某一地點停頓後，繼續向目標前進。last 指在良好狀態<br>下持續一段很長的時間。） |
| **remain**<br>〔rɪ'men〕 | 働①剩餘　②**停留**；**繼續**；仍然是<br>remainder 图剩餘；殘餘物 |
| **everlasting**<br>〔͵ɛvɚ'læstɪŋ〕 | 圈**永遠的**；不朽的；無止境的；令人生厭的 |
| **perpetual**<br>〔pɚ'pɛtʃʊəl〕 | 圈①**綿延不絕的**；不停的　②永久的；永遠的；終身的<br>perpetuate 働使～永存；使～不朽<br>〔per-（完全地；不斷地）＋petual（尋求）〕 |
| **permanent**<br>〔'pɜmənənt〕 | 圈**永久的**；不變的　　permanence 图永存；不變；永恆性 |
| **eternal**<br>〔ɪ'tɝnḷ〕 | 圈永恆的；**永遠的**；不滅的；不斷的<br>eternity 图永恆；永生 |
| **infinite**<br>〔'ɪnfənɪt〕 | 圈**無限的**（↔ *finite*）；無數的　比較 definite 一定的；明確的<br>⇨ p.86　　infinity 图無限　　infinitive 图不定詞 |
| **incessant**<br>〔ɪn'sɛsṇt〕 | 圈**不間斷的**；不停的〔in-（＝not）＋cessant（＝ceasing）〕 |
| **ultimate**<br>〔'ʌltəmɪt〕 | 圈①**最終的**；最後的（final, last）　②根本的<br>（fundamental）　ultimately 圊最後；最終（finally） |

━━━━━━━━━━━━━━━━━━━━━━━━━━━ ≪EXERCISE≫ ━━

Ⅰ. 請參考英文，完成中文翻譯。

1. They *proceeded* to their destination. 他們＿＿＿＿＿＿他們的目的地。

2. The machines at the factory were in *perpetual* motion.
   這個工廠的機器＿＿＿＿＿運轉。

3. What is the *ultimate* aim of college education?
   大學教育的＿＿＿＿＿目的是什麼？

4. The scholar won *everlasting* fame. 這個學者贏得＿＿＿＿＿聲名。

5. The *incessant* noise from the factory kept me awake all night.
   那工廠發出的＿＿＿＿＿噪音，吵得我整夜不能睡。

6. The *process* of making rubber was developed many years ago.
   製造橡膠的＿＿＿＿＿許多年前就發展出來了。

7. There is not, on earth at least, *eternal* grief.
   至少在這世界上沒有＿＿＿＿＿悲傷。

Ⅱ. 請根據中文，使用本篇字彙完成英文句子。

1. This custom＿＿＿＿＿down to the present day.
   這個習俗一直持續到現在。

2. There are an＿＿＿＿＿number of things to do in life.
   生命中有無數的事要做。

3. She＿＿＿＿＿standing there. 她仍然站在那裏。

4. What is your＿＿＿＿＿Job? 你的永久職業是什麼？

5. They followed the usual＿＿＿＿＿. 他們遵循一般的程序。

Ⅲ. 依下列指示作答。

1. eternal 图＿＿＿＿＿＿＿　　　2. remain 图＿＿＿＿＿＿＿
3. continue 囜＿＿＿＿＿＿＿　　4. ultimately 囘＿＿＿＿＿＿＿
5. 挑出重音在第二音節的字： infinite, permanent, perpetual

┌─────┐
│解答│
└─────┘━━━━━━━━━━━━━━━━━━━━━━━━━━━━━━━

Ⅰ.1.繼續走向　2.不停的　3.最終的　4.不朽的　5.不間斷的　6.過程　7.
永遠的　Ⅱ.1. continues　2. infinite　3. remained　4. permanent　5. proce-
dure　Ⅲ.1.eternity　2.remainder　3.discontinue　4.finally　5.perpetual

# H9 毀滅・缺乏

**vanish**
['vænɪʃ]
> 動①消失（disappear）　②消滅
> 〔vanus＝vain（空虛）＋-ish（v.）〕

**collapse**
[kə'læps]
> 動①崩潰　②倒塌　③失敗　名①崩潰　②衰退　③失敗
> 比較 lapse（＝slip）動 悄悄逸失　名 過失；差錯

**perish**
['pɛrɪʃ]
> 動①毀滅；腐壞　②死　　perishable 形 易腐壞的
> 名【～s】易腐壞的食物

**decay**
[dɪ'ke]
> 動①腐敗；腐爛　②衰落；衰微　名①腐敗　②衰退

**lack**
[læk]
> 名 缺乏；短缺（want，absence）【of】　動 缺少
> → be lacking in （在某方面）缺少或不足

**shortage**
['ʃɔrtɪdʒ]
> 名 不足
> 比較 shortcoming 名 缺點；短處（fault）

**deficiency**
[dɪ'fɪʃənsɪ]
> 名 不足（shortage）；缺乏（lack）（↔ sufficiency）【of】
> deficient 形 不充分的；有缺陷的【in】
> （lack 指必要的或想要的東西，完全沒有或不夠。short-
> age 指不能滿足需要的狀態。例：the shortage of food；
> deficiency 指必要的東西不夠完全。want，need 有缺少而
> 須緊急補充之意。例：want of water）

**defect**
[dɪ'fɛkt, 'difɛkt]
> 名 缺陷；缺點（fault）
> defective 形 有缺點的；心智不健全的

**vain**
[ven]
> 形①徒然無益的　②空虛的　→ in vain 徒然無益地；隨便地
> vanity 名 虛榮心；空幻

**vacant**
['vekənt]
> 形①空著的；無人的　②空閒的　③空虛的；茫然的
> vacancy 名 空虛；空房間　　vacate 動 搬出；讓出；辭職
> vacation 名 休假

**hollow**
['halo]
> 形①中空的；空心的（↔ solid）　②空虛的；無力的
> ③虛偽的　名 窪地；空虛

**destitute**
['dɛstə,tjut, -,tut]
> 形①缺乏的【of】　②貧窮的
> destitution 名 缺乏；貧困

≪EXERCISE≫

I. 請參考英文字彙，完成中文翻譯。

1. There were no *vacant* seats. 沒有＿＿＿＿＿＿位子了。

2. The city has all *perished* now. 這城市如今已完全＿＿＿＿＿＿。

3. *Shortage* of skilled workers is our main problem.
   我們的主要問題是技術人員的 ＿＿＿＿＿＿。

4. This apple has started to *decay*. 這蘋果開始＿＿＿＿＿＿了。

5. The dog ran past me and *vanished* into the woods.
   那隻狗從我身邊跑過去，而＿＿＿＿＿＿在森林中。

6. The car is unsafe because of a *defect* in the brakes.
   這輛車煞車有＿＿＿＿＿＿所以不安全。

7. There were lots of people with a vitamin *deficiency* during the
   war. 戰爭時很多人＿＿＿＿＿＿維生素。

8. The flowers died from *lack* of water. 這些花由於 ＿＿＿＿＿＿水份而枯萎。

II. 請根據中文，使用本篇字彙完成英文句子。

1. The earthquake caused many buildings to＿＿＿＿＿＿.
   這次地震導致許多建築物倒塌。

2. The drowning man called in＿＿＿＿＿＿for help.
   這個溺水的人呼救，但徒勞無益。

3. He is in＿＿＿＿＿＿circumstances. 他處於貧困中。

4. He had a＿＿＿＿＿＿feeling deep down inside of himself.
   他的內心深處有空虛的感覺。

III. 依下列指示作答。

1. defect 回＿＿＿＿＿＿　　　　2. vacant 图＿＿＿＿＿＿
3. vain 图＿＿＿＿＿＿　　　　　4. deficient 図＿＿＿＿＿＿
5. 挑出重音在第一音節的字：shortage, collapse, decay

解答

I. 1.空著的　2.毀滅　3.不足　4.腐爛　5.消失　6.缺陷　7.缺乏　8.
缺乏　II. 1. collapse　2. vain　3. destitute　4. hollow　III. 1. fault　2.
vacancy　3. vanity　4. sufficient　5. shortage

# H10　昇降・撤退・侵入

| | |
|---|---|
| **tread**<br>〔trɛd〕 | 働①步行（walk）　②踏；踩　tread－trod－trodden/<br>trod　图步伐 |
| **creep**<br>〔krip〕 | 働①爬行；悄悄的移動　②蔓延　creep－crept－crept<br>creepy 圈爬行的；令人毛骨悚然的　比較 crawl〔krɔl〕<br>働爬行；匍匐 |
| **ascend**<br>〔əˈsɛnd〕 | 働①登；攀登　②上升（指地位、物價）　ascent 图攀登；<br>上升；上坡路　ascendant 圈權勢日隆的；上升的 |
| **descend**<br>〔dɪˈsɛnd〕 | 働①降；降落（↔ascend）　②傳下來　descent 图降下；<br>下坡路；血統　descendant 图子孫 |
| **wander**<br>〔ˈwɑndə〕 | 働徘徊；流浪　wandering 圈徘徊的；漂泊的　图漫遊<br>比較 wonder〔ˈwʌn-〕働驚奇；懷疑 |
| **drift**<br>〔drɪft〕 | 働漂流　图漂流；堆積；漂流物<br>→ a policy of drift 放任政策；觀望政策 |
| **circulate**<br>〔ˈsɝkjə͵let〕 | 働①循環　②流傳；傳閱；流通　circle 图圓；團體；<br>界　circuit 图一周；巡迴；回路　circular 圈圓形的<br>circulation 图循環；發行數額；流通 |
| **recede**<br>〔rɪˈsid〕 | 働後退；撤回；變淡；變模糊（指記憶、顏色）<br>recession 图後退；（暫時的）不景氣<br>recess〔rɪˈsɛs,ˈrisɛs〕图深幽處；休息 |
| **retreat**<br>〔rɪˈtrit〕 | 働退却；撤退（↔advance）　图①退却　②隱居 |
| **invade**<br>〔ɪnˈved〕 | 働①侵略；侵犯　②侵害　invasion 图侵入；侵略<br>invasive 圈侵略的 |
| **intrude**<br>〔ɪnˈtrud〕 | 働①闖入；干擾　②強迫他人採納（意見）<br>intrusion 图侵入；強迫他人採納 |
| **penetrate**<br>〔ˈpɛnə͵tret〕 | 働①貫通；了解　②浸透；滲透<br>penetration 图貫通；浸透；洞察力（insight）<br>penetrating 圈有洞察力的；敏銳的 |

─────────────────────── ≪EXERCISE≫ ───────

Ⅰ. 請參考英文字彙，完成中文翻譯。

1. The sun *descended* behind the mountain. 太陽＿＿＿＿＿到山後面。

2. He *wandered* from street to street. 他＿＿＿＿＿在街道上。

3. Many Western customs *penetrated* the cultures of Asia.
   許多西方習俗＿＿＿＿＿到亞洲文化中。

4. We *retreated* from the dangerous place, creeping in fear.
   我們充滿恐懼地由那個危險的地方＿＿＿＿＿。

5. The rumor rapidly *circulated* among the town's people.
   那謠言很快地在鎮民中＿＿＿＿＿。

6. John always *intrudes* on me when I am busy.
   我在忙時，約翰總是來＿＿＿＿＿我。

Ⅱ. 請根據中文，使用本篇字彙完成英文句子。

1. He watched the airplane＿＿＿＿＿higher and higher.
   他注視著飛機漸漸上升。

2. The tide was＿＿＿＿＿. 正在退潮。

3. The man＿＿＿＿＿about in the sea for a few days.
   這個人在海上漂流了幾天。

4. They＿＿＿＿＿the country. 他們侵略這個國家。

5. Do not＿＿＿＿＿on the flower beds. 不要踐踏花壇。

6. She arrived late and＿＿＿＿＿into the concert hall.
   她來遲了因此悄悄地進入音樂會場。

Ⅲ. 依下列指示作答。

1. invade 图＿＿＿＿＿　　　　2. recede 图＿＿＿＿＿
3. circulation 勔＿＿＿＿＿　　4. ascent 囚＿＿＿＿＿
5. 挑出劃線部分發音相異的字： cr<u>ee</u>p, tr<u>ea</u>d, retr<u>ea</u>t

┌─────┐
│ 解答 │
└─────┘
Ⅰ.1.落　2.徘徊　3.滲透　4.撤退　5.流傳　6.干擾　Ⅱ.1. ascend（ing）　2.
receding　3. drifted　4. invaded　5. tread　6. crept　Ⅲ.1. invasion　2.
recession　3. circulate　4. descent　5. tread

# WORD REVIEW

GROUP **H**

| | | | | | |
|---|---|---|---|---|---|
| accident | ☐☐ | dwell | ☐☐ | perpetual | ☐☐ |
| accumulate | ☐☐ | effect | ☐☐ | phenomenon | ☐☐ |
| adhere | ☐☐ | emerge | ☐☐ | precede | ☐☐ |
| advance | ☐☐ | emit | ☐☐ | proceed | ☐☐ |
| affair | ☐☐ | encounter | ☐☐ | progress | ☐☐ |
| ascend | ☐☐ | eternal | ☐☐ | recede | ☐☐ |
| assemble | ☐☐ | everlasting | ☐☐ | remain | ☐☐ |
| attach | ☐☐ | exchange | ☐☐ | replace | ☐☐ |
| attend | ☐☐ | exist | ☐☐ | retreat | ☐☐ |
| bound | ☐☐ | expedition | ☐☐ | reside | ☐☐ |
| burst | ☐☐ | firm | ☐☐ | result | ☐☐ |
| calamity | ☐☐ | focus | ☐☐ | resume | ☐☐ |
| catastrophe | ☐☐ | hollow | ☐☐ | rigid | ☐☐ |
| circulate | ☐☐ | immigrant | ☐☐ | sequence | ☐☐ |
| cling | ☐☐ | import | ☐☐ | settle | ☐☐ |
| cohere | ☐☐ | incessant | ☐☐ | shift | ☐☐ |
| collapse | ☐☐ | incident | ☐☐ | shortage | ☐☐ |
| collect | ☐☐ | infinite | ☐☐ | situation | ☐☐ |
| commence | ☐☐ | inhabit | ☐☐ | source | ☐☐ |
| concentrate | ☐☐ | initiate | ☐☐ | status | ☐☐ |
| connect | ☐☐ | integrate | ☐☐ | stiff | ☐☐ |
| consequence | ☐☐ | intrude | ☐☐ | strain | ☐☐ |
| continue | ☐☐ | invade | ☐☐ | strict | ☐☐ |
| convey | ☐☐ | lack | ☐☐ | subsequent | ☐☐ |
| creep | ☐☐ | launch | ☐☐ | substitute | ☐☐ |
| crisis | ☐☐ | link | ☐☐ | tension | ☐☐ |
| decay | ☐☐ | locate | ☐☐ | transfer | ☐☐ |
| defect | ☐☐ | migrate | ☐☐ | transport | ☐☐ |
| deficiency | ☐☐ | misfortune | ☐☐ | tread | ☐☐ |
| deliver | ☐☐ | occupy | ☐☐ | ultimate | ☐☐ |
| departure | ☐☐ | occur | ☐☐ | uniform | ☐☐ |
| derive | ☐☐ | origin | ☐☐ | unity | ☐☐ |
| descend | ☐☐ | penetrate | ☐☐ | vacant | ☐☐ |
| destitute | ☐☐ | peril | ☐☐ | vain | ☐☐ |
| disaster | ☐☐ | perish | ☐☐ | vanish | ☐☐ |
| drift | ☐☐ | permanent | ☐☐ | wander | ☐☐ |

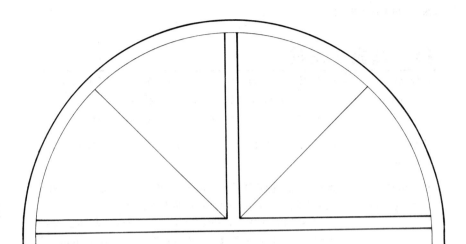

# GROUP

# I

# 情緒

# 11　熱衷・友善

**attract**
〔əˊtrækt〕
　　　　動 **吸引**　attractive 形 引人注意的；嫵媚（動人）的
　　　　attraction 图 吸引（力）；魅力；誘惑物
　　　　〔at-（＝ad-）＋tract（吸引）比較 contract ⇨ p.16〕

**tempt**
〔tɛmpt〕
　　　　動 ①誘惑；**誘使**　②引起（食慾）　temptation 图 誘惑

**fascinate**
〔ˊfæsn̩,et〕
　　　　動 使迷惑；**使着迷**（charm）　fascinating 形 迷人的；
　　　　吸引人的　fascination 图 魅力；着迷
　　　　〔fascin（着魔）＋-ate（v.）〕（attract 表如磁鐵般具
　　　　有吸引力，且暗示被吸引之人也有感應力。fascinate 指如有
　　　　魔力般的吸引人，使人無法抗拒。）

**absorb**
〔əbˊsɔrb〕
　　　　動 ①**吸收**　②佔住（心思、時間）　③熱衷【in】
　　　　absorption 图 吸收

**indulge**
〔ɪnˊdʌldʒ〕
　　　　動 ①**耽於**；熱衷於　②縱容；縱情；遷就【in】
　　　　indulgence 图 沈迷；放縱　indulgent 形 溺愛的；寬大的

**console**
〔kənˊsol〕
　　　　動 **安慰**（comfort, solace）　consolation 图 慰藉

**soothe**
〔suð〕
　　　　動 減輕（痛苦）；**緩和**；使鎮定（calm）；安慰

**amiable**
〔ˊemɪəbl̩〕
　　　　形 **友善的**；溫柔的；親切的　比較 amicable〔ˊæmɪkəbl̩〕
　　　　形 友好的

**popular**
〔ˊpɑpjələ〕
　　　　形 ①**受歡迎的**；流行的【among / with】　②平易的
　　　　③大衆的　popularity 图 名氣；流行

**intimate**
〔ˊɪntəmɪt〕
　　　　形 ①**親密的**；懇切的　②詳細的；深入的　③私人的
　　　　intimacy 图 親密

**favo(u)r**
〔ˊfevə〕
　　　　图 ①偏好　②贊成　③恩寵；寵愛　動 ①**偏愛**　②贊成
　　　　③眷顧；寵愛　favo(u)rable 形 好意的；順利的
　　　　favo(u)rite 图 寵兒
　　　　→ in favor of 贊成；支持

圖 11 熱衷・友善　179

◀《EXERCISE》

I. 請參考英文字彙，完成中文翻譯。

1. He is *absorbed* in music. 他＿＿＿＿＿＿於音樂。

2. The teacher *attracted* the students with his humo(u)r.
這位老師的幽默感＿＿＿＿＿了這些學生。

3. He has an *intimate* knowledge of Chinese history.
他對中國的歷史有＿＿＿＿＿認識。

4. I was *fascinated* by the blue water of the lake.
我對這湖藍色的湖水＿＿＿＿＿。

5. We often *indulge* in self-pity. 我們經常＿＿＿＿＿自憐。

6. The sunshine *tempted* me to go out of the room.
陽光＿＿＿＿＿我走出戶外。

7. She spoke in an *amiable* manner. 她說話時態度很＿＿＿＿＿。

II. 請根據中文，使用本篇字彙完成英文句子。

1. She tried to＿＿＿＿＿the lost child.
她試著安慰那個迷路的孩子。

2. He did all he could to win her＿＿＿＿＿.
他竭盡所能的去贏取她的歡心。

3. She is very＿＿＿＿＿with teenage fans.
她很受十幾歲歌迷的歡迎。

4. The medicine＿＿＿＿＿her headache. 這藥減輕她的頭痛。

III. 依下列指示作答。

1. tempt 图＿＿＿＿＿＿　　2. absorb 图＿＿＿＿＿＿
3. popular 图＿＿＿＿＿＿　　4. indulge 图＿＿＿＿＿＿
5. 挑出重音節母音發音相異的字：favor, amiable, fascinate

解答

I.1.熱衷　2.吸引　3.深入的　4.着迷　5.耽於　6.誘使　7.親切　　II.1.
console　2. favo(u)r　3. popular　4. soothed　　III.1. temptation　2.
absorption　3. popularity　4. indulgent　5. fascinate

# I2　敬佩・讚美・壯麗

**admire**
〔əd'maɪr〕
動 欽佩；稱讚（↔*despise*）　　admirable〔'ædmə-〕
形 可欽佩的　　admiration 图 讚嘆；讚賞（↔*contempt*）

**respect**
〔rɪ'spɛkt〕
動 ①尊敬　②尊重　图①尊敬（regard）　②尊重　③點；
細節　④關聯　→ in respect of〔to〕關於（= with
respect to）　in this respect 就這一點
respectable 形 可尊敬的；高尚的　respectful 形 恭敬的
respective 形 個別的　比較 reverence 图 崇敬；敬意

**praise**
〔prez〕
動 稱讚；讚美（↔*blame*）【for】
praiseworthy 形 值得讚賞的；令人欽佩的

**celebrate**
〔'sɛlə,bret〕
動 ①祝賀；慶祝　②頌揚　celebrated 形 著名的
celebration 图 慶祝

**congratulate**
〔kən'grætʃə-
,let〕
動 向～道賀【人＋on】　congratulation 图 祝賀；【～s】
賀辭；【C-s】恭喜

**applause**
〔ə'plɔz〕
图 鼓掌（歡呼）；讚賞（比較 explode ⇨ p.72）
applaud 動 鼓掌歡呼；喝采

**reputation**
〔,rɛpjə'teʃən〕
图 評判；名聲（fame）　repute 動 評論；認為　图 聲譽

**splendid**
〔'splɛndɪd〕
形 ①壯麗的　②極佳的；絕妙的
splendo(u)r 图 光彩；壯麗；卓越

**marvel(l)ous**
〔'mɑrvləs〕
形 ①令人驚嘆的；奇妙的（wonderful）　②極好的
marvel 图 令人驚異的人（物）　動 驚異

**brilliant**
〔'brɪljənt〕
形 ①輝煌的；燦爛的（比 bright 更強調）　②顯赫的
③鮮艷的　brilliance 图 光澤；卓越

**glorious**
〔'glorɪəs,'glɔr-〕
形 ①光榮的　②壯麗的；堂皇的　glory 图 光榮；壯觀
繁榮　動 讚美

**magnificent**
〔mæg'nɪfəsṇt〕
形 ①壯大的；壯麗的；堂皇的　②偉大的
magnificence 图 壯麗（splendor）；莊嚴
magnify 動 擴大（enlarge）；誇張；讚美
magnification 图 擴大；誇張　magnitude 图 量；規模；重要

─── 《EXERCISE》 ───

I. 請參考英文字彙，完成中文翻譯。

1. He is *respected* by everybody. 他受大家_____。

2. Everybody *praised* him for his courage. 每個人都_____他有勇氣。

3. He received great *applause* at the end of his speech.
他演講完受到熱烈的_____。

4. Mt. Ali is a *marvelous* sight. 阿里山的景觀很_____。

5. We *celebrate* on October the tenth. 我們_____十月十日。

6. It's a *splendid* idea. 這是一個_____主意。

7. The valley has a *magnificent* view. 這山谷看起來很_____。

II. 請根據中文，使用本篇字彙完成英文句子。

1. I_____you on your passing the exam. 我祝賀你考試及格。

2. She was wearing a_____diamond necklace.
她戴著一串燦爛的鑽石項鍊。

3. That bank has a_____for good service.
那家銀行因服務週到而聞名。

4. They_____the scenic view from the hill.
他們稱讚從山上看下去的風景。

5. Our football team won a_____victory.
我們的足球隊贏得一個光榮的勝利。

III. 依下列指示作答。

1. splendid 图_____　　　2. glorious 图_____
3. applause 勔_____　　　4. admire 图_____
5. 挑出重音節母音發音相異的字： celebrate, congratulate, respect

┌解答┐
I.1. 尊敬　2.稱讚　3.鼓掌　4.奇妙　5.慶祝　6.極好的　7.壯麗
II.1. congratulate　2. brilliant　3. reputation　4. admired　5.
glorious　III.1. splendo(u)r　2. glory　3. applaud　4. admiration
5. congratulate

# 13　宗教・崇敬

| | |
|---|---|
| **religion**<br>〔rɪˈlɪdʒən〕 | 图①**宗教**　②信仰　③宗派　religious 厖 宗教的；篤信的<br>（pious）（↔ irreligious 不虔誠的）　比較 secular 世俗的<br>Christianity 基督教　Buddhism 佛教 |
| **worship**<br>〔ˈwɝʃəp〕 | 图①**崇拜**；尊敬【of】　②禮拜　勔①崇敬　②做禮拜<br>比較 warship〔ˈwɔr-〕軍艦 |
| **mercy**<br>〔ˈmɝsɪ〕 | 图①**慈悲**　②恩惠　merciful 厖 慈悲的<br>→ at the mercy of 任～擺佈　for mercy's sake<br>請大發慈悲（＝ for God's sake） |
| **charity**<br>〔ˈtʃærətɪ〕 | 图①**慈善**（行爲）　②寬恕；博愛<br>charitable 厖 慈悲的；寬厚的；慷慨的 |
| **ceremony**<br>〔ˈsɛrəˌmonɪ〕 | 图①儀式；**典禮**　②禮節　ceremonial 厖 儀式的；禮貌的<br>图 儀式　　ceremonious 厖 正式的；隆重的 |
| **rite**<br>〔raɪt〕 | 图①**儀式**；典禮　②習俗　ritual〔ˈrɪtʃʊəl〕<br>图【集】儀式；典禮　厖 儀式的 |
| **sacrifice**<br>〔ˈsækrəˌfaɪs〕 | 图 勔①**奉獻**　②犧牲　sacrificial〔-ˈfɪʃəl〕厖 犧牲的<br>比較 sacred〔ˈsekrɪd〕厖 神聖的；宗教的 |
| **victim**<br>〔ˈvɪktɪm〕 | 图①**犧牲者**；被害者；遇難者　②犧牲（祭品）　③受騙者<br>victimize 勔 使作犧牲；欺騙（cheat） |
| **divine**<br>〔dəˈvaɪn〕 | 厖①**神的**　②神聖的（holy, sacred）　③超人的；非凡的<br>图 神學者　　divinity〔-ˈvɪ-〕图 神性 |
| **pious**<br>〔ˈpaɪəs〕 | 厖①虔敬的；**虔誠的**（↔ impious）　②宗教的（religious）<br>piety〔ˈpaɪə-〕图 虔敬　→ filial piety 孝順 |
| **sublime**<br>〔səˈblaɪm〕 | 厖①崇高的；**卓越的**；雄壯的　②高傲的　勔 提高；淨化<br>sublimity〔-lɪ-〕图 莊嚴；崇高 |
| **solemn**<br>〔ˈsɑləm〕 | 厖①**嚴肅的**；神聖的　②認眞的；鄭重的<br>solemnity 图 嚴肅；儀式 |
| **majestic**<br>〔məˈdʒɛstɪk〕 | 厖 威嚴的；**高貴的**（august）<br>majesty 图 威嚴；【M-】陛下 |
| **dignity**<br>〔ˈdɪgnətɪ〕 | 图①**尊嚴**；威嚴　②高官；要人　dignify 勔 使尊貴 |

──────────────────────────────── 《EXERCISE》 ──

I. 請參考英文字彙，完成中文翻譯。

　1. To err is human, to forgive *divine*. 犯錯是人之常，而寬恕是_____。

　2. She maintained her *dignity* throughout the trial.
　　她在整個審判期間都保持著_____。

　3. People go to church to *worship* God. 人們到教堂去_____上帝。

　4. They made a *solemn* promise never to do so.
　　他們_____承諾永不這麼做。

　5. Queen Elizabeth looked *majestic* in her ceremonial gown.
　　伊麗沙白女王穿上禮袍看起來很_____。

　6. Help was sent to the *victims* of the earthquake.
　　已在援救地震的_____了。

　7. I attended the *rite* of baptism. 我參加洗禮_____。

II. 請根據中文，使用本篇字彙完成英文句子。

　1. Our graduation_____is held in summer.
　　我們的畢業典禮在夏天舉行。

　2. The Christian and Jewish_____are historically related.
　　基督教和猶太教有歷史淵源。

　3. They made great_____to bring up their children.
　　他們為了教養孩子，做了很大的犧牲。

　4. The quality of_____is not strained. 慈悲不可強求。

　5. *Paradise Lost* is _____poetry. 「失樂園」是一部卓越的詩集。

III. 依下列指示作答。

　1. rite 形_____　　　2. religion 形_____
　3. solemn 名_____　　4. dignify 名_____
　5. 挑出重音節母音發音相異的字：sublime, pious, victim, divine

┌─────┐
│ 解答 │
└─────┘

I.1.超凡的　2.威嚴　3.禮拜　4.鄭重的　5.高貴　6.遇難者　7.儀式　II.1.
ceremony　2. religions　3. sacrifice　4. mercy　5. sublime　III. 1. ritual
2. religious　3. solemnity　4. dignity　5. victim

# 14　輕視・荒謬・粗俗

| contempt | 图 **輕視**；侮辱【for】 |
| 〔kən'tɛmpt〕 | contemptuous 厖 輕蔑的；侮慢的【of】 |

| despise | 動 **輕視**；蔑視　[比較] disdain〔dɪs'den〕動 鄙視 |
| 〔dɪ'spaɪz〕 | （despise 指强烈的厭惡。scorn 指憤怒而帶憎惡的輕蔑。 |
| | disdain 是指輕視比自身地位低的人。） |

| scorn | 動 **輕蔑**；瞧不起　图①輕視；不屑（contempt）　②譏諷 |
| 〔skɔrn〕 | scornful 厖 輕蔑的（contemptuous） |

| insult | 動 **侮辱**；侮慢　〔'ɪnsʌlt〕图 侮辱 |
| 〔ɪn'sʌlt〕 | insulting 厖 侮辱的；無禮的 |

| infamous | 厖 **不名譽的**；無恥的　　[比較] famous/famed 厖 著名的 |
| 〔'ɪnfəməs〕 | notorious〔no'torɪəs〕厖 聲名狼籍的　noted 厖 著名的 |

| disgusting | 厖 **令人厭惡的**；令人作嘔的　　disgust 图動 厭惡；嫌惡 |
| 〔dɪs'gʌstɪŋ〕 | |

| corrupt | 厖①**墮落的**；腐敗的　②貪污的　動 墮落；收買 |
| 〔kə'rʌpt〕 | corruption 图 墮落；腐敗；惡化 |

| hideous | 厖① **可怕的**（horrible）；醜惡的（very ugly）　②可憎的 |
| 〔'hɪdɪəs〕 | （disgusting）；令人作嘔的 |

| silly | 厖 **愚蠢的**（foolish）（↔ clever） |
| 〔'sɪlɪ〕 | silliness 图 愚蠢；糊塗 |

| absurd | 厖 **荒謬的**；不合理的（unreasonable）；愚蠢的 |
| 〔əb'sɝd〕 | absurdity 图 愚蠢；荒謬 |

| ridiculous | 厖 **可笑的**（absurd）；荒謬的　　ridicule 图動 嘲弄；譏笑 |
| 〔rɪ'dɪkjələs〕 | |

| rude | 厖①**粗魯的**；不禮貌的（↔ polite, courteous）　②粗陋的 |
| 〔rud〕 | rudeness 图 粗暴；無禮 |

| vulgar | 厖①**粗鄙的**；粗俗的　②流行的；通俗的 |
| 〔'vʌlgɚ〕 | vulgarity 图 粗鄙；【-ties】庸俗的言行 |

| coarse | 厖①**粗糙的**（↔ fine）　②粗俗的　③劣等的 |
| 〔kors, kɔrs〕 | [比較] 同音字 course 图 進行；路程；課程 |

≪EXERCISE≫

Ⅰ. 請參考英文字彙，完成中文翻譯。

1. It is **absurd** to expect a dog to talk.
期望一隻狗會講話是很_____。

2. The student **insulted** the teacher. 這個學生_____那個老師。

3. You may be **despised** for your timidity.
你會因膽怯而受到_____。

4. It's **silly** to go out in the rain if you don't have to.
若非必要，這樣的雨天出去是很_____。

5. She often uses **vulgar** expressions. 她經常用_____措辭。

6. They **scorn** people who are dishonest. 他們_____不誠實的人。

7. That's a **ridiculous** price for a dress. 這衣服開價太_____。

Ⅱ. 請根據中文，使用本篇字彙完成英文句子。

1. He wore a_____woolen garment next to his skin.
他穿一件貼身而粗糙的羊毛袍子。

2. She was_____by the bad influence of her friends.
她受到壞朋友的影響而墮落。

3. Robert was_____for being late. 羅勃特因遲到而聲名狼籍。

4. Rotten meat has a_____smell. 腐壞的肉有一股令人作嘔的味道。

5. He is an_____betrayer. 他是一個無恥的反叛者。

6. We feel_____for a liar. 我們輕視說謊者。

Ⅲ. 依下列指示作答。

1. corrupt 图_____　　2. rude 反_____
3. absurd 图_____
4. 挑出重音在第一音節的字：notorious, infamous, ridiculous

解答

Ⅰ.1.荒謬的　2.侮辱　3.輕視　4.愚蠢的　5.通俗的　6.輕視　7.荒謬
Ⅱ.1. coarse　2. corrupted　3. notorious　4. disgusting / hideous
5. infamous　6. contempt　Ⅲ.1. corruption　2. polite / courteous
3. absurdity　4. infamous

# 15 行爲・態度

**excuse**
〔ɪk'skjuz〕
働 ① 饒恕；**原諒**（pardon, forgive） ②辯解
〔-s〕图 辯解；**藉口**；道歉（apology）

**apologize(-se)**
〔ə'pɑlə,dʒaɪz〕
働 **道歉**；賠罪；辯護　apology 图 賠罪；道歉；辯護

**regret**
〔rɪ'grɛt〕
働 **後悔**；痛惜　图 後悔；遺憾　regrettable 圈 可惜的
regretful 圈 後悔的　→ to one's regret 令人遺憾的

**repent**
〔rɪ'pɛnt〕
働 **後悔【** of 】　repentance 图 後悔【 for 】；悔恨

**behave**
〔bɪ'hev〕
働 ①**行爲**；舉止 ②運轉　behavio(u)r 图 態度；動作

**boast**
〔bost〕
働 **自誇**（brag）；吹噓　图 自誇
boastful 圈 自誇的；誇大的

**flatter**
〔'flætɚ〕
働 ①**奉承**；阿諛 ②慇懃取悅　flattery 图 諂媚
比較 flutter〔'flʌtɚ〕働 擺動；飄動；鼓翼

**sigh**
〔saɪ〕
働 **嘆氣**；悲歎　图 歎息

**envy**
〔'ɛnvɪ〕
働 图 **嫉妒**；羨慕　envious 圈 嫉妒的；羨慕的

**complain**
〔kəm'plen〕
働 不滿；**抱怨**（grumble）【 of / about 】
complaint 图 訴苦（grumble）

**treat**
〔trit〕
働 ①**對待** ②視爲 ③治療　treatment 图 待遇；治療（法）
比較 treaty 图 條約（pact）

**attitude**
〔'ætə,tjud〕
图 ①**態度** ②意見 ③姿勢
→ one's attitude of mind 某人的心態、觀點

**hospitality**
〔,hɑspɪ'tælətɪ〕
图 **款待**；慇懃；**好客**　hospitable 圈 慇懃的；寬容的

**prejudice**
〔'prɛdʒədɪs〕
图 **偏見**；厭惡　働 懷有偏見；傷害
比較 bias〔'baɪəs〕图 偏見；成見

**stereotype**
〔'stɛrɪə,taɪp〕
图 **刻板觀念**；陳腔濫調　働 使定型
stereotyped 圈 型式固定的；老套的

**≪EXERCISE≫**

I. 請參考英文字彙，完成中文翻譯。

1. He **boasted** about his skills. 他＿＿＿＿＿自己的技術。

2. Because of your **hospitality**, we could spend a happy time together.
由於你的＿＿＿＿＿，我們一起玩得很愉快。

3. He **repents** of having led a sinful life.
他＿＿＿＿＿罪惡的度過一生。

4. Don't **treat** us like children. 不要把我們當作小孩子＿＿＿＿＿。

5. All the girls in the class **envy** Jane's dress.
班上所有的女孩都＿＿＿＿＿珍的服裝。

6. He **apologized** to the lady for his rude **attitude**.
他為自己粗魯的＿＿＿＿＿向那位女士＿＿＿＿＿。

7. I **regret** that I did not work harder. 我＿＿＿＿＿我沒有更努力工作。

II. 請根據中文，使用本篇字彙完成英文句子。

1. Many wives＿＿＿＿＿about high prices.
許多主婦抱怨物價太高。

2. I will＿＿＿＿＿you this time. 這次我原諒你。

3. On hearing the news, he＿＿＿＿＿with relief.
聽到這消息，他安心的嘘了一口氣。

4. He is＿＿＿＿＿you. 他是在奉承你。

5. You should be free from＿＿＿＿＿. 你應該拋却成見。

III. 依下列指示作答。

1. apologize 图＿＿＿＿＿＿＿　　2. hospitable 图＿＿＿＿＿＿＿
3. envy 图＿＿＿＿＿＿＿　　4. complain 图＿＿＿＿＿＿＿
5. 挑出重音在第一音節的字：attitude, excuse, repent

┌─────┐
│解答│
└─────┘

I. 1.吹嘘　2.款待　3.後悔　4.對待　5.羨慕　6.態度，道歉　7.後悔
II. 1. complain　2. excuse　3. sighed　4. flattering　5. prejudice
III. 1. apology　2. hospitality　3. envious　4. complaint　5. attitude

# 16 禮貌・美德

**polite**
〔pə'laɪt〕
圈 文雅的；**有禮貌的**（↔ *impolite* 不禮貌的）
politeness 图 有禮；優雅

**courteous**
〔'kɜtɪəs〕
圈 **有禮的**；懇切的；慇懃的（↔ *discourteous* 無禮的）
courtesy 图 禮貌；好意
court〔kort, kɔrt〕图 庭院；宮廷；法庭

**formal**
〔'fɔrml̩〕
圈 ① 形式的；**正式的**（↔ *informal* 非正式的） ② 傳統的
formality 图 拘泥形式；禮儀；正式的手續

**decent**
〔'disn̩t〕
圈 ① 有禮貌的；**端正的**（↔ *indecent*） ② 適合的；體面的
decency 图 端莊；高雅

**sober**
〔'sobə〕
圈 ① 嚴肅的；鎮定的（solemn, serious）
② **清醒的**（↔ *drunk*, *drunken*）

**sincere**
〔sɪn'sɪr〕
圈 ① 誠實的 ② **誠摯的**；篤實的
sincerely 副 誠心誠意地　　sincerity 图 誠實

**obedient**
〔ə'bidɪənt〕
圈 **順從的**（↔ *disobedient*）　　obedience 图 順從
obey 動 順從；服從〔ob-(壓抑)＋ey(＝ hear, audio-)〕
比較 audience 聽衆

**loyal**
〔'lɔɪəl, 'lɔjəl〕
圈 忠實的（faithful）【to】；**忠誠的**（↔ *disloyal*）【to】
loyalty 图 忠誠

**moral**
〔'mɔrəl〕
圈 ① **道德的**（↔ *immoral*） ② 倫理上的（ethical）
③ 精神的（↔ *material*）　　图 ① 教訓 ②【～s】品行
morality 图 道德　　moralize 動 教化　　比較 morale 图 士氣

**humane**
〔hju'men〕
圈 慈悲的；**人道的**　　human 圈 人類的（↔ *divine*）；人性的
（↔ *inhuman*）　　humanity 图 人類（mankind）；人性
humanism 图 人文主義　　humanist 图 人文主義者
比較 humanitarian(ism) 图 人道主義（者）

**virtue**
〔'vɜtʃʊ〕
图 ① **美德**（↔ *vice*） ② 貞操 ③ 長處；效力【of】
virtuous 圈 善良的；貞潔的　　virtual 圈 實質上的
（↔ *nominal* 名義上的）

**conscience**
〔'kɑnʃəns〕
图 **良心**；道德意識；善惡觀念
conscientious〔-ʃɪ'ɛn-〕圈 有良心的；正直的

≪EXERCISE≫

I. 請參考英文字彙，完成中文翻譯。

1. He is *loyal* to his belief. 他＿＿＿＿＿於他的信仰。

2. He is *courteous* to his guest. 他對賓客＿＿＿＿＿。

3. The driver was *sober* when the accident happened.
   這意外事件發生時，司機是＿＿＿＿＿。

4. Can you believe in *humane* treatment of the prisoners？
   你相信以＿＿＿＿＿對待犯人有價值嗎？

5. Everyone has a *conscience*. 每個人都有＿＿＿＿＿。

6. She doesn't have a *decent* dress for the party.
   她沒有＿＿＿＿＿這個宴會的服裝。

7. Patience is one of his many *virtues*. 有耐性是他的＿＿＿＿＿之一。

II. 請根據中文，使用本篇字彙完成英文句子。

1. Are they＿＿＿＿＿in their wish to disarm？
   他們真心想裁軍嗎？

2. Mother always warned us to be＿＿＿＿＿when we visited Uncle.
   母親總是警告我們去看叔叔時要有禮貌。

3. My dog is＿＿＿＿＿. 我的狗很忠心。

4. His action is wrong by＿＿＿＿＿standards.
   依道德標準判斷，他的行為是錯的。

5. All the guests at the wedding wore＿＿＿＿＿clothes.
   這婚禮中所有的客人都穿正式的服裝。

III. 依下列指示作答。

1. courteous 图＿＿＿＿＿　　2. conscience 形＿＿＿＿＿
3. formal 反＿＿＿＿＿　　　4. polite 图＿＿＿＿＿
5. 挑出重音在第一音節的字：humane, decent, sincere

解答

I. 1.忠（實）　2.慇懃有禮　3.清醒的　4.人道　5.良心　6.適合　7.長處
II. 1. sincere　2. polite/courteous　3. loyal　4. moral　5. formal　III. 1.
courtesy　2. conscientious　3. informal　4. politeness　5. decent

# I 7 虛偽・罪惡・恥辱

| | |
|---|---|
| **cheat**<br>〔tʃit〕 | 働 詐欺；**欺騙**（deceive）【 into／out of 】 |
| **deceive**<br>〔dɪ'siv〕 | 働 **欺騙**（cheat，beguile〔bɪ'gaɪl〕）【 into／in 】<br>deceit 图 欺騙；虛偽　　deception 图 欺瞞；詭計<br>deceitful 厖 詐欺的；虛偽的 |
| **humiliate**<br>〔hju'mɪlɪ,et〕 | 働 **屈辱**；使丟臉　　humiliation 图 屈辱<br>humiliating 厖 屈辱的；恥辱的 |
| **betray**<br>〔bɪ'tre〕 | 働 ①**出賣**　②洩漏（秘密）　　betrayal 图 背叛；密告<br>比較 traitor 图 叛國者；反叛者 |
| **pretend**<br>〔prɪ'tɛnd〕 | 働 ①**假裝**；裝作　②自命；自滿　　pretended 厖 假裝的<br>pretense 图 藉口；託辭　　pretension 图 主張；自負；藉口<br>pretentious 厖 自負的；虛偽的　　pretender 图 冒牌者<br>→ under（*the*）pretense of 假藉 |
| **disguise**<br>〔dɪs'gaɪz〕 | 働 ①**偽裝**；假扮　②隱匿（hide）　图 偽裝<br>〔 dis-（= des）+ guise　→ change costume 〕 |
| **wicked**<br>〔'wɪkɪd〕 | 厖 ①**邪惡的**（↔ *virtuous*）　②惡意的　③不愉快的<br>wickedly 副 邪惡地 |
| **foul**<br>〔faʊl〕 | 厖 ①**污穢的**（dirty）（↔ *clean*）；惡臭的<br>②卑鄙的；犯規的（↔ *fair*）　③討厭的　图 髒東西；逆境<br>働 ①弄髒　②使糾纏　③阻礙 |
| **vice**<br>〔vaɪs〕 | 图 ①**罪惡**（↔ *virtue*）　②惡習　③缺點<br>vicious〔'vɪʃəs〕厖 惡意的；邪惡的<br>→ vicious circle 惡性循環 |
| **fault**<br>〔fɔlt〕 | 图 ①**缺點**；缺陷（defect）　②過錯　③罪過；責任<br>比較 false〔fɔls〕厖 錯的；不實的 |
| **mischief**<br>〔'mɪstʃɪf〕 | 图 ①**淘氣**；頑皮　②傷害；**危害**<br>mischievous 厖 有害的；惡作劇的 |
| **shame**<br>〔ʃem〕 | 图 恥辱；**羞愧**　　shameful 厖 可恥的；頑皮的<br>ashamed 厖 羞愧的（↔ proud） |

━━━━━━━━━━━━━━━━━━━━━━━━《EXERCISE》━━━

I. 請參考英文字彙，完成中文翻譯。

　1. He was *disguised* as a policeman. 他_____警察。

　2. I felt *humiliated* by my failure. 我對我的失敗感到_____。

　3. Your only *fault* is that you won't do what you're told.
　　你唯一的_____是你不按照被吩咐的去做。

　4. He *cheated* her into believing it was true.
　　他_____她，使她信以為眞。

　5. Lying, *betrayal* and cruelty are *vices*.
　　說謊、_____和殘暴都是_____。

　6. The spy *deceived* his enemies and collected all the information.
　　這個間諜_____他的敵人，並收集了所有的情報。

　7. It's *wicked* of them to say such things.
　　他們竟說出這種話，眞是_____。

II. 請根據中文，使用本篇字彙完成英文句子。

　1. The_____of modern civilization is human alienation.
　　現代文明的缺點是人與人疏遠了。

　2. She_____to be ill. 她裝病。

　3. He_____us. 他出賣我們。

　4. My cat always seems to get into_____.
　　我的貓似乎總是惡作劇。

　5. There is a_____smell in the backyard. 後院有惡臭味。

III. 依下列指示作答。

　1. virtue 反_____　　　2. betray 名_____
　3. mischief 形_____　　　4. deceive 名_____
　5. 挑出重音節母音發音相異的字：wicked, humiliate, disguise

┌解答┐────────────────────────
I. 1.假扮　2.恥辱　3.缺點　4.欺騙　5.背叛，惡行　6.欺騙　7.邪惡
II. 1. vice / fault　2. pretended　3. betrayed　4. mischief　5. foul
III. 1. vice　2. betrayal　3. mischievous　4. deceit / deception　5. disguise

# 18　個性・性情

| | |
|---|---|
| **generous**<br>〔ˈdʒɛnərəs〕 | 形①慷慨的；高尚的（↔*mean*）　②寬大的；寬容的<br>generosity 图慷慨的；寬大的 |
| **stubborn**<br>〔ˈstʌbən〕 | 形①**頑固的**；固執的（obstinate）　②堅定的；不屈不撓的 |
| **sullen**<br>〔ˈsʌlɪn, -ən〕 | 形①悶悶不樂的；**慍怒的**　②陰沉的（gloomy） |
| **nervous**<br>〔ˈnɜvəs〕 | 形①神經的　②**神經質的**　③焦慮不安的<br>nerve 图神經；【～s】神經質；勇氣 |
| **optimistic**<br>〔ˌɑptəˈmɪstɪk〕 | 形**樂觀的**；樂天的（↔*pessimistic*）　optimism 图樂觀<br>（↔*pessimism* 悲觀） |
| **modest**<br>〔ˈmɑdɪst〕 | 形①謙虛的（humble）（↔*proud*）　②端莊的　③適度的<br>（moderate）（↔*excessive*）　modesty 图謙虛 |
| **prudent**<br>〔ˈprudn̩t〕 | 形小心的；**慎重的**（careful）（↔*imprudent*）<br>prudence 图謹慎 |
| **cautious**<br>〔ˈkɔʃəs〕 | 形**小心的**；謹慎的（prudent）（↔*reckless*）<br>caution 图小心；警告　動警告（warn） |
| **alert**<br>〔əˈlɜt〕 | 形①留心的；**敏捷的**　②機警的 |
| **indifferent**<br>〔ɪnˈdɪfərənt〕 | 形①**漠不關心的**【to】（↔*ardent*）；不感興趣的　②平凡的<br>indifference 图不關心；不重要 |
| **passive**<br>〔ˈpæsɪv〕 | 形①**被動的**；消極的（↔*active*）　②【文法】被動的<br>（↔*active*） |
| **timid**<br>〔ˈtɪmɪd〕 | 形**膽小的**；懦弱的；膽怯的　timidity 图膽怯；懦弱的 |
| **cowardly**<br>〔ˈkaʊədlɪ〕 | 形膽小的；**懦弱的**（↔*brave*）　coward 图懦夫<br>cowardice（＝cowardliness）图膽小；懦弱 |
| **courageous**<br>〔kəˈredʒəs〕 | 形有膽量的；**勇敢的**　courage 图勇氣（bravery） |
| **awkward**<br>〔ˈɔkwəd〕 | 形①**笨拙的**；笨手笨腳的（clumsy）（↔*skilled*）<br>②令人困惑的；麻煩的 |

《EXERCISE》

I . 請參考英文字彙，完成中文翻譯。

1. You are too *optimistic* of your future. 你對你的前途太_____。

2. She used to trust everyone but she's more *cautious* now.
   她過去常輕信別人，但現在比較_____了。

3. He is *awkward* in his gait. 他的步態很_____。

4. *Modesty* is a virtue. _____是一種美德。

5. They fought their enemies with *stubborn courage*.
   他們以_____和敵人作戰。

6. That boy became *sullen* when he was scolded.
   那男孩被責罵而變得_____。

7. She always gives you a *prudent* answer. 她的答覆總是很_____。

II . 請根據中文，使用本篇字彙完成英文句子。

1. The police were_____to the matter. 警方對這件事漠不關心。

2. He was very_____in his treatment of the captives.
   他對待俘虜非常地寬大。

3. He has an_____mind. 他很機警。

4. Overworking often makes a person_____.
   工作過度常使人變得焦慮不安。

5. He is too much of a_____to do such a thing.
   他太懦弱了，不足以做這種事。

6. He is as_____as a rabbit. 他非常膽小。

III . 依下列指示作答。

1. cautious 图_____　　2. generous 图_____
3. passive 反_____　　4. optimistic 反_____

解答

I . 1.樂觀　 2.謹愼　 3.笨拙　 4.謙虛　 5.堅定的勇氣　 6.悶悶不樂
7.愼重的　 II . 1. indifferent　 2. generous　 3. alert　 4. nervous
5. coward　 6. timid　 III . 1. caution　 2. generosity　 3. active
4. pessimistic

# 19 喜怒哀樂

| | |
|---|---|
| **rejoice**<br>〔rɪˈdʒɔɪs〕 | 働 喜悅；高興（be glad, be pleased）；慶祝<br>rejoicing 图 歡喜；歡呼；高興 |
| **entertain**<br>〔ˌɛntɚˈten〕 | 働 ①使～娛樂；使～快樂　②款待；招待<br>entertainment 图 娛樂 |
| **amusement**<br>〔əˈmjuzmənt〕 | 图 ①樂事　②娛樂；消遣　　amuse 働 使快樂；消遣 |
| **pleasant**<br>〔ˈplɛznt〕 | 形 愉快的；可愛的；友善的　　pleasing〔ˈpli-〕形 愉快的<br>please 働 使高興　　pleased 形 滿足的；欣喜的【at/with】<br>pleasure〔ˈplɛʒɚ〕图 樂趣；愉快 |
| **grateful**<br>〔ˈgretfəl〕 | 形 ①感謝的；致謝的　②舒適的；令人愉快的<br>gratitude 图 感謝；感激　　比較 gratify 働 使～滿足 |
| **satisfactory**<br>〔ˌsætɪsˈfæktərɪ〕 | 形 滿足的；令人滿意的　　satisfy 働 使滿足；滿意【with】<br>⇨ p.86　　satisfaction 图 滿足 |
| **comfortable**<br>〔ˈkʌmfɚtəbḷ〕 | 形 安逸的；**舒適的**（↔ uncomfortable）<br>comfort 图 安慰；安樂；舒適　働 安慰；鼓舞 |
| **resent**<br>〔rɪˈzɛnt〕 | 働 憤慨；**厭惡**；憎惡　　resentment 图 憤慨；怨恨 |
| **rage**<br>〔redʒ〕 | 图 ①**激怒**　②猛烈　働 激怒 |
| **furious**<br>〔ˈfjʊrɪəs〕 | 形 **暴怒的**；狂暴的（fierce）【with / at】　　fury 图 激怒 |
| **sorrow**<br>〔ˈsɑro〕 | 图 悲哀；憂愁；悲痛（grief）（↔ joy）（指離別、失望等帶<br>來長期的精神痛苦）　　sorrowful 形 悲哀的；憂愁的 |
| **grief**<br>〔grif〕 | 图 悲傷（指不幸、災難所引起短暫的激烈苦楚）<br>grieve 働 使～悲傷　　grievous 形 可悲的 |
| **wretched**<br>〔ˈrɛtʃɪd〕 | 形 ①可憐的；不幸的（miserable）　②惡劣的；**卑鄙的**<br>wretch 图 不幸的人；卑鄙的人 |
| **misery**<br>〔ˈmɪzərɪ〕 | 图 痛苦；**悲慘**；窮困；不幸<br>miserable 形 悲慘的；可憐的 |

《EXERCISE》

Ⅰ. 請參考英文字彙，完成中文翻譯。

1. He *resents* unfavorable criticism against his book.

他＿＿＿＿＿＿別人對他的書有不好的批評。

2. I was nearly driven mad by *grief*. 我＿＿＿＿＿得幾乎要發瘋了。

3. He *entertained* us with all kinds of delicacies.

他以各種佳餚＿＿＿＿＿我們。

4. He was *furious* with me. 他對我＿＿＿＿＿。

5. There was a *pleasant* breeze blowing from the south.

從南方吹來一陣令人＿＿＿＿＿和風。

6. He has suffered untold *misery*. 他受到不可言喻的＿＿＿＿＿。

Ⅱ. 請根據中文，使用本篇字彙完成英文句子。

1. I＿＿＿＿＿to hear your success. 聽到你成功了我很高興。

2. His lecture was＿＿＿＿＿to me. 我很滿意他的演說。

3. You smile but in your eyes your＿＿＿＿＿shows.

你雖然在笑，但你的眼睛顯出憂愁。

4. He flew into a＿＿＿＿＿. 他勃然大怒。

5. He lives a＿＿＿＿＿life. 他過著舒適的生活。

6. I am＿＿＿＿＿to you for your help. 我很感謝你的幫忙。

Ⅲ. 依下列指示作答。

1. pleasant 反＿＿＿＿＿＿　　　2. satisfactory 反＿＿＿＿＿＿

3. misery 形＿＿＿＿＿＿　　　　4. sorrow 反＿＿＿＿＿＿

5. 挑出劃線部分發音相異的字：rejoice, grief, resent

解答

Ⅰ. 1.憎惡　2.悲傷　3.款待　4.動怒　5.愉快的　6.痛苦　Ⅱ. 1. rejoice

2. satisfactory　3. sorrow　4. rage　5. comfortable　6. grateful

Ⅲ. 1. pleasure　2. satisfaction　3. miserable　4. joy　5. grief

# I 10　感情・感傷

**sentiment**
〔'sɛntəmənt〕
图①情操　②想法；意向　③情緒；感情　④**感傷**；多愁善感
sentimental 圈 感情的；感傷的

**emotion**
〔ɪ'moʃən〕
图①**情緒**　②感情
emotional 圈 情感的；易受感動的

**passion**
〔'pæʃən〕
图①**激情**；熱情　②熱愛　③激怒
passionate 圈 易怒的；熱烈的；熱情的

**instinct**
〔'ɪnstɪŋkt〕
图①**本能**；本性　②天賦才能【for】
〔ɪn'stɪŋkt〕圈 充滿的【with】　　instinctive 圈 本能的；
天生的　比較 intuition〔,ɪntjʊ'ɪʃən〕图 直觀；直覺

**impulse**
〔'ɪmpʌls〕
图 衝動；刺激；推進力　　impulsive 圈 衝動的；推進的

**temper**
〔'tɛmpɚ〕
图①**脾氣**；性急　②氣質；心情（mood）　③平靜；沉著
圑 調節；鍛鍊　temperament 图氣質　temperate〔-rɪt〕
圈 有節制的；溫和的　→ to lose one's temper 發怒
比較 humo(u)r〔'hjumɚ, 'ju-〕图幽默；氣質　圑 縱容；遷就

**spirit**
〔'spɪrɪt〕
图①靈魂　②精神；**心靈**（↔body, flesh, matter）
③熱誠；氣魄　④活躍人物　圑①鼓舞　②誘拐
spiritual 圈 精神的（↔material, physical）；宗教上的
spirited 圈 活潑的；精神飽滿的

**enthusiastic**
〔ɪn,θjuzɪ'æstɪk〕
圈 **狂熱的**；熱烈的　　enthusiasm 图 狂熱；熱心

**zealous**
〔'zɛləs〕
圈 熱心的；**熱情的**（ardent）
zeal 图熱心（ardo(u)r）；熱衷

**sympathy**
〔'sɪmpəθɪ〕
图①**同情**；憐憫　②贊成　③共鳴（↔antipathy）
sympathetic 圈 富同情心的；贊成的【to】
sympathize 圑 同情；共鳴【with】　比較 pity 图憐憫；
【a～】憾事　compassion 图 同情；憐憫〔sym-（共同的）＋
pathy（感覺）〕

**pathetic**
〔pə'θɛtɪk〕
圈 感傷的；悲傷的（sad）；**可憐的**
pathos〔'peθɑs〕图悲哀；哀愁

《EXERCISE》

I. 請參考英文字彙，完成中文翻譯。

1. He won **enthusiastic** support from young people.

 他受到年輕人＿＿＿＿＿＿支持。

2. Tom is more moved by **impulse** than by reason.

 湯姆的舉動＿＿＿＿＿多於理性。

3. **Sentiment** should be controlled by reason.

 要以理智來控制＿＿＿＿＿＿。

4. They could not hide the **passion** that they felt for each other.

 他們無法隱藏對彼此的＿＿＿＿＿＿。

5. He felt **sympathy** for her sufferings.

 他很＿＿＿＿＿她的遭遇。

II. 請根據中文，使用本篇字彙完成英文句子。

1. He loses his＿＿＿＿＿＿easily. 他很容易發怒。

2. Man is a creature of＿＿＿＿＿＿. 人是有感情的動物。

3. She was a＿＿＿＿＿movie fan. 她是一個熱情的影迷。

4. Our great leader was dead, but his＿＿＿＿＿still lives on.

 我們偉大的領導者雖死，但他的精神永存人心。

5. Birds have a homing＿＿＿＿＿. 鳥類有回巢的本能。

6. The lost dog looked so＿＿＿＿＿that we took him home.

 這走失的狗看起來那麼可憐，因此我們送它回家。

III. 依下列指示作答。

 1. passion 形＿＿＿＿＿＿＿　　　2. pathetic 名＿＿＿＿＿＿＿

 3. zealous 名＿＿＿＿＿＿＿　　　4. instinct 形＿＿＿＿＿＿＿

 5. 挑出重音節母音發音相異的字：sympathy, impulse, enthusiastic

┌解答┐

I. 1.狂熱的　2.衝動　3.感情　4.熱愛　5.同情　II. 1. temper　2. emotion　3. zealous／enthusiastic　4. spirit　5. instinct　6. pathetic

III. 1. passionate　2. pathos　3. zeal　4. instinctive　5. enthusiastic

# WORD   REVIEW

| absorb | ☐☐ | fault | ☐☐ | prudent | ☐☐ |
|---|---|---|---|---|---|
| absurd | ☐☐ | favo(u)r | ☐☐ | rage | ☐☐ |
| admire | ☐☐ | flatter | ☐☐ | regret | ☐☐ |
| alert | ☐☐ | formal | ☐☐ | rejoice | ☐☐ |
| amiable | ☐☐ | foul | ☐☐ | religion | ☐☐ |
| amusement | ☐☐ | furious | ☐☐ | repent | ☐☐ |
| apologize(-se) | ☐☐ | generous | ☐☐ | reputation | ☐☐ |
| applause | ☐☐ | glorious | ☐☐ | resent | ☐☐ |
| attitude | ☐☐ | grateful | ☐☐ | respect | ☐☐ |
| attract | ☐☐ | grief | ☐☐ | ridiculous | ☐☐ |
| awkward | ☐☐ | hideous | ☐☐ | rite | ☐☐ |
| behave | ☐☐ | hospitality | ☐☐ | rude | ☐☐ |
| betray | ☐☐ | humane | ☐☐ | sacrifice | ☐☐ |
| boast | ☐☐ | humiliate | ☐☐ | satisfactory | ☐☐ |
| brilliant | ☐☐ | impulse | ☐☐ | scorn | ☐☐ |
| cautious | ☐☐ | indifferent | ☐☐ | sentiment | ☐☐ |
| celebrate | ☐☐ | indulge | ☐☐ | shame | ☐☐ |
| ceremony | ☐☐ | infamous | ☐☐ | sigh | ☐☐ |
| charity | ☐☐ | instinct | ☐☐ | silly | ☐☐ |
| cheat | ☐☐ | insult | ☐☐ | sincere | ☐☐ |
| coarse | ☐☐ | intimate | ☐☐ | sober | ☐☐ |
| comfortable | ☐☐ | loyal | ☐☐ | solemn | ☐☐ |
| complain | ☐☐ | magnificent | ☐☐ | soothe | ☐☐ |
| congratulate | ☐☐ | majestic | ☐☐ | sorrow | ☐☐ |
| conscience | ☐☐ | marvel(l)ous | ☐☐ | spirit | ☐☐ |
| console | ☐☐ | mercy | ☐☐ | splendid | ☐☐ |
| contempt | ☐☐ | mischief | ☐☐ | stereotype | ☐☐ |
| corrupt | ☐☐ | misery | ☐☐ | stubborn | ☐☐ |
| courageous | ☐☐ | modest | ☐☐ | sublime | ☐☐ |
| courteous | ☐☐ | moral | ☐☐ | sullen | ☐☐ |
| cowardly | ☐☐ | nervous | ☐☐ | sympathy | ☐☐ |
| decent | ☐☐ | obedient | ☐☐ | temper | ☐☐ |
| deceive | ☐☐ | optimistic | ☐☐ | tempt | ☐☐ |
| despise | ☐☐ | passion | ☐☐ | timid | ☐☐ |
| dignity | ☐☐ | passive | ☐☐ | treat | ☐☐ |
| disguise | ☐☐ | pathetic | ☐☐ | vice | ☐☐ |
| disgusting | ☐☐ | pious | ☐☐ | victim | ☐☐ |
| divine | ☐☐ | pleasant | ☐☐ | virtue | ☐☐ |
| emotion | ☐☐ | polite | ☐☐ | vulgar | ☐☐ |
| entertain | ☐☐ | popular | ☐☐ | wicked | ☐☐ |
| enthusiastic | ☐☐ | praise | ☐☐ | worship | ☐☐ |
| envy | ☐☐ | prejudice | ☐☐ | wretched | ☐☐ |
| excuse | ☐☐ | pretend | ☐☐ | zealous | ☐☐ |
| fascinate | ☐☐ | | | | |

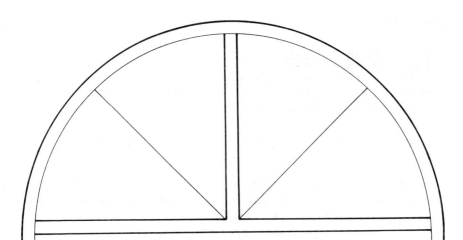

# GROUP

# J

# 經濟／社會／政治

# J1　金錢・財富

**income**
〔'ɪnˌkʌm,
'ɪŋˌkʌm〕

圏**收入**；所得（↔ *outgo* , *expense* , *expenditure*）
比較 outcome 結果

**wage**
〔wedʒ〕

圏【～s】**工資**（　比較　pay 指一般的俸給，尤指軍人的。salary
指專門職業的固定薪俸。fee 指對醫生等的謝禮。）

**expense**
〔ɪk'spɛns〕

圏①支出；**費用**（expenditure）　②【～s】經費
→ at the expense of 以～爲代價　expensive 圏昂貴的；
費用龐大的（costly , dear）（↔ *cheap* , *inexpensive*）
expenditure 圏支出；費用；經費（expenses）
expend 颿花費（一般用 spend）

**bill**
〔bɪl〕

圏①起訴書　②【美】紙幣（【英】note）　③法案
④收款通知單；**帳單**

**fare**
〔fɛr〕

圏①票價（freight）　②乘客　③榮餚　④演變；命運
→ good〔coarse〕fare 美（粗）食

**wealth**
〔wɛlθ〕

圏**財富**；財產（riches）　wealthy 圏富裕的；豐富的

**poverty**
〔'pɑvətɪ〕

圏①貧窮　②缺乏；貧瘠　poor 圏貧窮的（↔ *rich*）；
貧乏的；可憐的

**luxury**
〔'lʌkʃərɪ〕

圏奢侈（品）　luxurious〔lʌg'ʒʊrɪəs,lʌk'ʃʊr-〕圏繁華的；
奢侈的　luxuriant〔lʌg'ʒʊrɪənt,lʌk'ʃʊr-〕圏繁茂的；豐富的

**treasure**
〔'trɛʒɚ〕

圏**財寶**；寶物　treasury 圏寶庫
treasurer 圏會計；財務

**extravagant**
〔ɪk'strævəgənt〕

圏浪費的；**奢侈的**（wasteful）（↔ *thrifty* , *economic*）
extravagance 圏浪費
〔extra-（超過）+ vag（徘徊）+ -ant（*adj.*）〕

**waste**
〔west〕

颿①浪費　②使荒廢　圏①浪費　②荒野　③廢物
圏①荒蕪的　②廢棄的　wasteful 圏浪費的；不經濟的

**reward**
〔rɪ'wɔrd〕

圏①報酬　②賞金（↔ *forfeit*）　颿報答；酬謝
比較 award 颿授與　圏獎（品）（prize）

**debt**
〔dɛt〕

圏①借款；**債務**　②情義；恩義（obligation）
debtor〔'dɛtɚ〕圏債務人；借方（↔ *creditor*）

──《EXERCISE》──

I. 請參考英文字彙，完成中文翻譯。

1. The nuclear ship was built at a considerable *expense*.
   這艘核子動力船是以相當可觀的＿＿＿＿＿建造的。

2. She received the electricity *bill* today. 她今天收到電費＿＿＿＿＿。

3. Try to live within your *income*. 試著量＿＿＿＿＿為出。

4. His *wages* were $ 15,000 a month. 他的＿＿＿＿＿是每月一萬五。

5. Don't *waste* your time and money. 不要＿＿＿＿＿你的時間與金錢。

6. We were looking for buried *treasure*. 我們在尋找埋藏的＿＿＿＿＿。

7. They used to live in *luxury*. 他們從前過得很＿＿＿＿＿。

II. 請根據中文，使用本篇字彙完成英文句子。

1. ＿＿＿＿＿prevented him from continuing his study.
   貧窮使他不能繼續學業。

2. She got nothing in＿＿＿＿＿for her kindness.
   她好心沒有好報。

3. How much is the＿＿＿＿＿on the bus? 公車票價多少？

4. Our＿＿＿＿＿is more than we can pay. 我們無法償還債務。

5. He is a man of great＿＿＿＿＿. 他是大富翁。

6. This diamond ring is too＿＿＿＿＿for me.
   這鑽戒對我來說太奢侈。

III. 依下列指示作答。

1. wealth 形＿＿＿＿＿　　　2. expense 動＿＿＿＿＿
3. luxury 形＿＿＿＿＿
4. 挑出重音節母音發音相異的字：treasure, extravagant, debtor

┌解答┐
I. 1.費用　2.付款通知單　3.(收)入　4.工資　5.浪費　6.寶物　7.奢侈
II. 1. Poverty　2. reward　3. fare　4. debt　5. wealth　6.extravagant /
luxurious　III. 1.wealthy　2. expend　3. luxurious/luxuriant　4. extravagant

# J2 職業・工作

| | |
|---|---|
| **profession**<br>〔prə'fɛʃən〕 | 图①專業;(the 〜)同業;同行　②職業(occupation)<br>③宣布;表白　profess 囫 聲明;宣稱<br>professional 囮 職業的;專業的　图專家(↔*amateur*)<br>professor 图 教授　→ by profession 以〜爲職業 |
| **career**<br>〔kə'rɪr〕 | 图①經歷;生涯　②職業(profession) |
| **secretary**<br>〔'sɛkrə,tɛrɪ〕 | 图①秘書　②書記官　③【S-】部長;大臣<br>secret 图囮 秘密(的)　secrecy 图 秘密 |
| **clerk**<br>〔klɝk〕 | 图①職員　②書記　③店員(= salesclerk,【英】<br>assistant 或 shop assistant) |
| **appoint**<br>〔ə'pɔɪnt〕 | 囫①任命;指名　②指定　appointment 图 約會;任命 |
| **assign**<br>〔ə'saɪn〕 | 囫①分派　②指定　③任命<br>assignment 图 任務;指定作業 |
| **employ**<br>〔ɪm'plɔɪ〕 | 囫①雇用(hire)　②使用(use)　employment 图雇用<br>(↔*unemployment* 失業狀態)　employee 图 職員;員工<br>employer 图 雇主;老板 |
| **hire**<br>〔haɪr〕 | 囫①雇;雇用　②出租　(rent 指在一定時間租用房屋等,<br>hire 指付錢而得到某物的 使用權。) |
| **engage**<br>〔ɪn'gedʒ〕 | 囫①雇用　②從事【in】　③佔用(時間)<br>engagement 图 約會;契約　engaging 囮 迷人的;可愛的<br>→ engage oneself to ＋V 答應〜 |
| **dismiss**<br>〔dɪs'mɪs〕 | 囫①使退去　②解雇　③開除　dismissal 图 解雇<br>〔dis-(向),miss = mit(推辭)〕 |
| **retire**<br>〔rɪ'taɪr〕 | 囫①退休;退職　②告退　③就寢<br>retirement 图 引退;退隱 |
| **resign**<br>〔rɪ'zaɪn〕 | 囫①辭職;辭退　②放棄;捨棄　resignation 图辭職;辭呈 |
| **quit**<br>〔kwɪt〕 | 囫①離開　②停止　③清償;報答　quit-quit(ted)-quit(ted) |

≪EXERCISE≫

Ⅰ. 請參考英文字彙，完成中文翻譯。

1. They **appointed** him to be governor. 他們_____他為總督。

2. She **quit** me in anger. 她憤然_____我。

3. Father **resigned** from his position for a better one.
父親找到一個更好的職位而_____原先的職位。

4. He is **employed** in a bank. 他_____於一家銀行。

5. The children were **assigned** to sweep the room.
這些孩子被_____去打掃那房間。

6. Grandfather has **retired** because he is getting old.
祖父因年紀大而_____。

7. He made law his life **career**. 他以律師為終生_____。

Ⅱ. 請根據中文，使用本篇字彙完成英文句子。

1. We_____a boat by the hour. 我們雇這條船以鐘點計。

2. He is a lawyer by_____. 他的職業是律師。

3. His_____greeted me. 他的秘書來迎接我。

4. He _____the employee. 他開除這職員。

5. The store needs more_____to wait on customers.
這商店需要更多的店員來招待顧客。

6. My father is_____in foreign trade.
我父親從事國際貿易。

Ⅲ. 依下列指示作答。

1. appoint 图_____　　　2. dismiss 图_____
3. employer 反_____　　　4. assign 图_____
5. 挑出劃線部分發音相異的字：qu<u>i</u>t, ret<u>i</u>re, res<u>i</u>gn

┌解答┐

Ⅰ.1.任命　2.離開　3.辭去　4.受雇　5.分派　6.退休　7.職業　Ⅱ.1. hired
2. profession　3. secretary　4. dismissed　5. clerks　6. engaged　Ⅲ.1.
appointment　2. dismissal　3. employee　4. assignment　5. quit

# J3　買賣・交易

**purchase**
〔ˈpɝtʃəs, -ɪs〕
　　　　　　　　　　動①獲得　②**購買**；買（buy）　名買進
　　　　　　　　　　purchaser 名購買者；買方

**invest**
〔ɪnˈvɛst〕
　　　　　　　　　　動**投資**　investor 名投資者
　　　　　　　　　　investment 名投資；投資額

**consume**
〔kənˈsum,
-ˈsjum〕
　　　　　　　　　　動①**消費**（↔ *produce*）　②消耗　consumption 名消費
　　　　　　　　　　（↔ *production*）　consumer 名消費者（↔ *producer*）
　　　　　　　　　　〔con-(完全地)＋sume(取)　比較 assume, presume ⇨ p.32〕

**register**
〔ˈrɛdʒɪstɚ〕
　　　　　　　　　　動①**登記**　②指示　③註冊　名紀錄簿；收銀機
　　　　　　　　　　registration 名記入；登記；掛號（＝ registered mail）

**deal**
〔dil〕
　　　　　　　　　　動①**交易**；經營【in】　②辦理；**處理【with】**　③分配
　　　　　　　　　　deal - dealt - dealt　名交易；協定　dealer 名商人
　　　　　　　　　　dealings 名交際；交易
　　　　　　　　　　→ a great〔good〕deal（*of*）很多（的）

**agent**
〔ˈedʒənt〕
　　　　　　　　　　名①**代理人（店）**　②（化學的）藥劑
　　　　　　　　　　agency 名代理店；政府機構；媒介；作用

**resource**
〔rɪˈsors, ˈrisors〕
　　　　　　　　　　名①【～s】**資源**；財源　②手段；機智；才略
　　　　　　　　　　resourceful 形 富於想像的；財源豐饒的

**commodity**
〔kəˈmɑdətɪ〕
　　　　　　　　　　名①**日用品**　②商品（goods）　③必需品（necessities）
　　　　　　　　　　→ prices of commodities 物價

**stock**
〔stɑk〕
　　　　　　　　　　名①庫存；**積蓄**　②家系；種族　③股份（share）
　　　　　　　　　　動 採購；積蓄

**load**
〔lod〕
　　　　　　　　　　名①**負載**　②負荷；重擔　動①裝載　②裝填

**burden**
〔ˈbɝdn̩〕
　　　　　　　　　　名①**負荷**　②義務；負擔　③苦惱　動 使負重擔
　　　　　　　　　　burdensome 形 累贅的；艱難的【to】

**freight**
〔fret〕
　　　　　　　　　　名①**普通運輸**（比較 express 特快運輸）
　　　　　　　　　　②貨物運輸　比較 cargo 貨物

**traffic**
〔ˈtræfɪk〕
　　　　　　　　　　名①**交通（量）**　②來往　比較 transportation 輸送

《EXERCISE》

Ⅰ. 請參考英文字彙，完成中文翻譯。

1. The *load* of his work was too great for him. 他的工作＿＿＿＿太重了。

2. We will *purchase* a new car next week. 下星期我們將＿＿＿＿一輛新車。

3. The aircraft company *deals* in *freight* only.
　這個航空公司只＿＿＿＿　＿＿＿＿。

4. He *invested* ＄200,000 in a growing business.
　他在一新興的行業中＿＿＿＿了二十萬。

5. Salt was a rare and costly *commodity* in ancient times.
　鹽在古代是稀少而昂貴的＿＿＿＿。

6. Supporting his family was a great *burden* for him.
　維持家計對他是一個大的＿＿＿＿。

7. His old car *consumed* much gasoline. 他的舊車＿＿＿＿油很兇。

Ⅱ. 請根據中文，使用本篇字彙完成英文句子。

1. This chemical＿＿＿＿is used to make paper white.
　這種化學藥劑是用來漂白紙張的。

2. The thermometer＿＿＿＿minus ten last night.
　昨晚溫度計指著零下十度。

3. ＿＿＿＿is busy here. 這裏交通很擁擠。

4. We are their sole＿＿＿＿. 我們是他們的獨家代理店。

5. Japan is poor in natural＿＿＿＿. 日本的天然資源貧乏。

Ⅲ. 依下列指示作答。

1. consume 图＿＿＿＿　　　　2. resource 形＿＿＿＿
3. deal 動詞變化＿＿＿＿　　　4. invest 图＿＿＿＿
5. 挑出重音在第二音節的字：register, commodity, purchase

解答

Ⅰ.1. 負擔　2. 買　3. 經營，貨物運輸　4. 投資　5. 必需品　6. 負擔　7. 耗
Ⅱ.1. agent　2. registered　3. Traffic　4. agent　5. resources　Ⅲ.1.
consumption　2. resourceful　3. dealt-dealt　4. investment　5. com-
modity

# J4　經濟・財政

**economy**
〔ɪ'kɑnəmɪ , i-〕
图①**經濟**；財政　②節約　　economic 圈 經濟的；經濟學的
economical 圈 節約的；經濟的　　economics 图 經濟學
economist 图 經濟學者〔 eco（家庭的）＋-nomy（管理）〕

**merchandise**
〔'mɝtʃən͵daɪz〕
图【集】**商品**（ goods ）　　比較 merchant 图 商人

**retail**
〔'ritel 〕
图 **零售**（↔ wholesale 批發 ）

**client**
〔'klaɪənt〕
图①**訴訟委託人**；當事人　②顧客（ customer ）

**commerce**
〔'kɑmɝs〕
图 **商業**；貿易；經商　　commercial 圈 商業的；貿易的
commercialism 图 重商主義；營利主義

**trade**
〔 tred 〕
图②**貿易**；商業　②職業；工匠　　働①做買賣；做生意
【 in 】　②貿易；交易【 with 】

**tax**
〔tæks〕
图①**稅**（金）　②【 a～】重擔　働①課稅　②使負重擔
taxation 图 課稅　　比較 tariff 图 關稅（率、表）　働 課關稅
duty 图 義務；任務；關稅

**insurance**
〔ɪn'ʃʊrəns〕
图 **保險**；保險金　　insure 働 保證；保險

**instal(l)ment**
〔ɪn'stɔlmənt〕
图①**分期付款**　②一回；一冊　　install 働 安裝；設備；
就任　　installation 图 裝置；設備

**fund**
〔 fʌnd 〕
图①**資金**；基金　②【 a～ of 】積蓄；（知識）豐富
〔 fundus（基礎）比較 fundamental ⇨ p.140 〕

**capital**
〔'kæpətl̩〕
图①**資本**　②首都　③大寫字母　圈 主要的
capitalism 图 資本主義

**budget**
〔'bʌdʒɪt〕
图①**預算**（案）　②家計（ = family budget ）

**finance**
〔fə'næns ,
'faɪnæns 〕
图①**財政**　②【～s】財源；歲入
financial 圈 財政上的

《EXERCISE》

Ⅰ. 請參考英文字彙，完成中文翻譯。

1. He made his fortune from **commerce**. 他＿＿＿＿＿致富。

2. The supermarket has a large stock of **merchandise**.
   這個超級市場＿＿＿＿＿的庫存很多。

3. The damage was covered by **insurance**.
   這個損失賠償費由＿＿＿＿＿抵償。

4. The present state of the city's **finances** is not good.
   這城市現今的＿＿＿＿＿狀況並不好。

5. He has a **fund** of information about politics.
   他有＿＿＿＿＿的政治知識。

6. Taiwan has much **trade** with the U.S.A. 台灣和美國＿＿＿＿＿頻繁。

Ⅱ. 請根據中文，使用本篇字彙完成英文句子。

1. This car is very＿＿＿＿＿on gas. 這輛車用油很經濟。

2. He needed plenty of＿＿＿＿＿to start a new business.
   他需要一大筆資本來開創新事業。

3. The lawyer believed in his＿＿＿＿＿'s innocence.
   這律師相信他的委託人是無罪的。

4. One-fifth of my wages go to＿＿＿＿＿. 我工資的五分之一要繳稅。

5. The 1985 fiscal year＿＿＿＿＿has recently been approved by
   Parliament. 國會最近批准了 1985 年的會計年度預算。

6. I paid for the video in five＿＿＿＿＿. 我分五期付款買了這錄影機。

Ⅲ. 依下列指示作答。

1. finance 形＿＿＿＿＿　　　　2. commerce 形＿＿＿＿＿
3. insurance 動＿＿＿＿＿　　　4. instal(l)ment 動＿＿＿＿＿
5. 挑出重音在第二音節的字： capital, economy, budget

解答

Ⅰ.1.經商　2.商品　3.保險金　4.財政　5.豐富　6.貿易　Ⅱ.1. economi-
cal　2. capital　3. client　4. taxes　5. budget　6. installments　Ⅲ.1.
financial　2. commercial　3. insure　4. install　5. economy

# J5　社會・人民

| | |
|---|---|
| **society**<br>〔sə'saɪətɪ〕 | 图①**社會**　②社交界　③交際　④協會<br>social〔'soʃəl〕圈 社會的；群居的<br>sociable 圈 愛交際的　　socialism 图 社會主義<br>sociology〔,soʃɪ'alədʒɪ , ,sosɪ-〕图 社會學 |
| **community**<br>〔kə'mjunətɪ〕 | 图①社會；**團體**；社區　②【the～】公眾；大眾<br>( the public )　③共同；相同　　communism 图 共產主義<br>〔communi＝common（共同的）＋-ty(*n.*)〕 |
| **population**<br>〔,papjə'leʃən〕 | 图①**人口**　②居民<br>populous 圈 人口稠密的 |
| **civilization**<br>〔,sɪvḷə'zeʃən,<br>,sɪvḷaɪ'zeʃən〕 | 图 **文明**　　civilize〔'sɪvḷ,aɪz〕囫 文明化<br>civilized 圈 文明的；有禮的　　civil 圈 市民的；謙恭的<br>（ 比較 culture ⇨ p.226 ） |
| **industry**<br>〔'ɪndəstrɪ〕 | 图①企業；**工業**　②勤勉　　industrial 圈 工業的<br>industrious 圈 勤勉的 |
| **enterprise**<br>〔'ɛntɚ,praɪz〕 | 图①事業；**企業**　②進取心<br>enterprising 圈 富有創業精神的 |
| **citizen**<br>〔'sɪtəzṇ〕 | 图①**市民**　②公民　③平民（ civilian ） |
| **acquaintance**<br>〔ə'kwentəns〕 | 图①**相識**　②熟人　③知識【with】<br>acquaint 囫 通知；精通【with】 |
| **alien**<br>〔'elɪən,'eljən〕 | 图 **外國人**；外僑　圈 外國的；**相異的**<br>alienate 囫 疏遠【from】　　alienation 图 疏遠；離開 |
| **domestic**<br>〔də'mɛstɪk〕 | 圈①家庭的　②**國內的**（↔*foreign*）　③馴良的（↔*wild*） |
| **native**<br>〔'netɪv〕 | 圈①出生（地）的　②祖國的；本國的　③土產的<br>图 土著【of】 |
| **racial**<br>〔'reʃəl〕 | 圈 人種的；**種族的**　　race 图 人種；民族；品種<br>racism 图 種族差別論 |
| **ethnic**<br>〔'ɛθnɪk〕 | 圈①民族的；種族的　②**人種的**　③異教徒的 |

─── 《EXERCISE》───

I. 請參考英文字彙，完成中文翻譯。

1. She is a British *citizen* but her *native* land is France.
   她是英國＿＿＿＿＿＿但＿＿＿＿＿＿在法國。

2. There still exists great *racial* prejudice.
   嚴重的＿＿＿＿＿＿歧視現在仍存在。

3. They were united by *community* of interests.
   他們因＿＿＿＿＿＿的利益而聯合起來。

4. He is *concerned* in that enterprise. 他和那＿＿＿＿＿＿有關。

5. We find diverse *ethnic* and economic interests here.
   我們在此發現多種＿＿＿＿＿＿和經濟的利益。

6. He works in the automobile *industry*. 他從事汽車＿＿＿＿＿＿。

II. 請根據中文，使用本篇字彙完成英文句子。

1. There is a rapid increase in world＿＿＿＿＿＿. 世界人口快速增加。

2. The Government's＿＿＿＿＿＿policy was announced. 政府公佈內政措施。

3. Magic plays an important part in primitive＿＿＿＿＿＿.
   巫術在原始社會佔重要的地位。

4. Man is a＿＿＿＿＿＿creature. 人是群居的動物。

5. He is not really a friend, just an＿＿＿＿＿＿. 他不算朋友，只是相識。

6. Modern＿＿＿＿＿＿has been strongly influenced by science.
   現代文明人受科學的影響。

III. 依下列指示作答。

1. industry 形＿＿＿＿＿＿＿＿      2. alien 動＿＿＿＿＿＿＿＿
3. civilization 動＿＿＿＿＿＿＿＿      4. acquaintance 動＿＿＿＿＿＿＿＿
5. 挑出重音在第二音節的字：enterprise, domestic, citizen

┌─────┐
│解答│
└─────┘

I. 1.公民, 祖籍   2.種族   3.共同   4.企業   5.民族的   6.工業
II. 1. population   2. domestic   3. society   4. social   5. acquaintance
6. civilization   III. 1. industrial / industrious   2. alienate   3. civilize
4. acquaint   5. domestic

# J6　法律・犯罪

**justify**
〔'dʒʌstə͵faɪ〕
　　　　　　　⬛ 正當化；**證明～爲正當**　　justifiable〔-͵faɪ-〕⬛ 可辯解的；
　　　　　　　正當的　　justification〔-fə'ke-〕⬛ 正當化

**punish**
〔'pʌnɪʃ〕
　　　　　　　⬛ **處罰**；懲罰　　punishment ⬛ 處罰
　　　　　　　punishable ⬛ 該罰的

**lawful**
〔'lɔfəl〕
　　　　　　　⬛ **合法的**；法律認可的　　law ⬛ 法；法律；法則
　　　　　　　lawyer ⬛ 律師

**legal**
〔'ligḷ〕
　　　　　　　⬛①法律（上）的　②法定的　③**合法的**
　　　　　　　（↔ *illegal* 違法的）　　legality ⬛ 合法（性）
　　　　　　　legalize ⬛ 使合法化；予以法律上的認可

**legitimate**
〔lɪ'dʒɪtəmɪt〕
　　　　　　　⬛①**合法的**；法定的　②正當的（↔ *illegitimate*）
　　　　　　　〔-͵met〕⬛ 使合法（＝ legitimatize）
　　　　　　　legitimacy ⬛ 合法；（以社會常識判斷的）正當性

**legislative**
〔'lɛdʒɪs͵letɪv〕
　　　　　　　⬛ **立法的**（比較 administrative 行政的；judicial 司法的）
　　　　　　　legislate ⬛ 制定法律　　legislation ⬛ 立法；法律

**liable**
〔'laɪəbḷ〕
　　　　　　　⬛①有責任的【for／to＋V】　②傾向於；**易於～的**【to＋V】
　　　　　　　③易患病的【to】　　liability ⬛ 責任；義務；傾向；
　　　　　　　不利的事情

**valid**
〔'vælɪd〕
　　　　　　　⬛①妥當的　②**有效的**；合法的（↔ *invalid*〔ɪn'vælɪd〕無效的
　　　　　　　比較〔'ɪnvəlɪd〕⬛ 病人　⬛ 病弱的）

**guilty**
〔'gɪltɪ〕
　　　　　　　⬛①犯罪的；**有罪的**（↔ *innocent*）【of】　②自覺有罪的
　　　　　　　guilt ⬛ 罪；犯罪行爲

**criminal**
〔'krɪmənḷ〕
　　　　　　　⬛①**犯罪的**　②刑事的（↔ *civil* 民事的）
　　　　　　　③錯誤的　⬛ 犯人　　crime〔kraɪm〕⬛（法律上的）罪
　　　　　　　（比較 sin（道德上的）罪）

**innocent**
〔'ɪnəsṇt〕
　　　　　　　⬛①**無罪的**（↔ *guilty*）　②天眞的；純潔的
　　　　　　　innocence ⬛ 無罪；天眞

**justice**
〔'dʒʌstɪs〕
　　　　　　　⬛①**正義**；公正（↔ *injustice*）　②妥當　③裁判；法官
　　　　　　　（judge）just ⬛ 公正的；正直的　　justify ⬛ 正當化

─────────────────────────────── 《EXERCISE》 ──

Ⅰ. 請參考英文字彙，完成中文翻譯。

1. Which prince is the *legitimate* heir to the throne?
   哪位王子是王位的_____繼承人？

2. If you disagree with him, he is *liable* to get angry.
   若你不同意他，他_____生氣。

3. Can you *justify* the use of violence?
   你能 _____ 使用暴力_____ 的嗎？

4. Children can't smoke; it's not *legal*.
   小孩子不可抽煙，那是不_____。

5. Murder and robbery are *criminal* acts. 謀殺與搶劫是_____的行為。

6. Congress is a *legislative* body. 國會是_____機構。

7. He is the *lawful* owner of the company.
   他是這公司的_____ 擁有人。

Ⅱ. 請根據中文，使用本篇字彙完成英文句子。

1. The pupil was_____for smoking. 這學生因抽煙而受罰。

2. This train ticket is_____for three months.
   這火車票的有效期限是三個月。

3. The man said he was_____of the crime. 這人說他是無罪的。

4. They fought in the cause of_____. 他們為正義而戰鬥。

5. He is_____of murder. 他犯了謀殺罪。

Ⅲ. 依下列指示作答。

1. legislation 豳_____     2. justice 豳_____
3. crime 豳_____     4. punish 豳_____
5. 挑出重音節母音相異的字：legitimate, valid, guilty

┌─────┐
│ 解答 │
└─────┘
Ⅰ.1. 合法  2. 很容易  3. 證明～是正當  4. 合法的  5. 犯罪  6. 立法  7.
合法的  Ⅱ.1. punished  2. valid  3. innocent  4. justice  5. guilty  Ⅲ.1.
legislative  2. justify  3. criminal  4. punishment  5. valid

# J7 政治・外交

**politics**
〔ˈpɑləˌtɪks〕
名 政治；政治學　　politician〔ˌpɑləˈtɪʃən〕名 政治家；政客
political 形 政治（上）的　　politic 形 精明的

**policy**
〔ˈpɑləsɪ〕
名 ①政策；方針　②保險單

**welfare**
〔ˈwɛlˌfɛr〕
名 ①幸福（well-being）　②福祉；福利

**campaign**
〔kæmˈpen〕
名 ①運動；活動　②會戰；戰役　動 作戰；從事（活動）

**candidate**
〔ˈkændəˌdet〕
名 ①候補者；候選人　②志願者（applicant）

**vote**
〔vot〕
名 ①投票　②表決【on/about】　③【the～】投票權
動 ①投票　②表決　　比較 poll〔pol〕名 動 投票；民意測驗
election 名 選舉　　elect 動 選擇

**congress**
〔ˈkɑŋgrəs〕
名 ①會議；大會　②【C-】（美國）國會；議會
Congressman 名 眾議院議員（比較 Senator 名 參議院議員）
比較 parliament〔ˈpɑrləmənt〕名（英國）國會

**statesman**
〔ˈstetsmən〕
名 政治家（politician 指謀求國家利益，而 statesman 指有
遠見的政治家。）　　statesmanship 名 政治才能(statecraft)

**minister**
〔ˈmɪnɪstɚ〕
名 ①部長　②公使　③聖職者（priest, clergyman）
ministry 名 部；內閣（cabinet）

**ambassador**
〔æmˈbæsədɚ〕
名 大使　　ambassadorial 形 大使的
比較 embassy 名 大使館

**diplomat**
〔ˈdɪpləˌmæt〕
名 外交官　　diplomacy〔dɪˈploməsɪ〕名 外交
diplomatic 形 外交的；圓滑的

**freedom**
〔ˈfridəm〕
名 ①自由　②免除【from】　free 形 自由的

**liberty**
〔ˈlɪbɚtɪ〕
名 ①自由　②權利　　liberal 形 寬大的；自由主義的
名 自由黨【L-】　　liberality 名 慷慨
liberalism 名 自由主義　　liberate 動 解放

─── ≪EXERCISE≫ ───

I. 請參考英文字彙，完成中文翻譯。

1. We carried on a ***campaign*** against smoking. 我們從事一項禁烟_____。

2. He has spent most of his time as a career ***diplomat***.
他大半生當職業_____。

3. The medical ***congress*** was held in Taipei.
那個醫學_____在台北舉行。

4. The ***candidate*** whom I cast a ***vote*** for was elected.
我_____的那個_____當選了。

5. He was appointed American ***minister*** to Mexico.
他被指派爲美國駐墨西哥_____。

6. Give me ***liberty***, or give me death. 不_____，毋寧死。

II. 請根據中文，使用本篇字彙完成英文句子。

1. National_____is the end of politics.
政策的最終目標是達到國家的福祉。

2. Israel has been urged to alter her_____ _____.
以色列被驅策要改變其外交政策。

3. He was appointed_____to the U.S. 他奉派爲駐美大使。

4. This monument is in memory of a great_____.
這紀念碑是紀念一位偉大的政治家的。

5. He has_____to go anywhere. 他可以自由的到處去。

6. You'd better avoid discussion of religion and_____.
你們最好避免討論宗教與政治。

III. 依下列指示作答。

1. liberty 動_____ 2. ambassador 形_____
3. 挑出重音節母音發音相異的字：ⓐ politics, diplomat, congress
ⓑ statesman, campaign, candidate

┌─────┐
│ 解答 │
└─────┘
I. 1.運動 2.外交官 3.會議 4.投票，候選人 5.公使 6.自由 II. 1. welfare 2. diplomatic, policies 3. ambassador 4. statesman 5. freedom 6. politics III. 1. liberate 2. ambassadorial 3.ⓐ diplomat ⓑ candidate

# J8　治理・政體

**govern**
〔ˈgʌvən〕

**動**①**統治**　②管理　③指揮　④抑制
government **名** 政府；政體　　governmental **形** 政府的
governor **名** 統治者；總督

**administer**
〔ədˈmɪnəstə,
æd-〕

**動**①**經營**　②執行　③治理；管理
administration **名** 行政；經營；管理
administrative **形** 行政的；經營的

**dominate**
〔ˈdɑməˌnet〕

**動**①**支配**　②管轄；統治　　domination **名** 支配
dominant **形** 支配的

**reign**
〔ren〕

**動 統治**；支配　**名** 統治；在位（ 比較 同音字 rein 韁繩
rain 雨 ）

**feudal**
〔ˈfjudl̩〕

**形 封建（制度）的**　　feudalism **名** 封建制度

**royal**
〔ˈrɔɪəl〕

**形**①**王室的**；國王的（ regal ）　②威嚴的（ majestic ）
royalty **名** 王族；版稅

**democracy**
〔dəˈmɑkrəsɪ〕

**名** 民主主義；**民主政治**　　democratic **形** 民主主義的；
【美】【D-】民主黨的　　democrat **名** 民主主義者；
【D-】民主黨員　　比較 aristocracy **名** 貴族政治（階級）
aristocratic **形** 貴族的　　aristocrat **名** 貴族

**republic**
〔rɪˈpʌblɪk〕

**名 共和國**；共和政體　　republican **形** 共和國的；
【美】【R-】共和黨的　**名** 共和主義者；【R-】共和黨員
（ ↔ Democrat ）

**sovereign**
〔ˈsɑvrɪn,ˈsʌv-〕

**名**①**元首**；君主　②獨立國　**形**①具有主權的；至高無上的
②獨立的　　sovereignty **名** 主權；統治權；獨立國
比較 autonomy **名** 自治（權）

**monarch**
〔ˈmɑnək〕

**名 君主**；元首　　monarchy **名** 君主政治；君主國
monarchic(al) **形** 君主制的　　monarchism **名** 君主制

**tyrant**
〔ˈtaɪrənt〕

**名 暴君**；專制君主　　tyranny〔ˈtɪrənɪ〕**名** 壓制；暴政；
暴虐；專制政治　　tyrannical〔tɪˈrænɪkl̩,taɪ-〕**形** 專制的

**slavery**
〔ˈslevərɪ〕

**名**①**奴隸制度**　②奴役；束縛【to】　　slave **名** 奴隸；苦工
slavish **形** 奴隸的；卑賤的

《EXERCISE》

Ⅰ. 請參考英文字彙，完成中文翻譯。

1. He is of *royal* blood. 他有＿＿＿＿＿血統。

2. No one shall be held in *slavery*. 沒有人該被＿＿＿＿＿。

3. Queen Victoria was the *sovereign* of Great Britain.
維多利亞女王是大不列顛的＿＿＿＿＿。

4. The strong usually *dominate* over the weak. 強者常＿＿＿＿＿弱者。

5. The people suffered under the cruel *tyrant*.
在這殘酷的＿＿＿＿統治下，民不聊生。

6. This firm is *administered* by Mr. Wang. 王先生＿＿＿＿＿這家公司。

7. The band played in order to celebrate the arrival of the *monarch*.
樂隊演奏來迎接＿＿＿＿＿的光臨。

Ⅱ. 請根據中文，使用本篇字彙完成英文句子。

1. The king ＿＿＿＿＿the country. 國王統治這個國家。

2. The president of the＿＿＿＿＿is chosen by the people.
共和國的總統是人民選舉的。

3. There is real＿＿＿＿＿in this country.
這個國家實行真正的民主政治。

4. She＿＿＿＿＿over the country for thirty years. 她當政三十年。

5. Under the＿＿＿＿＿system, common people could not own land.
在封建制度下，平民不能擁有土地。

Ⅲ. 依下列指示作答。

1. dominate 图＿＿＿＿＿＿　　2. republic 图＿＿＿＿＿＿

3. govern 图＿＿＿＿＿　　4. administer 图＿＿＿＿＿

5. 挑出重音標對的字：ˊsovereign, ˊdemocracy, moˊnarch

解答

Ⅰ.1.王室的　2.奴役　3.君主　4.統治　5.暴君　6.經營　7.元首　Ⅱ.1. governed　2. republic　3. democracy　4. reigned　5. feudal　Ⅲ.1. domination　2. republican　3. governmental　4. administration　5. sovereign

# J9　時期・世紀

**period**
〔'pɪrɪəd,'pir-〕
图 **期間**；時代　　periodical 圈 定期的（periodic）；
定期出版的　　图 定期刊物；期刊

**era**
〔'ɪrə,'irə〕
图 **時代**；年代　　比較 epoch 图 劃時代的事情；紀元；時期
age 图 時代

**transition**
〔træn'zɪʃən〕
图 ①變化（change）；**轉移**；變遷（passage）　②過渡期
transit 图 通過；運送

**decade**
〔'dɛked,dɛk'ed〕
图 十年　　→ for several decades 數十年

**annual**
〔'ænjʊəl〕
圈 一年的；**每年的**　图 年鑑　　annually 圖 每年一次地
比較 annals 年刊；年譜　anniversary 週年紀念（日）

**ancient**
〔'enʃənt〕
圈 **古代的**；遠古的　比較 modern 現代的　primitive 原始的

**medieval**
〔͵mɪdɪ'ivl̩〕
圈 **中世紀的**（＝mediaeval）（比較 medium ⇒ p.80，the
Mediterranean 地中海）

**antique**
〔æn'tik〕
圈 古風的；**舊式的**（old-fashioned）　图 古董
比較 archaic〔ɑr'keɪk〕圈 古代的；原始的
antiquity 图 古代；古人

**current**
〔'kɝənt〕
圈 ①流行的（prevailing）　②**現在的**（contemporary）
图 流動（flow）；風潮；潮流　　currency 图 通貨；流通

**contemporary**
〔kən'tɛmpə-
͵rɛrɪ〕
圈 ①**同時代的**　②現代的　图 同時代的人
比較 temporary 圈 暫時的（↔ *permanent*）

**simultaneous**
〔͵saɪml̩'tenɪəs，
͵sɪml̩-〕
圈 **同時的**；同時發生的　　simultaneously 圖 同時地
→ simultaneous interpretation 同時口頭翻譯

**antecedent**
〔͵æntə'sidn̩t〕
圈 在～之前的（prior）【to】　图 ①前情；前例
②【～s】祖先（↔ *descendants*）〔ante-（在前面）＋ ced
（走）＋-ent（*adj.*）〕

**previous**
〔'privɪəs〕
圈 在前的；**先前的**　　previously 圖 以前；先前

《EXERCISE》

I. 請參考英文字彙，完成中文翻譯。

1. Shakespeare was a *contemporary* of Marlowe.
   莎士比亞和馬羅是_____。

2. The *transition* from farm life to city life is often difficult.
   由農村生活_____到都市生活通常很難適應。

3. He has been in that job for *decades*. 他從事那工作_____了。

4. I was deeply impressed with the *medieval* music.
   _____音樂在我心中留下深刻的印象。

5. This word is not in *current* use. 這個字_____不用。

6. The athletic meet is an *annual* event. 這運動會_____舉行。

7. Everyone in the audience burst into *simultaneous* laughter.
   所有的聽眾突然_____大笑。

8. The invention of the transistor marked a new *era*.
   電晶體的發明開創了新_____。

II. 請根據中文，使用本篇字彙完成英文句子。

1. That_____ruin was once a shrine.
   那個古代的廢墟曾是一個聖地。

2. The_____lesson was hard. 前面一課很難。

3. It extended through such a long_____. 它綿延如此久遠。

4. She has some beautiful_____furniture. 她有漂亮的古式家具。

III. 依下列指示作答。

1. current 图_____  2. annual 副_____
3. previous 副_____  4. period 形_____
5. 挑出重音在第二音節的字：medieval , contemporary , simultaneous

解答

I.1. 同時代的人  2.轉移  3.數十年  4.中世紀的  5.現在  6.每年  7.同時
8.紀元  II.1. ancient  2. previous  3. period  4. antique  III.1. currency
2. annually  3. previously  4. periodical  5. contemporary

# J10 成長・家族

**infant**
〔'ɪnfənt〕
图 嬰兒;幼兒　　infancy 图 幼年期( babyhood, early childhood )

**adult**
〔ə'dʌlt,'ædʌlt〕
图 大人;成人( grown-up )　形 成人的
adulthood 图 成人期

**generation**
〔,dʒɛnə'reʃən〕
图 一代;世代　　generate 動 發生;產生

**offspring**
〔'ɔf,sprɪŋ〕
图 ①子;子孫( descendant )　②產物;結果〔 off-(由) + spring (湧出)〕

**ancestor**
〔'ænsɛstɚ〕
图 祖先( forefather )(↔ descendant )
( 比較 antecedent ⇨ p.216 )　　ancestral 形 祖先的
ancestry 图【集】祖先(↔ posterity 子孫 )

**household**
〔'haʊs,hold〕
图【集】一家人;家族;家庭
比較 housewife〔'haʊs,waɪf〕图 主婦
〔'hʌzɪf〕【英】針線匣　　housekeeper 图 主婦;女管家

**tribe**
〔traɪb〕
图 部落;種族　　tribal 形 部落的;種族的

**breed**
〔brid〕
動 ①繁殖( bear );發生　②養育　breed-bred-bred
图 品種 比較 brood〔brud〕图 種類;種族

**adolescent**
〔,ædḷ'ɛsṇt〕
形 青少年期的　图 青少年　　adolescence 图 青少年期

**juvenile**
〔'dʒuvənḷ〕
形 年幼的;少年的　图 少年;兒童

**mature**
〔mə'tjʊr〕
形 成熟的(↔ immature );熟練的　動 ①成熟　②使成熟
maturity 图 成熟;完成 比較 ripe 成熟的

**veteran**
〔'vɛtərən〕
图 ①老手;老兵　②退役軍人(= vet )
形 經驗豐富的( skilled, experienced );老練的

**manhood**
〔'mænhʊd〕
图 ①人性;人格　②成年;成人
→ in the prime of manhood 壯年時期

**nationality**
〔,næʃən'ælətɪ〕
图 ①國籍　②國民(性)　　nation 图 國家;國民
比較 international 形 國際的

────────────────────────────────── ≪EXERCISE≫ ───

Ⅰ. 請參考英文字彙，完成中文翻譯。

1. Bacteria will not **breed** in alcohol. 細菌在酒精中不能_____。

2. The **household** was already awake at six in the morning.
　　這_____早上六點就已經醒來了。

3. It is said that **adolescent** friendships do not often last.
　　據說_____友誼往往不持久。

4. Members of the **tribe** settled down along the river.
　　這個_____的人沿著河流定居下來。

5. Our **ancestors** came to this country 150 years ago.
　　我們的_____一百五十年前來到這個國家。

6. The increase in **juvenile** delinquency has become a serious problem.
　　_____犯罪的增加，已經成為一個嚴重的問題。

7. His hard experiences **matured** him. 他刻苦的經歷使他_____。

Ⅱ. 請根據中文，使用本篇字彙完成英文句子。

1. The atomic bomb is the_____of 20th century physics.
　　原子彈是二十世紀物理學的產物。

2. You are now an_____. 你現在已經長大成人了。

3. The young woman was carrying an_____in her arms.
　　這個年輕的婦女手中抱一個嬰兒。

4. You belong to the rising_____. 你屬於年輕的一代。

Ⅲ. 依下列指示作答。

1. ancestor 反_____　　2. descendant 同_____
3. mature 名_____　　4. generation 動_____
5. 挑出重音在第一音節的字：adolescent, nationality, veteran

┌解答┐────────────────────────────────────
Ⅰ. 1.繁殖　2.一家人　3.青少年期的　4.部落　5.祖先　6.少年　7.成熟
Ⅱ. 1. offspring　2. adult　3. infant　4. generation　Ⅲ. 1. descendant
2. offspring　3. maturity　4. generate　5. veteran

# WORD REVIEW

| | | | | | |
|---|---|---|---|---|---|
| acquaintance | ☐☐ | employ | ☐☐ | native | ☐☐ |
| administer | ☐☐ | engage | ☐☐ | offspring | ☐☐ |
| adolescent | ☐☐ | enterprise | ☐☐ | period | ☐☐ |
| adult | ☐☐ | era | ☐☐ | policy | ☐☐ |
| agent | ☐☐ | ethnic | ☐☐ | politics | ☐☐ |
| alien | ☐☐ | expense | ☐☐ | population | ☐☐ |
| ambassador | ☐☐ | extravagant | ☐☐ | poverty | ☐☐ |
| ancestor | ☐☐ | fare | ☐☐ | previous | ☐☐ |
| ancient | ☐☐ | feudal | ☐☐ | profession | ☐☐ |
| annual | ☐☐ | finance | ☐☐ | punish | ☐☐ |
| antecedent | ☐☐ | freedom | ☐☐ | purchase | ☐☐ |
| antique | ☐☐ | freight | ☐☐ | quit | ☐☐ |
| appoint | ☐☐ | fund | ☐☐ | racial | ☐☐ |
| assign | ☐☐ | generation | ☐☐ | register | ☐☐ |
| bill | ☐☐ | govern | ☐☐ | reign | ☐☐ |
| breed | ☐☐ | guilty | ☐☐ | republic | ☐☐ |
| budget | ☐☐ | hire | ☐☐ | resign | ☐☐ |
| burden | ☐☐ | household | ☐☐ | resource | ☐☐ |
| campaign | ☐☐ | income | ☐☐ | retail | ☐☐ |
| candidate | ☐☐ | industry | ☐☐ | retire | ☐☐ |
| capital | ☐☐ | infant | ☐☐ | reward | ☐☐ |
| career | ☐☐ | innocent | ☐☐ | royal | ☐☐ |
| citizen | ☐☐ | instal(l)ment | ☐☐ | secretary | ☐☐ |
| civilization | ☐☐ | insurance | ☐☐ | simultaneous | ☐☐ |
| clerk | ☐☐ | invest | ☐☐ | slavery | ☐☐ |
| client | ☐☐ | justice | ☐☐ | society | ☐☐ |
| commerce | ☐☐ | justify | ☐☐ | sovereign | ☐☐ |
| commodity | ☐☐ | juvenile | ☐☐ | statesman | ☐☐ |
| community | ☐☐ | lawful | ☐☐ | stock | ☐☐ |
| congress | ☐☐ | legal | ☐☐ | tax | ☐☐ |
| consume | ☐☐ | legislative | ☐☐ | trade | ☐☐ |
| contemporary | ☐☐ | legitimate | ☐☐ | traffic | ☐☐ |
| criminal | ☐☐ | liable | ☐☐ | transition | ☐☐ |
| current | ☐☐ | liberty | ☐☐ | treasure | ☐☐ |
| deal | ☐☐ | load | ☐☐ | tribe | ☐☐ |
| debt | ☐☐ | luxury | ☐☐ | tyrant | ☐☐ |
| decade | ☐☐ | manhood | ☐☐ | valid | ☐☐ |
| democracy | ☐☐ | mature | ☐☐ | veteran | ☐☐ |
| diplomat | ☐☐ | medieval | ☐☐ | vote | ☐☐ |
| dismiss | ☐☐ | merchandise | ☐☐ | wage | ☐☐ |
| domestic | ☐☐ | minister | ☐☐ | waste | ☐☐ |
| dominate | ☐☐ | monarch | ☐☐ | wealth | ☐☐ |
| economy | ☐☐ | nationality | ☐☐ | welfare | ☐☐ |

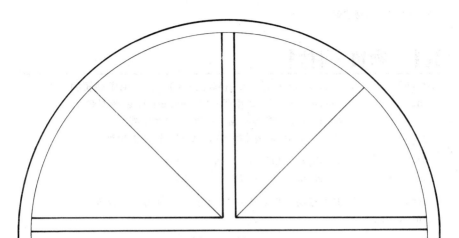

# GROUP

# K

## 物質／環境

# K1 物質・材料

**material**
〔mə'tɪrɪəl〕
图①原料；材料 ②資料；【～s】用具 圈①**物質的**
（↔ *spiritual*） ②重要的 materialize 圗 具體化
materialism 图 唯物論（主義）；現實主義
匝較 matter 图（指佔有空間的）物體；物質

**substance**
〔'sʌbstəns〕
图①**物質** ②實質；內容 ③要旨
substantial 圈 有實體的；實質的

**mineral**
〔'mɪnərəl〕
图①**礦物** ②無機物 mine 图 礦山 圗 採礦

**soil**
〔sɔɪl〕
图 土；**土壤** 圗 弄髒；污損 匝較 earth 地球；大地；土

**petroleum**
〔pə'trolɪəm〕
图 **石油** 匝較 gas 图 氣體；汽油（gasoline，【英】petrol）
gaseous 圈 氣體的 → crude〔raw〕petroleum 原油

**fuel**
〔'fjuəl〕
图 **燃料** 圗 補給（供給）燃料

**vapo(u)r**
〔'vepɚ〕
图①**水蒸氣** ②氣體 vaporous 圈 充滿蒸氣的；汽狀的
vaporize 圗 蒸發；氣化

**liquid**
〔'lɪkwɪd〕
圈 **液體的**；流動的 图 液體 匝較 fluid 图 流體
圈 流體的

**solid**
〔'salɪd〕
圈①**固體的** ②堅固的 图 固體 solidity 图 固體性；堅固

**nuclear**
〔'njuklɪɚ,
'nu-〕
圈 **原子核的**；核子的 nucleus 图（原子）核；核心（core）
【複】nuclei〔-klɪ,aɪ〕或 nucleuses

**physical**
〔'fɪzɪk!〕
圈①**肉體的**（↔ *spiritual*, *mental*） ②物質的 ③物理學的
physically 圗 肉體地（↔ *mentally*）；物質地；物理地
physician 图（內科）醫師（匝較 surgeon 外科醫生）
physicist 图 物理學家 physics 图 物理學

**chemical**
〔'kɛmɪk!〕
圈 **化學的** 图【～s】化學藥品（製品）
chemistry 图 化學 chemist 图 化學家

━━━━━━━━━━━━━━━━━━━━━━━━━━━━━━《EXERCISE》━━━

I. 請參考英文字彙，完成中文翻譯。

1. The factory switched from coal to a cleaner **fuel**.
這家工廠用較乾淨的_____來替換煤。

2. Coal and iron are important **minerals**. 煤和鐵是重要的_____。

3. I get a complete **physical** examination once a year.
我一年做一次全身_____檢查。

4. This **soil** absorbs water well. 這_____吸水性很好。

5. The volcanic vent is giving off **vapors** and gases.
這個火山口放出_____和各種氣體。

6. Iron is a widely used **material**. 鐵是一種用途很廣的_____。

7. "OPEC" stands for "Organization of **Petroleum** Exporting Countries."
" O P E C "代表「_____輸出國家組織」。

II. 請根據中文，使用本篇字彙完成英文句子。

1. Most people are in sympathy with the anti-_____movement.
很多人贊成反核子運動。

2. Air is a fluid but not a_____. 空氣是流體，但不是液體。

3. His speech has no_____. 他的演講沒有內容。

4. We've already entered the age of_____warfare.
我們已進入化學戰時代。

5. When water freezes, it becomes_____. 水冷凍後變成固態。

III. 依下列指示作答。

1. physical 副_____     2. substance 形_____
3. vapo(u)r 動_____     4. chemistry 形_____
5. 挑出重音在第二音節的字：nuclear, mineral, petroleum

┌──────┐
│ 解答 │
└──────┘
I.1.燃料  2.礦物  3.身體  4.土壤  5.水蒸氣  6.原料  7.石油  II.1.
nuclear  2. liquid  3. substance  4. chemical  5. solid  III.1. physically
2. substantial  3. vaporize  4. chemical  5. petroleum

# K2　工具・技術

**device**
〔dɪˈvaɪs〕
图①**裝置**　②設計　　　devise〔-z〕囫 設法；發明

**instrument**
〔ˈɪnstrəmənt〕
图①**儀器**　②樂器　③手段
instrumental 圏 有益的；樂器的

**implement**
〔ˈɪmpləmənt〕
图①**工具**　②手段　　比較 tool（指木匠等工人使用的）工具

**appliance**
〔əˈplaɪəns〕
图①**電化製品**；器具；機械　②應用
比較 utensil 家庭用品

**apparatus**
〔ˌæpəˈretəs〕
图①裝置；**儀器**　②機構　③（身體的）器官

**method**
〔ˈmɛθəd〕
图①**方法**；程序　②規律；順序
methodical 圏 有組織的；有規律的

**function**
〔ˈfʌŋkʃən〕
图 **機能**；職務；慶典　囫 產生功能；使作用
functional 圏 機能的

**role**
〔rol〕
图 角色；任務（ 比較 同音字 roll 滾動 ）
→ play an important role 佔重要的地位；扮演重要的角色

**factor**
〔ˈfæktɚ〕
图①原因；**要素**　②【數】因數　 比較 fact 图事實
factory 图 工廠

**equipment**
〔ɪˈkwɪpmənt〕
图**裝備**；設備；素養　　equip 囫 裝備
→ be equipped with 準備著；身上備有

**machinery**
〔məˈʃɪnərɪ〕
图**機械**（machines）　②機械裝置　③機構；組織

**mechanism**
〔ˈmɛkə-
ˌnɪzəm〕
图①**機械裝置**　②機構；策略　③機械論
mechanical 圏 機械的；無意識的　　mechanics 图 力學；
機械學　　mechanic 图 機械工

**technology**
〔tɛkˈnɑlədʒɪ〕
图**科學技術**；工藝學　　technological 圏 科學技術的；
應用科學的

**technical**
〔ˈtɛknɪkl̩〕
圏①**專門的**　②工業的　③**技術的**　　technique〔tɛkˈnik〕
图 技巧；手法　　technician 图 專家；技術人員
→ technical terms 術語；專門用語

《EXERCISE》

Ⅰ. 請參考英文字彙，完成中文翻譯。

1. This is an ***apparatus*** for reading brain waves.
這是一種紀錄腦波的_____。

2. The ***function*** of the brake is to stop the car. 煞車的_____是讓車停住。

3. How much does the ***equipment*** cost at the hospital?
醫院裏這種_____值多少錢？

4. It was made, moved, raised by ***machinery***. 它用_____製造、發動、舉起。

5. Electric ***appliances*** have made modern life very comfortable.
電化_____使現代生活很舒適。

6. I can't follow his lecture because it is so full of ***technical terms***.
我聽不懂他的演講，因他用了很多_____。

Ⅱ. 請根據中文，使用本篇字彙完成英文句子。

1. His friendly manner is a_____in his success.
他親切的態度是他成功的因素。

2. Her singing shows_____skill, but her voice is weak.
她唱歌很有技巧，但聲音不夠渾厚。

3. John was selected for the leading_____in the play.
約翰被選為這齣戲的男主角。

4. Many people call the age we live in the age of_____.
很多人稱我們這個時代是科技時代。

5. It is a_____to fasten doors. 這是栓門器。

Ⅲ. 依下列指示作答。

1. technology 形_____　　2. function 形_____
3. mechanism 形_____　　4. technique 形_____
5. 挑出重音節母音發音相異的字：appliance, equipment, implement

解答

Ⅰ.1.儀器　2.機能　3.設備　4.機械　5.製品　6.術語　Ⅱ.1. factor　2.
technical　3. role　4. technology　5. device　Ⅲ.1. technological　2.
functional　3. mechanical　4. technical　5. appliance

# K3 農耕・土地

**plant**
〔plænt〕
图①植物（↔ *animal*）；花草　②生產設備；工廠　働①種植
②設置　→ a nuclear power〔energy〕plant〔station〕
核能發電廠　　plantation 图 農場

**nourish**
〔'nɜʃ〕
働①滋養；使～肥沃　②懷有　　nourishment 图 營養；
食物（food）　　比較 nutrition〔nju'trɪʃən〕图 營養

**cultivate**
〔'kʌltə,vet〕
働①耕作；栽培　②教化　　cultivation 图 耕作；栽培；
教養（culture）

**culture**
〔'kʌltʃɚ〕
图①耕作；飼養　②教養　③文化（比較 civilization ⇒
p.208）　　cultured 彫 有教養的；經過栽培的
cultural 彫 文化的；教化的

**agriculture**
〔'ægrɪ,kʌltʃɚ〕
图 農業　　agricultural 彫 農業的〔agri＝field（田地），
culture（耕作）〕

**harvest**
〔'hɑrvɪst〕
图 收穫；收成　働 收穫；收割　→ the harvest season
收穫期

**crop**
〔krɑp〕
图①農作物　②收穫；收成（yield）　働 種植；收成
→ the rice crop of the year 這年的稻作
比較 grain 图 穀物；穀類　corn 图 穀物

**famine**
〔'fæmɪn〕
图 饑荒；飢餓（starvation）；缺乏　　famish 働 挨餓
→ a water famine 水荒

**drought**
〔draʊt〕
图 乾旱（比較 draught（＝draft）⇒ p.18）

**barren**
〔'bærən〕
彫①不毛的；貧瘠的（↔ *fertile*）　②不孕的（↔ *fertile*）
③欠缺的；無益的【of】

**sterile**
〔'stɛrəl〕
彫①不孕的（↔ *fertile*）　②貧瘠的（barren）　③消毒的
sterility 图 不孕症；不毛（指土地貧瘠）

**fertile**
〔'fɝtl̩〕
彫①肥沃的（↔ *barren, sterile*）【of】　②多產的；
富於創造的【in】　　fertility 图 肥沃；多產（↔ *sterility*）

《EXERCISE》

**I . 請參考英文字彙，完成中文翻譯。**

1. The *crops* suffered heavy damage because of the storm.
由於暴風雨使許多_____遭受嚴重的損失。

2. Many trees and plants died during the *drought*.
_____時很多樹和植物枯死了。

3. Farmers *cultivate* the soil. 農夫_____土地。

4. The *sterile* land could not produce food.
這個_____之地不能生產糧食。

5. The *harvest* was plentiful this year. 今年_____很好。

6. A terrible *famine* hit that part of the country.
一場可怕的_____襲擊這個國家的那個地區。

7. The land on his farm is very *fertile*. 他的田地非常_____。

**II . 請根據中文，使用本篇字彙完成英文句子。**

1. Most mothers_____their infants with milk.
很多母親用牛奶餵嬰兒。

2. He is engaged in_____. 他從事農耕。

3. The land is cold, lifeless and_____. 這個地方寒冷，沒有生物且貧瘠。

4. All_____need water and light. 植物需要水和光。

5. _____is the sum of all the spiritual life of men.
文化是人類精神生活的總稱。

**III . 依下列指示作答。**

1. nourish 图 _____　　2. fertile 图_____

3. culture 图 _____　　4. cultivate 图_____

5. 挑出重音在第二音節的字：agriculture , nutrition, harvest

┌─────┐
│ 解答 │
└─────┘

I.1.農作物　2.乾旱　3.耕作　4.不毛　5.收成　6.飢荒　7.肥沃　II.1.
nourish　2. agriculture　3. barren/steril　4. plants　5. Culture　III.1.
nourishment　2. fertility　3. cultural/cultured　4. cultivation　5. nutrition

# K4　宇宙・天文

**universe**
〔'junə,vɜs〕
图①宇宙（cosmos）　②全世界　　universal 圈全世界的；宇宙的；普遍的　　universally 剾一般地；普遍地

**cosmos**
〔'kɑzməs,-mas〕
图①宇宙；有秩序的體系（↔ chaos〔'keɑs〕混沌）②【植】大波斯菊　　cosmic 圈宇宙的；廣大無邊的

**space**
〔spes〕
图①空間　②太空　③間隔　④場所
spacious 圈廣大的；廣泛的

**satellite**
〔'sætḷ,aɪt〕
图①衛星　②人造衛星（＝artificial ～）
→ a meteorological satellite 氣象衛星

**planet**
〔'plænɪt〕
图行星（↔ fixed star 恒星）　　planetary 圈行星的
比較 comet 彗星

**globe**
〔glob〕
图①球（體）　②【the ～】地球（the earth）　③地球儀
global 圈球形的；全體的；全世界的（worldwide）

**sphere**
〔sfɪr〕
图①球（globe）　②範圍；領域　　hemisphere 图半球

**astronomy**
〔ə'strɑnəmɪ〕
图天文學　　astronaut 图太空人
astronomer 图天文學者　　astronomical 圈天文學的

**gravity**
〔'grævətɪ〕
图①引力；重力　②嚴重性　　gravitation 图引力；重力
（→ universal gravitation 萬有引力）　　grave 圈莊嚴的
勔銘記　图墓

**orbit**
〔'ɔrbɪt〕
图①軌道　②勢力範圍　勔繞軌道而行
orb 图球（globe）；天體

**equator**
〔ɪ'kwetə〕
图【the ～】赤道　比較 equal〔'ikwəl〕圈同樣的；平等的
equality 图同樣；平等

**latitude**
〔'lætə,tjud〕
图①緯度（↔ longitude 經度）　②寬容；自由
比較 altitude 高度（height）

**solar**
〔'solə〕
圈太陽的（比較 lunar 圈月亮的）
→ solar battery〔cell〕太陽能電池

**arctic**
〔'ɑrktɪk〕
圈北極的（↔ antarctic南極的）　图（the A-）北極
（↔ the Antarctic）　比較 polar 圈北（南）極的
pole 图極；棒

── ≪EXERCISE≫ ──

Ⅰ. 請參考英文字彙，完成中文翻譯。

1. The **cosmos** is an orderly, continuous unity.
   _____是廣大無邊而有秩序的體系。

2. The exploration of **space** changed the destiny of mankind.
   _____探險改變了人類的命運。

3. He tried to enlarge his **sphere** of influence.
   他試著去擴張他的勢力_____。

4. The **Arctic** has comparatively warm summers.
   _____的夏天相當溫暖。

5. The Earth travels in an **orbit** around the sun.
   地球在環繞太陽的_____上運轉。

6. Our world is but a small part of the **universe**.
   我們的世界只是_____的一小部分。

7. The moon is not a perfect **globe**. 月球不是正_____。

Ⅱ. 請根據中文，使用本篇字彙完成英文句子。

1. The Earth, Mars and Jupiter are_____. 地球、火星、木星都是行星。

2. He has been studying_____for twenty years.
   他研究天文學有二十年了。

3. _____ causes objects to have weight. 引力作用使物體具有重量。

4. The moon is a_____ of the Earth. 月球是地球的衛星。

5. They are developing a_____heating system.
   他們在發展太陽能加熱系統。

Ⅲ. 依下列指示作答。

1. globe 形_____  2. arctic 反_____
3. space 形_____  4. universe 形_____
5. 挑出劃線部分發音相異的字：c<u>o</u>smos , s<u>o</u>lar , astr<u>o</u>nomy

┌解答┐
Ⅰ. 1.宇宙  2.太空  3.範圍  4.北極  5.軌道  6.宇宙  7.球體  Ⅱ.1.
planets  2. astronomy  3. Gravity  4. satellite  5. solar  Ⅲ.1. global
2. antarctic  3. spacious  4. universal  5. solar

# K5　環境・氣候

| | |
|---|---|
| **surround**<br>〔 sə'raʊnd 〕 | 國 包圍；**環繞**　　surrounding 圈 周圍的<br>surroundings 图 環境 |
| **environment**<br>〔 ɪn'vaɪrənmənt〕 | 图 ① **環境**　② 【 the ～】自然環境<br>environmental 圈 環境的 |
| **circumstance**<br>〔'sɝkəm,stæns 〕 | 图 ①【～s 】事情；**狀況**　②【～s 】境遇<br>circumstantial 圈 依照情況的；偶然的 |
| **state**<br>〔 stet 〕 | 图 ① **狀態**　② 國家　③ 州（ 比較 county〔'kaʊntɪ 〕图 郡 ）<br>④ 階級　⑤ 威嚴　國 敍述<br>statement 图 聲明；陳述　　stately 圈 體面的；威嚴的 |
| **condition**<br>〔 kən'dɪʃən〕 | 图 ①狀態　② 事情　③ **條件**　④ 地位<br>conditional 圈 有條件的（ ↔ *unconditional* ）<br>（ state 指某時某物存在的狀態、情況。condition 指某具體<br>原因或環境所產生的狀態。situation（⇨p.156）大致和上面二<br>字同義，但較重視各種情況，及牽涉到的人與人之間的關係。） |
| **opportunity**<br>〔 ,ɑpə'tjunətɪ〕 | 图 **機會**；時機（ chance ）<br>opportune 圈 恰巧的；合時宜的 |
| **occasion**<br>〔 ə'keʒən〕 | 图 ① **場合**；時機　② 機會　③ 誘因　國 引起<br>occasional 圈 時常的<br>occasionally 圖 偶而；有時（ = on occasion ） |
| **casual**<br>〔'kæʒʊəl 〕 | 圈 ① 偶然的；意外的（ accidental ）　② 臨時的<br>③ **無心的**（ careless ）　　casualty 图 死傷者 |
| **phase**<br>〔 fez 〕 | 图 ① 階段；**局面**　② 面；方面（ aspect ）<br>→ enter upon a new phase 進入一個新階段 |
| **atmosphere**<br>〔'ætməs,fɪr 〕 | 图 ① **大氣**；空氣　② 氣氛；環境<br>→ atmospheric pressure 氣壓 |
| **climate**<br>〔'klaɪmɪt 〕 | 图 ① **氣候**　② 風土；思潮<br>比較 weather 天候；天氣 |
| **temperature**<br>〔'tɛmprətʃɚ〕 | 图 ① **溫度**；氣溫；體溫　②【 a ～】發燒（ fever ）<br>（ 比較 temper ⇨ p.196 ）　thermometer〔θə'mɑmətɚ〕溫度計<br>speedometer〔 spi'dɑmətɚ 〕图 速度計<br>barometer〔 bə'rɑmətɚ 〕图 氣壓計 |

《EXERCISE》

Ⅰ. 請參考英文字彙，完成中文翻譯。

1. The tropical *climate* did not agree with me.
   熱帶_____不適合我。

2. He was in no *condition* to leave the hospital.
   他的_____不適宜出院。

3. T-shirts and jeans do not suit this *occasion*.
   這種_____不適合穿襯衫和牛仔褲。

4. This computer room is kept at a constant *temperature*.
   這電腦室要保持固定的_____。

5. He is in a *state* of despair. 他處於絕望_____。

6. They are in bad *circumstances*. 他們_____不佳。

7. The political situation has entered upon a new *phase*.
   這政治狀況進入一個新_____。

Ⅱ. 請根據中文，使用本篇字彙完成英文句子。

1. A wall_____the garden. 一座牆圍繞著這花園。

2. He died a_____death. 他死於意外。

3. We live in an_____of freedom. 我們生活在自由的環境中。

4. I have had few_____to travel recently.
   最近我很少有機會旅行。

5. We should not destroy our_____. 我們不應該破壞環境。

Ⅲ. 依下列指示作答。

1. occasion 副_____    2. environment 形_____
3. condition 形_____    4. opportunity 形_____
5. 挑出重音在第二音節的字：atmosphere, thermometer, temperature

解答

Ⅰ. 1.氣候  2.狀況  3.場合  4.溫度  5.狀態  6.境遇  7.局面  Ⅱ.1. surrounds  2. casual  3. atmosphere  4. opportunities  5. environment
Ⅲ.1. occasionally  2. environmental  3. conditional  4. opportune
5. thermometer

# K6　地理環境

| | |
|---|---|
| **passage**<br>〔ˈpæsɪdʒ〕 | 图① **通行**；通路　② 變遷　③ 旅行　④（文章）一節<br>pass 勔 通過；合格；經過；消失　图 山路；通行（入場）證<br>passenger 图 乘客　比較 passerby 图 行人 |
| **alley**<br>〔ˈælɪ〕 | 图 小路；**小巷**；弄<br>比較　lane 图 小路；巷　path 图 小路 |
| **site**<br>〔saɪt〕 | 图① 用地；**位置**；地點　② 遺跡<br>比較 同音字 sight 視力；景緻　cite 引用（quote） |
| **estate**<br>〔əˈstet〕 | 图①（指大的）**地產**（landed property）　② 財產<br>→ real estate 不動產　personal estate 動產 |
| **desert**<br>〔ˈdɛzɚt〕 | 图 沙漠　厖 沙漠的；荒蕪的　〔dɪˈzɝt〕勔① 遺棄<br>② 潛逃　〔dɪˈzɝt〕图 功績（deserve）<br>deserted 厖 荒蕪的；人跡罕至的 |
| **continent**<br>〔ˈkɑntənənt〕 | 图 **大陸**；洲　　continental 厖 大陸（性）的<br>图 歐洲大陸的人 |
| **tide**<br>〔taɪd〕 | 图① **潮（流）**　② 形勢　→ the flood〔ebb〕tide 滿（退）潮<br>tidal 厖 潮的；受潮水作用的 |
| **channel**<br>〔ˈtʃænl〕 | 图① **海峽**　② 水道　③ 頻道　比較 canal 图 運河<br>strait 图（比 channel 更窄的）海峽 |
| **province**<br>〔ˈprɑvɪns〕 | 图① 省　②【the ～s】首都以外各地　③ 領域；範圍<br>provincial 厖 地方的；鄉下的 |
| **metropolitan**<br>〔ˌmɛtrə-<br>ˈpɑlətn̩〕 | 厖 **大都市的**；首都的　图 都市人<br>metropolis〔məˈtrɑplɪs〕图 主要都市；首都 |
| **rural**<br>〔ˈrʊrəl〕 | 厖① **鄉村的**　② 田園的（pastoral）<br>比較 rustic〔ˈrʌstɪk〕厖 樸素的；粗野的；鄉村的 |
| **suburb**<br>〔ˈsʌbɝb〕 | 图①【the ～s】郊外　② 郊區　suburban 厖 郊外的<br>比較 urban 厖 都市的（↔ rural）　urbane〔ɝˈben〕<br>厖 都市的（↔ rustic）　outskirts 图 郊外；近郊 |
| **colony**<br>〔ˈkɑlənɪ〕 | 图① **殖民地**　② 僑居地　colonial 厖 殖民地的<br>图 殖民地人民　colonist 图 移民；殖民地人民 |

≪EXERCISE≫

Ⅰ. 請參考英文字彙，完成中文翻譯。

1. Where does the English *Channel* lie? 英吉利_____位於何處？

2. Strong *tides* make swimming dangerous. 在大_____下游泳很危險。

3. He purchased a little *estate* and built a house.
他買了一些_____蓋一間房子。

4. The *site* for the new school is not determined yet.
新學校尚未決定_____。

5. The crime rate has been increasing in the *metropolitan* area.
_____地區犯罪率增加。

6. He lost himself in a blind *alley*. 他在死_____中迷了路。

7. The theatrical company toured the *provinces*.
這個劇團在_____旅行演出。

Ⅱ. 請根據中文，使用本篇字彙完成英文句子。

1. There are seven great_____ on the earth. 地球上有七大洲。

2. We live in the_____ of Taipei. 我們住在台北郊區。

3. The_____stretches far and wide. 這沙漠伸展的又遠又廣。

4. Some people like_____ life. Others prefer urban living.
有人喜歡鄉村生活，有人喜愛都市生活。

5. After World War Ⅱ, many_____gained independence.
二次世界大戰後，許多殖民地獲得獨立。

6. No_____ this way. 此路禁止通行。

Ⅲ. 依下列指示作答。

1. continent 形_____　　2. province 形_____
3. passage 動_____　　4. urban 反_____
5. 挑出重音節在第二音節的字：alley, estate, suburb

┌ 解答 ┐

Ⅰ. 1.海峽　2.浪潮　3.地產　4.地點　5.大都市　6.巷　7.各地　Ⅱ. 1. continents　2. suburbs　3. desert　4. rural　5. colonies　6. passage
Ⅲ. 1. continental　2. provincial　3. pass　4. rural　5. estate

# WORD　REVIEW

| agriculture | ☐☐ | estate | ☐☐ | phase | ☐☐ |
| alley | ☐☐ | factor | ☐☐ | physical | ☐☐ |
| apparatus | ☐☐ | famine | ☐☐ | planet | ☐☐ |
| appliance | ☐☐ | fertile | ☐☐ | plant | ☐☐ |
| arctic | ☐☐ | fuel | ☐☐ | province | ☐☐ |
| astronomy | ☐☐ | function | ☐☐ | role | ☐☐ |
| atmosphere | ☐☐ | globe | ☐☐ | rural | ☐☐ |
| barren | ☐☐ | gravity | ☐☐ | satellite | ☐☐ |
| casual | ☐☐ | harvest | ☐☐ | site | ☐☐ |
| channel | ☐☐ | implement | ☐☐ | soil | ☐☐ |
| chemical | ☐☐ | instrument | ☐☐ | solar | ☐☐ |
| circumstance | ☐☐ | latitude | ☐☐ | solid | ☐☐ |
| climate | ☐☐ | liquid | ☐☐ | space | ☐☐ |
| colony | ☐☐ | machinery | ☐☐ | sphere | ☐☐ |
| condition | ☐☐ | material | ☐☐ | state | ☐☐ |
| continent | ☐☐ | mechanism | ☐☐ | sterile | ☐☐ |
| cosmos | ☐☐ | method | ☐☐ | substance | ☐☐ |
| crop | ☐☐ | metropolitan | ☐☐ | suburb | ☐☐ |
| cultivate | ☐☐ | mineral | ☐☐ | surround | ☐☐ |
| culture | ☐☐ | nourish | ☐☐ | technical | ☐☐ |
| desert | ☐☐ | nuclear | ☐☐ | technology | ☐☐ |
| device | ☐☐ | occasion | ☐☐ | temperature | ☐☐ |
| drought | ☐☐ | opportunity | ☐☐ | tide | ☐☐ |
| environment | ☐☐ | orbit | ☐☐ | universe | ☐☐ |
| equator | ☐☐ | passage | ☐☐ | vapo(u)r | ☐☐ |
| equipment | ☐☐ | petroleum | ☐☐ | | |

─────────────── **重要的同義字‧反義字** ───────────────

## 【1】同義字（請注意各組字間的細微差異）

### I. 動詞

| | | |
|---|---|---|
| **abandon** | 拋棄 | desert, forsake〔fɚ'sek〕, quit |
| **acquire** | 獲得 | obtain, get |
| **admit** | 承認 | acknowledge, recognize |
| **amaze** | 驚訝 | astonish, surprise |
| **answer** | 回答 | reply, respond |
| **assert** | 主張 | maintain, declare, claim |
| **bear** | 忍受 | endure, stand, tolerate |
| **comfort**〔'kʌ-〕 | 安慰 | console, solace, soothe |
| **conquer** | 征服 | overcome, beat, defeat, vanquish〔'væŋkwɪʃ〕 |
| **criticize** | 責難 | blame, censure〔'sɛnʃɚ〕, condemn, reproach |
| **demand** | 要求 | request, seek, beseech〔bɪ'sitʃ〕, ask for |
| **die** | 死 | perish, decay, vanish, expire |
| **disappear** | 消失 | vanish |
| **force** | 強迫 | compel, impel, oblige |
| **happen** | 發生 | chance, occur, befall〔bɪ'fɔl〕, take place |
| **hate** | 恨 | abhor〔əb'hɔr〕, detest, loathe〔loð〕, dislike |
| **imitate** | 模倣 | copy, mimic〔'mɪmɪk〕, mock〔mɑk〕 |
| **lament** | 悲傷 | grieve, sorrow, deplore, mourn〔morn〕 |
| **provide** | 供給 | supply, furnish, equip |
| **remember** | 記得 | recollect, recall, remind |
| **scorn** | 輕視 | disdain, despise, condemn |
| **understand** | 了解 | comprehend |

### II. 名詞

| | | |
|---|---|---|
| **ability** | 能力 | capacity, gift, faculty, talent |
| **advantage** | 利益 | benefit, profit, gain, interest |
| **capital** | 首都 | metropolis |
| **clergyman** | 牧師 | minister, priest, vicar〔'vɪkɚ〕 |
| **crocodile** | 鱷魚 | alligator〔'ælə‚getɚ〕 |
| **danger** | 危險 | peril, risk, hazard |
| **disaster** | 災害 | calamity, catastrophe, misfortune |

| disdain | 輕視 | contempt, scorn |
|---|---|---|
| effect | 結果 | consequence, result |
| effort | 努力 | endeavo(u)r, exertion, pains |
| evidence | 證據 | proof |
| freedom | 自由 | liberty |
| habit | 習慣 | custom, practice, usage |
| illness | 疾病 | sickness, disease〔-ziz〕 |
| injury | 傷害 | hurt, harm, wound〔wund〕 |
| likeness | 類似 | similarity, resemblance〔rɪ'zɛmbləns〕 |
| meadow | 牧草地 | pasture |
| occasion | 機會 | chance, opportunity |
| patience | 忍耐 | endurance, perseverance〔ˌpɝsə'vɪrəns〕 |
| pity | 憐憫；同情 | compassion, sympathy |
| rebellion | 反叛 | revolt, riot |
| significance | 重要性 | importance |
| sin | 罪 | crime, vice |
| torment | 苦悶；痛苦 | torture |
| victory | 勝利 | conquest, triumph |

## Ⅱ. 形容詞

| accurate | 正確的 | precise, exact |
|---|---|---|
| aware | 察覺到的 | conscious, sensible【敘述用法】 |
| bad | 壞的 | evil, wicked〔-kɪd〕, ill |
| brave | 勇敢的 | courageous, audacious〔ɔ'deʃəs〕 |
| continual | 連續的 | incessant, continuous |
| damp | 潮濕的 | moist, wet, humid〔'hjumɪd〕 |
| doubtful | 可疑的 | suspicious, questionable |
| enormous | 巨大的 | immense, huge, vast |
| enough | 充足的 | sufficient, ample, adequate |
| expert〔—'—〕 | 熟練的 | proficient, skil(l)ful, skilled |
| foolish | 愚蠢的 | silly, stupid, absurd, ridiculous |
| grateful | 感激的 | thankful |
| jealous | 嫉妒的 | envious |
| loyal | 忠心的 | faithful |
| pious | 虔誠的 | religious, reverent |
| real | 真實的 | genuine, true, actual |

【2】反義字　由於一個單字的意思不只一種,因此其反義字也不限於只有一個 。
反義字有接字首或字尾的 。

## I.動詞

accept〔ək'sɛpt, æk-〕接受
refuse〔rɪ'fjuz〕拒絕

admit〔əd'mɪt〕承認
deny〔dɪ'naɪ〕否定

advance〔əd'væns〕前進
retreat〔rɪ'trit〕後退

attack〔ə'tæk〕攻擊
defend〔dɪ'fɛnd〕防衛

blame〔blem〕責備
praise〔prez〕讚美

conceal〔kən'sil〕隱藏
reveal〔rɪ'vil〕透露

construct〔kən'strʌkt〕建設
destroy〔dɪ'strɔɪ〕破壞

consume〔kən'sum〕消費
produce〔prə'djus〕生產

descend〔dɪ'sɛnd〕下降
ascend〔ə'sɛnd〕上升

disappoint〔ˌdɪsə'pɔɪnt〕使失望
satisfy〔'sætɪs,faɪ〕使滿足

economize〔ɪ'kɑnə,maɪz〕節約
waste〔west〕浪費

employ〔ɪm'plɔɪ〕雇用
dismiss〔dɪs'mɪs〕解雇

fasten〔'fæsn̩〕綁緊
loosen〔'lusn̩〕鬆開

lend〔lɛnd〕借入
borrow〔'bɑro〕借出

permit〔pɚ'mɪt〕准許
prohibit〔pro'hɪbɪt〕禁止

punish〔'pʌnɪʃ〕處罰
reward〔rɪ'wɔrd〕獎賞

respect〔rɪ'spɛkt〕尊敬
despise〔dɪ'spaɪz〕輕視

succeed〔sək'sid〕成功
fail〔fel〕失敗

## II.名詞

amateur〔'æmə,tʃur〕業餘者
professional〔prə'fɛʃənl̩〕專家

analysis〔ə'næləsɪs〕分析
synthesis〔'sɪnθəsɪs〕合成

ancestor〔'ænsɛstɚ〕祖先
descendant〔dɪ'sɛndənt〕子孫

bachelor〔'bætʃələ〕單身漢
spinster〔'spɪnstɚ〕老處女

bride〔braɪd〕新娘
bridegroom〔'braɪd,grum〕新郎

comedy〔'kɑmədɪ〕喜劇
tragedy〔'trædʒədɪ〕悲劇

entrance〔'ɛntrəns〕入口
exit〔'ɛgzɪt〕出口

friend〔frɛnd〕朋友
enemy〔'ɛnəmɪ〕敵人

latitude〔'lætə,tjud〕緯度
longitude〔'lɑndʒə,tjud〕經度

marriage〔'mærɪdʒ〕結婚
divorce〔də'vors〕離婚

nephew〔'nɛfju〕姪兒
niece〔nis〕姪女

optimism〔'ɑptə,mɪzəm〕樂觀
pessimism〔'pɛsə,mɪzəm〕悲觀

quantity〔'kwɑntətɪ〕量
quality〔'kwɑlətɪ〕質

revenue〔'rɛvə,nju〕收入
expenditure〔ɪk'spɛndɪtʃɚ〕支出

theory〔'θiərɪ〕理論
practice〔'præktɪs〕實行

vice〔vaɪs〕惡行
virtue〔'vɝtʃʊ〕美德

## III. 形容詞

absolute〔'æbsə,lut〕絕對的
relative〔'rɛlətɪv〕相對的

abstract〔æb'strækt〕抽象的
concrete〔kɑn'krit〕具體的

active〔'æktɪv〕主動的
passive〔'pæsɪv〕被動的

affirmative〔ə'fɝmətɪv〕肯定的
negative〔'nɛgətɪv〕否定的

ancient〔'enʃənt〕古代的
modern〔'mɑdɚn〕現代的

compulsory〔kəm'pʌlsərɪ〕強制的
voluntary〔'vɑlən,tɛrɪ〕自願的

divine〔də'vaɪn〕神的
human〔'hjumən〕人的

genuine〔'dʒɛnjuɪn〕真的
false〔fɔls〕假的

guilty〔'gɪltɪ〕有罪的
innocent〔'ɪnəsn̩t〕無辜的

masculine〔'mæskjəlɪn〕男的
feminine〔'fɛmənɪn〕女的

material〔mə'tɪrɪəl〕物質的
spiritual〔'spɪrɪtʃʊəl〕精神的

particular〔'pə'tɪkjəlɚ〕特別的
general〔'dʒɛnərəl〕普通的

real〔'rɪəl, ril〕真實的
imaginary〔ɪ'mædʒə,nɛrɪ〕想像的

solar〔'solɚ〕太陽的
lunar〔'lunɚ〕月亮的

terrestrial〔tə'rɛstrɪəl〕地上的
celestial〔sɪ'lɛstʃəl〕天空的

vague〔veg〕含糊的
distinct〔dɪ'stɪŋkt〕明確的

## IV. 其他（接字首或字尾的反義字）

aware〔ə'wɛr〕厖 察覺到的
unaware〔ʌnə'wɛr〕厖 不知不覺的

sympathy〔'sɪmpəθɪ〕图 同情
antipathy〔æn'tɪpəθɪ〕图 反感

valuable〔'væljʊəbl̩〕厖 貴重的
valueless〔'væljʊlɪs〕厖 無價值的

fortune〔'fɔrtʃən〕图 幸運
misfortune〔mɪs'fɔrtʃən〕图 不幸

fortunate〔'fɔrtʃənɪt〕厖 幸運的
unfortunate〔ʌn'fɔrtʃənɪt〕厖 不幸的

logical〔'lɑdʒɪkl̩〕厖 合理的
illogical〔ɪ'lɑdʒɪkl̩〕厖 不合理的

able〔'ebl̩〕厖 能夠的
unable〔ʌn'ebl̩〕厖 不能的

ability〔ə'bɪlətɪ〕图 能力
inability〔ɪnə'bɪlətɪ〕图 無能

perfect〔'pɝfɪkt〕厖 完全的
imperfect〔ɪm'pɝfɪkt〕厖 不完全的

normal〔'nɔrml̩〕厖 正常的
abnormal〔æb'nɔrml̩〕厖 異常的

noble〔'nobl̩〕厖 高貴的
ignoble〔ɪg'nobl̩〕厖 卑賤的

please〔pliz〕勔 使高興
displease〔dɪs'pliz〕勔 使生氣

# 索　　引

# 劉毅英文升高二、高三模考簡章

**Ⅰ.招生對象：**升高二、高三的同學。

**Ⅱ.上課方式：**「學測模考特訓」20回。每次上課前，我們讓同學先考完一份完整的模擬試題，考後老師立刻講解，答案、重點清清楚楚寫在黑板上。因為準備學測，就要針對學測的題型，一而再、再而三的練習。紮紮實實的模考訓練，讓同學確實掌握答題要領，目標在第一次北模成績一鳴驚人！劉毅英文模考班」同學高分的秘訣在於：「考試拼命寫，上課拼命記，考好不驕傲，考壞不難過。」你將發現7000字越背越熟，成績當然大幅提升！

**Ⅲ.收費標準：**_11,900_元。效果最佳，學費最低，獎金最高，贈書最多！

**Ⅳ.開課班級：**

## 【台北】

| 班別 | 上 課 時 間 |
|---|---|
| A班 | 週五晚上6:20～9:40 |
| B班 | 週六上午8:20～12:00 |
| C班 | 週六下午1:20～5:00 |

| 班別 | 上 課 時 間 |
|---|---|
| D班 | 週六晚上6:20～9:40 |
| E班 | 週日上午8:20～12:00 |
| F班 | 週日下午1:20～5:00 |

## 【台中】

| 班別 | 上 課 時 間 |
|---|---|
| A班 | 週日下午1:20～5:00 |

| 班別 | 上 課 時 間 |
|---|---|
| B班 | 週三晚上6:20～9:40 |

**Ⅴ.高三贈書：**

★獨家「103年指考出題來源」→103年指考英文科考完當天晚上，我們立刻舉辦「103指考英文科試題講座」，並公佈「出題來源」及「修正意見」。大考中心規定近五年的試題不得重複，我們要看近五年的題型，知道去年考什麼題型，前年考什麼題型，就可以知道未來考什麼題型。「劉毅英文」將贈送全套「歷屆學測各科試題詳解」共價值_3,200_元，助同學一臂之力。

★創新發明「一口氣背字7000字」全套①～⑯冊【價值_1600元_】

## VI. 高二贈書：

①高中常用7000字解析　【價值280元】
②高中7000字測驗題庫　【價值180元】
③高中常用字彙第5級　【價值180元】
④用字尾背高中字彙第5級　【價值80元】
⑤高中字彙第5級隨身測驗　【價值80元】
⑥高中常用字彙第6級　【價值180元】
⑦用字尾背高中字彙第6級　【價值80元】
⑧高中字彙第6級隨身測驗　【價值80元】

⑨高中字彙第6級隨身測驗　【價值80元】
⑩一口氣背7000字1~16冊【價值1600元】

## VII. 獎學金專案：

| 項　目 | 獎　學　金 | 說　明 |
|---|---|---|
| 學期總成績 | 全班第1名，獎學金5,000元。<br>全班第2~5名，獎學金1,000元。 | ※各項獎學金可於報名時，當場抵扣學費。<br>※學校獎學金：請憑102學年學校成績單，依補習班獎學金申請辦法，並於期限內辦理。每獎項限領一次，請擇優申請，進步可補領差額，最高可領5,000元。<br>※大考獎學金：憑該年度學測或指考成績單，依補習班獎學金申請辦法，並於期限內辦理。領獎項目限報名該課程在班同學。如報名全期課程同學，兩獎項皆可領取。 |
| 段考總成績 | 全班第1名，獎學金3,000元。<br>全班第2、3名，獎學金1,000元。 | |
| 段考高分獎 | 段考英文科達80分，獎學金1,000元。 | |
| 模考總成績 | 全班第1名，獎學金3,000元。<br>全班第2、3名，獎學金1,000元。 | |
| 學測高分獎 | 學測英文科15級分，獎學金1,000元。<br>學測英文科14級分，獎學金500元。 | |
| 指考高分獎 | 指考英文科全國最高分，獎學金10萬元。<br>指考英文科達98分以上，獎學金2萬元。<br>指考英文科達90分以上，獎學金1萬元。<br>指考英文科達80分以上，獎學金1,000元。 | |

# 劉毅英文家教班成績優異同學獎學金排行榜

| 姓名 | 學校 | 總金額 | 姓名 | 學校 | 總金額 | 姓名 | 學校 | 總金額 |
|---|---|---|---|---|---|---|---|---|
| 賴宣佑 | 成淵高中 | 148050 | 張宛茹 | 基隆女中 | 17000 | 陳聖妮 | 中山女中 | 11100 |
| 王千 | 中和高中 | 91400 | 林政瑋 | 板橋高中 | 16600 | 呂濬雅 | 成功高中 | 11100 |
| 翁一銘 | 中正高中 | 79350 | 郭權 | 建國中學 | 16600 | 劉苡琳 | 板橋高中 | 11100 |
| 呂芝瑩 | 內湖高中 | 52850 | 林學典 | 格致高中 | 16500 | 陳瑾瑜 | 中平國中 | 11000 |
| 吳宥汯 | 縣中崙國中 | 50300 | 張雅婷 | 海山高中 | 16250 | 蔡岳峰 | 長安國中 | 11000 |
| 楊玄詳 | 建國中學 | 41400 | 蔡欣儒 | 百齡高中 | 16200 | 應奇穎 | 建國中學 | 10900 |
| 謝家綺 | 板橋高中 | 39000 | 洪子晴 | 大同高中 | 16100 | 賴品臻 | 明倫高中 | 10700 |
| 趙啓鈞 | 松山高中 | 34450 | 林怡廷 | 景美女中 | 15900 | 謝承孝 | 大同高中 | 10600 |
| 丁哲沛 | 成功高中 | 34250 | 秦嘉欣 | 華僑高中 | 15800 | 柯博軒 | 成功高中 | 10500 |
| 陳學蒴 | 中興高中 | 34100 | 潘羽薇 | 丹鳳高中 | 15600 | 黃浩銓 | 成功高中 | 10500 |
| 王芊蓁 | 北一女中 | 33650 | 邱瀞萱 | 縣格致中學 | 15600 | 司徒皓平 | 建國中學 | 10300 |
| 袁好蓁 | 武陵高中 | 32750 | 劉裕心 | 中和高中 | 15550 | 吳思慧 | 景美女中 | 10300 |
| 吳書軒 | 成功高中 | 30600 | 施衍廷 | 成功高中 | 15500 | 呂家榮 | 陽明高中 | 10150 |
| 蔡佳容 | 北一女中 | 30450 | 李品萱 | 松山家商 | 15500 | 陳貞穎 | 中山女中 | 10000 |
| 蔡佳恩 | 建國中學 | 28500 | 陳品文 | 建國中學 | 15000 | 李之琳 | 永春國小 | 10000 |
| 許晏魁 | 竹林高中 | 28350 | 蘇柏中 | 師大附中 | 15000 | 李欣蓉 | 格致高中 | 10000 |
| 徐柏庭 | 延平高中 | 28200 | 許弘儒 | 成功高中 | 14700 | 孔爲亮 | 龍山國中 | 10000 |
| 呂佾蓁 | 南湖高中 | 27850 | 季怡孚 | 和平高中 | 14600 | 李宸馨 | 北一女中 | 9700 |
| 何宇屏 | 輔仁大學 | 27400 | 周欣穎 | 國三重高中 | 14400 | 陳怡靜 | 北一女中 | 9700 |
| 王挺之 | 建國中學 | 27100 | 劉詩玟 | 北一女中 | 14300 | 廖彥綸 | 師大附中 | 9700 |
| 林祐瑋 | 耕莘護專 | 27050 | 楊姿芳 | 成淵高中 | 14100 | 羅映婷 | 內壢高中 | 9600 |
| 黃棨寬 | 北一女中 | 26550 | 劉秀慧 | 進修生 | 14100 | 陳亭如 | 北一女中 | 9600 |
| 張祐寧 | 建國中學 | 26000 | 林姿妤 | 丹鳳高中 | 13900 | 黃盟凱 | 國三重高中 | 9600 |
| 黃靖淳 | 師大附中 | 25450 | 林書卉 | 薇閣高中 | 13900 | 林瑞軒 | 基隆高中 | 9600 |
| 蕭允惟 | 景美女中 | 25300 | 劉若盈 | 松山家商 | 13600 | 王簡群 | 華江高中 | 9550 |
| 黃筱雅 | 北一女中 | 25000 | 王雯琦 | 政大附中 | 13600 | 簡士益 | 格致高中 | 9500 |
| 趙祥安 | 新店高中 | 24600 | 方冠予 | 北一女中 | 13500 | 鄭浣心 | 板橋高中 | 9400 |
| 許嘉洤 | 北市商 | 24400 | 曹傑 | 松山高中 | 13250 | 廖珗軒 | 武陵高中 | 9400 |
| 羅之勵 | 大直高中 | 23800 | 陳瑾慧 | 北一女中 | 13200 | 劉良逸 | 台中一中 | 9300 |
| 練冠霆 | 板橋高中 | 23400 | 林政穎 | 中崙高中 | 13100 | 黃建發 | 永平高中 | 9300 |
| 王廷鎧 | 建國中學 | 23300 | 黃小榕 | 中崙高中 | 13000 | 黃靖儒 | 建國中學 | 9300 |
| 楊于萱 | 新莊高中 | 23200 | 洪采媚 | 北一女中 | 12900 | 劉哲銘 | 建國中學 | 9250 |
| 盧安 | 成淵高中 | 22300 | 蔡瑄庭 | 南湖高中 | 12500 | 陳冠儒 | 大同高中 | 9200 |
| 李佳珈 | 新莊高中 | 22300 | 粘書耀 | 師大附中 | 12500 | 蘇倍陞 | 板橋高中 | 9200 |
| 董澤元 | 再興高中 | 21800 | 劉婷婷 | 板橋高中 | 12400 | 吳柏諭 | 裕民國小 | 9150 |
| 許瑋峻 | 延平高中 | 21700 | 宋才捷 | 成功高中 | 12300 | 林怡瑄 | 大同高中 | 9100 |
| 陳鍵華 | 大理高中 | 21100 | 張馥蒲 | 北一女中 | 12100 | 阮鎂儒 | 北一女中 | 9100 |
| 王裕琁 | 成淵高中 | 21100 | 邱馨荷 | 市中崙國中 | 12000 | 徐浩倫 | 北一女中 | 9100 |
| 張祐銘 | 延平高中 | 20950 | 吳凱恩 | 復旦高中 | 12000 | 劉禹廷 | 板橋高中 | 9100 |
| 蔡欣伶 | 新店高中 | 20500 | 鄭晴 | 北一女中 | 11700 | 徐健智 | 松山高中 | 9100 |
| 陳冠揚 | 南湖高中 | 20400 | 陳昕 | 麗山高中 | 11700 | 邱雅蘋 | 聖心女中 | 9100 |
| 林悅婷 | 北一女中 | 19400 | 蔡承絎 | 復興高中 | 11650 | 曹家榕 | 大同高中 | 9000 |
| 吳灃晉 | 中正高中 | 18900 | 范詠琪 | 中山女中 | 11600 | 藍珮瑜 | 北一女中 | 9000 |
| 蘇芳萱 | 大同高中 | 18500 | 何俊毅 | 師大附中 | 11600 | 胡家瑋 | 桃園國中 | 9000 |
| 郭學豪 | 和平高中 | 18500 | 盧昱璋 | 格致高中 | 11550 | 陳宣蓉 | 中山女中 | 8800 |
| 許瓊方 | 北一女中 | 18300 | 陳書毅 | 成功高中 | 11400 | 潘育誠 | 成功高中 | 8800 |
| 林侑緯 | 建國中學 | 17800 | 林份 | 林口高中 | 11400 | 黃新雅 | 松山高中 | 8600 |
| 林述君 | 松山高中 | 17550 | 劉俐妤 | 中山女中 | 11300 | 何宜臻 | 板橋高中 | 8500 |
| 郭子瑄 | 新店高中 | 17200 | 黃鈺雯 | 永春高中 | 11200 | 蔣詩媛 | 華僑高中 | 8400 |
| 陳柏諺 | 師大附中 | 17000 | 劉仁誠 | 建國中學 | 11200 | 劉妍君 | 新店高中 | 8400 |

| 姓名 | 學校 | 總金額 | 姓名 | 學校 | 總金額 | 姓名 | 學校 | 總金額 |
|---|---|---|---|---|---|---|---|---|
| 李宜蓁 | 中正高中 | 8300 | 胡勝彥 | 進修生 | 6700 | 鄭朵晴 | 大同高中 | 5600 |
| 李奕儒 | 成淵高中 | 8300 | 柯賢鴻 | 松山高中 | 6700 | 蔡承絟 | 景美女中 | 5600 |
| 施柏廷 | 明倫高中 | 8300 | 黃誼珊 | 華江高中 | 6700 | 林廷豫 | 台中一中 | 5500 |
| 吳冠穎 | 建國中學 | 8300 | 吳沛璉 | 靜修女中 | 6700 | 王子銘 | 縣三重高中 | 5500 |
| 林承慶 | 建國中學 | 8300 | 張君如 | 東山高中 | 6650 | 劉文心 | 中山女中 | 5400 |
| 許瓊中 | 北一女中 | 8200 | 鍾凡雅 | 中山女中 | 6600 | 林原道 | 和平高中 | 5400 |
| 徐子瑤 | 松山高中 | 8200 | 曹姿儀 | 南港高中 | 6600 | 洪子茜 | 明倫高中 | 5400 |
| 侯軒宇 | 建國中學 | 8200 | 羅友良 | 建國中學 | 6600 | 蔡佳原 | 松山高中 | 5400 |
| 王郁文 | 成功高中 | 8100 | 袁紹禾 | 陽明高中 | 6600 | 徐詩婷 | 松山高中 | 5400 |
| 王秉立 | 板橋高中 | 8000 | 俞雅文 | 市三重高中 | 6500 | 董芳秀 | 景美女中 | 5400 |
| 黃曉嵐 | 北一女中 | 7900 | 何允中 | 師大附中 | 6500 | 黃偉嘉 | 育成高中 | 5350 |
| 劉佁 | 再興高中 | 7800 | 黃盛群 | 師大附中 | 6500 | 張育綸 | 大直高中 | 5300 |
| 朱徽茵 | 松山高中 | 7800 | 李宛芸 | 北一女中 | 6400 | 李安晴 | 北一女中 | 5300 |
| 謝竣宇 | 建國中學 | 7800 | 張繼元 | 華江高中 | 6400 | 張家瑒 | 北一女中 | 5300 |
| 楊沐焌 | 師大附中 | 7750 | 林建宏 | 成功高中 | 6300 | 吳宇霖 | 海山高中 | 5300 |
| 韋謙 | 北一女中 | 7700 | 宮宇辰 | 延平高中 | 6300 | 許家銘 | 大同高中 | 5200 |
| 蘇紀如 | 北一女中 | 7700 | 林冠宏 | 林口高中 | 6300 | 洪詩淵 | 中山女中 | 5200 |
| 吳念潔 | 永平高中 | 7700 | 吳鈞季 | 建國中學 | 6300 | 曾昱欣 | 松山高中 | 5200 |
| 李承祐 | 成功高中 | 7700 | 蕭宏任 | 桃園高中 | 6300 | 江方 | 中山女中 | 5200 |
| 高維均 | 麗山高中 | 7700 | 陳杏仔 | 北一女中 | 6200 | 張瀚陽 | 成功高中 | 5200 |
| 俞欣妍 | 大直高中 | 7600 | 黃晟豪 | 建國中學 | 6200 | 楊承恩 | 東山高中 | 5200 |
| 鄭懋珊 | 北一女中 | 7600 | 洪坤志 | 建國中學 | 6200 | 陳庭偉 | 板橋高中 | 5200 |
| 蔡得仁 | 師大附中 | 7600 | 林鼎傑 | 師大附中 | 6200 | 謝忠錦 | 師大附中 | 5200 |
| 謝富承 | 內湖高中 | 7500 | 胡博恩 | 大同高中 | 6100 | 蘇瑢瑄 | 景美女中 | 5200 |
| 劉唯翎 | 台北商專 | 7500 | 江婉盈 | 中山女中 | 6100 | 王殊雅 | 育成高中 | 5150 |
| 鄒佳融 | 板橋高中 | 7500 | 林柳合 | 台中二中 | 6100 | 黃品臻 | 中山女中 | 5100 |
| 林妤靜 | 格致高中 | 7500 | 蔡佳馨 | 南湖高中 | 6100 | 陳羿瑋 | 松山高中 | 5100 |
| 曾令棋 | 建國中學 | 7400 | 黃捷筠 | 華江高中 | 6100 | 胡郁唯 | 金陵女中 | 5100 |
| 張庭維 | 建國中學 | 7400 | 許芮寧 | 景美女中 | 6050 | 陳冠達 | 建國中學 | 5100 |
| 徐佑昀 | 中山女中 | 7300 | 李承芳 | 中山女中 | 6000 | 謝佳勳 | 師大附中 | 5100 |
| 廖彥筑 | 北一女中 | 7300 | 黃翊宣 | 北一女中 | 6000 | 王婷 | 華僑高中 | 5100 |
| 樂語安 | 基隆女中 | 7300 | 陳蓁 | 北一女中 | 6000 | 林姿妤 | 三民高中 | 5000 |
| 吳其錡 | 北一女中 | 7200 | 巫冠毅 | 板橋高中 | 6000 | 盧姿妤 | 大安國中 | 5000 |
| 郭恒志 | 台中一中 | 7200 | 黃博揚 | 建國中學 | 6000 | 葉昭宏 | 大直高中 | 5000 |
| 楊唯駿 | 成功高中 | 7200 | 廖冠豪 | 建國中學 | 6000 | 張文怡 | 中和高中 | 5000 |
| 張譽馨 | 板橋高中 | 7200 | 廖鴻宇 | 建國中學 | 6000 | 林宣含 | 北一女中 | 5000 |
| 陳冠廷 | 薇閣國小 | 7150 | 邱帰君 | 新明國中 | 6000 | 許家毓 | 金陵女中 | 5000 |
| 林育汝 | 中山女中 | 7100 | 張祐誠 | 丹鳳國中 | 5900 | 李宗穎 | 長安國中 | 5000 |
| 黃恩慈 | 基隆女中 | 7100 | 施菀柔 | 木柵高工 | 5900 | 陳韋綸 | 建國中學 | 5000 |
| 司鴻軒 | 華江高中 | 7100 | 吳佩蓉 | 板橋高中 | 5900 | 陳忠鵬 | 建國中學 | 5000 |
| 任達偉 | 成功高中 | 7000 | 蔡湘芸 | 松山高中 | 5900 | 簡君恬 | 師大附中 | 5000 |
| 關銘萱 | 南港國中 | 7000 | 陳得翰 | 祐德高中 | 5900 | 傅鈞澤 | 師大附中 | 5000 |
| 方奕中 | 建國中學 | 7000 | 張筑珺 | 中山女中 | 5800 | 施凱珉 | 松山工農 | 4900 |
| 潘威霖 | 建國中學 | 7000 | 黃馨 | 北一女中 | 5800 | 李怡臻 | 格致高中 | 4900 |
| 陳志銘 | 麗山高中 | 7000 | 郭士榮 | 松山高中 | 5800 | 徐偉 | 松山高中 | 4800 |
| 王辰嘉 | 北一女中 | 6800 | 沈怡 | 金華國中 | 5800 | 鄭群耀 | 建國中學 | 4800 |
| 古宸魁 | 松山高中 | 6800 | 林亭瀚 | 建國中學 | 5800 | 張長蓉 | 薇閣高中 | 4800 |
| 李卓穎 | 師大附中 | 6800 | 馬崇恩 | 成功高中 | 5700 | 謝怡彤 | 中山女中 | 4700 |
| 羅培勳 | 新店高中 | 6800 | 盧奕璇 | 松山高中 | 5700 | 許瑞庭 | 內湖高中 | 4700 |
| 許桓瑋 | 新莊高中 | 6800 | 邱弘裕 | 建國中學 | 5700 | 李柏霆 | 明倫高中 | 4700 |
| 何子鋐 | 台中一中 | 6700 | 廖崇鈞 | 大同高中 | 5600 | 林宇嫻 | 板橋高中 | 4700 |

※ 因版面有限，尚有領取高額獎學金同學，無法列出。

# 劉毅英文家教班 102 年指定科目考試榮譽榜

| 姓　名 | 就讀學校 | 分數 | 姓　名 | 就讀學校 | 分數 | 姓　名 | 就讀學校 | 分數 |
|---|---|---|---|---|---|---|---|---|
| 位芷甄 | 北一女中 | 95 | 謝昀庭 | 北一女中 | 89 | 林彥汝 | 延平高中 | 84 |
| 韓雅蓁 | 台南女中 | 95 | 林政瑋 | 板橋高中 | 89 | 何姵萱 | 台中女中 | 84 |
| 賴彥萌 | 台中一中 | 94.5 | 林　穎 | 板橋高中 | 89 | 蔡佳伶 | 麗山高中 | 83.5 |
| 田欣平 | 台南女中 | 94.5 | 吳元魁 | 台灣大學 | 88.5 | 劉家瑋 | 大直高中 | 83.5 |
| 郭韋成 | 松山高中 | 94 | 許瑞云 | 中山女中 | 88.5 | 陳品辰 | 板橋高中 | 83.5 |
| 李品逸 | 建國中學 | 94 | 張馨予 | 中和高中 | 88.5 | 孟欣樺 | 台中二中 | 83.5 |
| 羅采薇 | 中山女中 | 94 | 塗皓宇 | 建國中學 | 88.5 | 林子維 | 文華高中 | 83.5 |
| 陳宏宇 | 政大附中 | 93.5 | 廖寅成 | 延平高中 | 88.5 | 林展均 | 國大里高中 | 83.5 |
| 陳柔樺 | 明倫高中 | 93 | 梁硯林 | 延平高中 | 88.5 | 陳建榜 | 師大附中 | 83 |
| 蕭卓倫 | 建國中學 | 93 | 禹翔仁 | 成功高中 | 88 | 范賢葦 | 東吳大學 | 83 |
| 陳姿仔 | 北一女中 | 92.5 | 李明緯 | 政治大學 | 88 | 劉其展 | 新莊高中 | 83 |
| 陳佳馨 | 國大里高中 | 92.5 | 王　紳 | 成功高中 | 88 | 翟永誠 | 衛道高中 | 83 |
| 黃怡瑄 | 西松高中 | 92 | 吳之永 | 政大附中 | 88 | 謝松亨 | 建國中學 | 82.5 |
| 李盼盼 | 中山女中 | 92 | 張仲豪 | 師大附中 | 87.5 | 童　艾 | 景美女中 | 82.5 |
| 蔡濟伍 | 松山高中 | 92 | 林典翰 | 師大附中 | 87.5 | 廖韋綸 | 錦和高中 | 82.5 |
| 林於政 | 松山高中 | 91.5 | 夏子茵 | 延平高中 | 87.5 | 余思萱 | 松山高中 | 82.5 |
| 顏宏瑋 | 建國中學 | 91 | 徐需芯 | 景美女中 | 87.5 | 何彥儀 | 北一女中 | 82.5 |
| 王佳妍 | 景美女中 | 91 | 王宣貿 | 建台中學 | 87.5 | 吳敗鋆 | 中山女中 | 82.5 |
| 張彤瑋 | 台中女中 | 91 | 黃彥玲 | 台中女中 | 87.5 | 黃宣尹 | 延平高中 | 82 |
| 楊宛青 | 忠明高中 | 91 | 鍾佩璇 | 中崙高中 | 87 | 陳彥熹 | 政大附中 | 82 |
| 賴建中 | 國大里高中 | 91 | 陸　璇 | 內湖高中 | 86.5 | 葉丞恩 | 延平高中 | 82 |
| 陳靖雯 | 台南女中 | 91 | 林知諭 | 中山女中 | 86.5 | 郭佾騰 | 海山高中 | 82 |
| 金郁文 | 台南女中 | 91 | 曾柏璁 | 成功高中 | 86.5 | 竇瑋甄 | 中山女中 | 82 |
| 徐順坤 | 台南一中 | 91 | 陳穎弘 | 成功高中 | 86.5 | 陳韻婷 | 景美女中 | 81.5 |
| 許柏韶 | 台南一中 | 91 | 楊泰來 | 台中二中 | 86.5 | 楊文智 | 板橋高中 | 81.5 |
| 吳思儀 | 延平高中 | 90.5 | 潘怡靜 | 成淵高中 | 86 | 黃尊昱 | 松山高中 | 81.5 |
| 顧堉明 | 北一女中 | 90.5 | 陳紘楷 | 成功高中 | 86 | 廖怡理 | 新店高中 | 81 |
| 李承珊 | 中山女中 | 90.5 | 劉依晴 | 景美女中 | 86 | 黃宇生 | 台中一中 | 81 |
| 陳書瑤 | 北一女中 | 90.5 | 王俊詠 | 建國中學 | 85.5 | 黃馨儀 | 育成高中 | 80.5 |
| 陳怡瑄 | 景美女中 | 90 | 張家嘉 | 西松高中 | 85.5 | 劉禹東 | 成功高中 | 80.5 |
| 呂胤慶 | 建國中學 | 90 | 潘芷寧 | 景美女中 | 85.5 | 蔡惠樺 | 台中一中 | 80.5 |
| 吳姿穎 | 松山高中 | 90 | 甘佳弘 | 景美女中 | 85.5 | 吳東緯 | 成功高中 | 80 |
| 顏惠珊 | 丹鳳高中 | 90 | 張岳庭 | 內湖高中 | 85 | 郭亭妘 | 海山高中 | 80 |
| 江宜庭 | 文華高中 | 90 | 黃俊嘉 | 格致高中 | 85 | 施伯諭 | 大同高中 | 80 |
| 郭佳柔 | 台南女中 | 90 | 王元佑 | 延平高中 | 84.5 | 廖盈瑄 | 中山女中 | 80 |
| 李寧珩 | 建國中學 | 89.5 | 陳宥安 | 麗山高中 | 84.5 | 孫　庠 | 華江高中 | 80 |
| 甯奕修 | 師大附中 | 89.5 | 林可梅 | 北一女中 | 84.5 | 卓毓珊 | 市大里高中 | 80 |
| 李宓容 | 中山女中 | 89.5 | 柯佳伶 | 松山高中 | 84.5 | 曾子慈 | 清水高中 | 80 |
| 金冠甫 | 成功高中 | 89.5 | 柯穎瑄 | 北一女中 | 84 | | | |

**心得筆記欄**

## 大學入試必考字彙

修　　　編 / 劉　毅

發 行 所 / 學習出版有限公司　　　☎ (02) 2704-5525

郵 撥 帳 號 / 05127272 學習出版社帳戶

登 記 證 / 局版台業 2179 號

印 刷 所 / 裕強彩色印刷有限公司

台 北 門 市 / 台北市許昌街 10 號 2 F　　☎ (02) 2331-4060

台灣總經銷 / 紅螞蟻圖書有限公司　　☎ (02) 2795-3656

美國總經銷 / Evergreen Book Store　☎ (818) 2813622

本公司網址　www.learnbook.com.tw

電 子 郵 件　learnbook@learnbook.com.tw

售價：新台幣一百八十元正

2014 年 8 月 1 日新修訂

ISBN 957-519-492-6